新装版

朝の歓び(上)

宮本 輝

講談社

目次（上巻）

朝の歓び　(上)

第一章　黄色い輪

紫色の雷光が、夜の海の上で烈しく走りつづけるのを眺めながら、江波良介は、海辺の旅館の窓辺に坐ったまま、ひとりで四十五歳の誕生日を祝ってウィスキーを飲み始めた。

雷の色がどうして濃い紫色なのか、良介は、多少、薄気味悪く感じた。能登の七尾湾に突き刺さっていくみたいに、雷は炸裂しているのだが、雷鳴は、ほんのかすかに聞こえるだけで、それもまた良介には気味が悪かった。

あと十五、六分で、日が変わって八月一日になる。良介は、妻の久子が亡くなって、ちょうど半年が過ぎたことに思いを傾け、そのあわただしかった半年間の疲れが、たしかに自分の心身のそこかしこに重いこりを作っているのを感じた。妻が死んですぐに、娘の大学受験と息子の高校受験とがつづいたのである。

娘は、志望する私立大学に合格したが、息子は第一志望の高校には入れず、あそこだけには行きたくないと言い張っていた公立高校に入学せざるを得なくなった。中学二年生のころから、親としては好ましからざる友だちとつき合い始め、その友人たちとは、高校に入ってからも親交があるようだったので、良介は、母親の死が、息子を大きく歪めはしまいかと案じたが、いまのところ、無断で学校を休むこともなく、たいした問題も起こしてはいない。

時計の針が十二時を廻ったとき、娘の真紀から電話がかかってきた。

「どうしたの？　そこ、どこ？」

と真紀は良介に訊いた。

「能登だよ。七尾ってとこの旅館だ。東京より涼しいかと思ったけど、こっちのほうが暑いくらいだな。きょうの北陸は、ことし一番の暑さだそうだよ」

「家に帰ってきたら、お父さんからの留守番電話が入ってて、どこなんだろうっていう市外局番の電話番号を吹き込んであるから……。出張なんて話、聞いてなかったし」

「出張じゃないんだ。なんか、ふらっと旅行でもしたくなってね。亮一はどうしてる？」

「あした、サッカー部の早朝練習があるからって、もう寝ちゃってるわ」

真紀は、留守番電話に、内海《うつみ》のおじさんから「また、かけます」というメッセージが入っていたが、かかってきたら、そこの電話番号を教えてもいいかと訊いた。良介は、教えてもかまわないと答え、

「海の上で、さっきから凄い雷が暴れてるんだ」

と言った。

「お母さんが死んで、半年が過ぎて、お父さん、内心、ヤッホーなんて気分で羽根をのばしだしたんじゃないの？」

と真紀は、なかば、からかっているような、なかば、本気で父親の心をさぐるみたいに、低い声で訊いた。

「俺は、ちょっと疲れたんだよ。この十日ほど、なんだか、いやにお母さんのことばっかり思い出してね……。寂しくてしょうがない。四十五って歳は、男がウツ病にかかりやすい歳だって誰かに言われて、その予防に、ちょいと旅に出たってとこかな」

そう言いながら、良介は苦笑し、夕暮れに見た奇妙な形の、木で組んだやぐらと、やぐらの上に坐っていた人形の姿を思い浮かべた。

それは〈ぼら待ちやぐら〉と呼ばれる昔の漁法を観光用に再現したもので、四本の長くて太い棒をピラミッド型になるよう組んである。四本の棒はピラミッドの頂点の部分で交差して、さらに三、四メートル上に伸びているのだが、その交差する部分の少し上に、人間がひとり坐れる台を作ってあるのだった。

かつて、ぼら漁の漁師は、そこに坐って、ぼらの群れをみつけようとしたのである。いまは、人間の代わりに、頬かむりをした人形が置かれているのだが、それは風雨にさらされ、汚れて、しなびて、良介には、ひどく孤独で頑迷なミイラに見えた。大昔に、そこに坐っていた漁師が、そのまま息絶えて、ミイラになって、まだ坐りつづけているかのように思えたのだった。

ただし、良介が、その奇妙なやぐらと人形を目にしたのは、きのうの夕暮れが最初ではない。四年前の春に日出子と三泊四日の旅をした際、この海沿いの道をバスで高校まで往復するたびに、やぐらと人形から目をそむけつづけたと、日出子が珍しくはしゃいで言った。言ったあと、日出子は〈ぼら待ちやぐら〉の近くの、道と海との境に枝を突き出している貧相な松の木を指差し、

「女郎蜘蛛の巣ね」

とつぶやいた。

蜘蛛の巣は、二つ並んで張られていて、それぞれの巣に、大きな女郎蜘蛛が一匹ずつ長い脚をひろげていた。日出子は、二匹の女郎蜘蛛をぼんやり見やってから、

「あの二匹、きっと夫婦ね」

とつぶやいた。

「だって、二匹とも体中に結婚指輪を巻いてるもの……」

日出子との秘密の関係は一年つづいたが、その年の秋に別れたのだった。

「どうしたの？　黙り込んじゃって」

真紀の声が受話器から聞こえた。いや、なんでもない、雷を見てただけだと言い、良介は、

「家庭教師のアルバイトはどんな具合だ？」

と訊いた。

「亮一に教えるよりはるかにらくよ。あしたは、別の中学生のおうちに行くの。二人を週に二回ずつだから、一週間のうち四日はアルバイトってわけね」

良介は、七月三十日付けで会社を辞めたことを、娘の真紀に言おうかどうか迷った

が、東京へ帰ってから話したほうがいいと考え、

「四、五日で帰るよ。お前も忙しいだろうけど、家のことは頼むよ」

と言って、電話を切った。

四年前の秋に別れた小森日出子が、去年の夏、能登の七尾にある実家に帰ったということを、良介は日出子の友人から聞いていた。

けれども、良介は日出子の実家が七尾のどこにあるのかは知らない。四年前に能登を旅行したとき、日出子は、なぜか頑なに、自分の実家を教えようとはしなかった。

ただ、七尾市では名を知られた建築会社だという話は、日出子の口から耳にしていたし、七尾湾に沿った道をバスに乗って市内の高校に通ったということから推測すれば、自分が今夜泊まっている旅館よりも、半島の上側にある筈だった。

それで、良介は、金沢でレンタカーを借り、とりあえず、四年前に日出子と泊まった旅館に落ち着くと、電話帳をしらべた。小森建設という名の会社名が載っていた。その建設会社が、万一、日出子の父親が経営する会社ではなかったとしても、そこで訊けばわかるだろうと思った。

日出子と逢って、いったい自分が何をしようとしているのか、良介は自分の心がよくわからなかった。妻が死んだので、これで自由の身になった、だから、もう一度や

り直そうと日出子に言うつもりは、まったくない。日出子に逢おうと決めた心の動きを分析してみると、四年前のことを、ちゃんと謝罪したいという気持がまっさきに浮かびあがる。

良介と日出子の関係は、知り合ってから別れるまで、誰にも知られなかった。しかし、別れてから二ヵ月ほどたって、良介は、一番の親友の内海修次郎に、この俺にも女房を裏切るようなことが、たった一度だけあったのだと告白した。まさかそれが、日出子の仕事を奪う結果になるとは夢にも思っていなかったのである。

日出子は、その当時、宝石のデザイナーとして、やっと評価が定まりだしていて、ある大手の貴金属メーカーと契約を結んだばかりだった。その契約のために、それまでの得意先に礼を尽くして仕事の解約を申し出た。二、三の、小さな得意先にしてみれば、小森日出子という若手の宝石デザイナーを育てたのは自分たちだと考えていて、大手のメーカーと契約を結ぶことをこころよく思わなかった。だが、他社とは仕事をしないという一項が、契約の条件のひとつだった。

日出子は、それまでの得意先への不義理を代償としても、有名な大手メーカーの専属デザイナーとなるほうを選んだ。その大手メーカーの社長と内海修次郎が、大学時代、先輩と後輩の間柄で、大学を出てからも親交があった。

内海は、大手メーカーの社長とゴルフに行き、そのあと銀座のクラブで一緒に飲んだ際、酒の勢いで調子に乗り、堅物で知られていた自分の友人に、このような出来事があったと話して聞かせた。

無論、内海は、良介の名は伏せたのだが、

「その女、宝石のデザイナーらしいんですよ。社長なら、ひょっとしたらご存知かもしれませんね」

と言った。へえ、どんな女だと訊かれ、内海は、最近、日本でも一、二を争う大きな貴金属メーカーと契約したらしいが、自分はその女を見たこともないし、名前も知らないと答えた。実際、良介は小森日出子という名を内海には一度も口にしなかった。ただ、自分と日出子とは、ちょうど十歳違いだと話していたのである。三十一歳で、つい最近、大手の貴金属メーカーと契約した女性の宝石デザイナーということだけで、社長は、即座に小森日出子の名を思い浮かべた。その男は、三年前から、日出子への下心があり、契約を結んだのも、思惑を秘めてのことだった。

日出子は、それまで何度か、その男と食事をしたり、自分の作品を批評してもらったりしていたが、契約を結ぶために、女であることを利用したりは決してしなかった。しかも、日出子と良介の関係は終わってしまっていた。にもかかわらず、その男は、自分は裏切られたと思い、理不尽な感情を暴発させて、日出子をなじりつづけた。きみは私を裏切った、と。

日出子にしてみれば、なぜ、契約先の社長が、自分と良介とのことを知っているのか謎だったし、すでに終わった関係を、夫でも愛人でもない男に罵倒されなければならないのか理解できなかった。弁明する必要もなく、事情を説明する筋合もないことなので、「裏切った、裏切った」と異常な怒り方をする男に困惑し、ただ黙するばかりだった。

その日出子の沈黙が、さらに男を血迷わせたのか、男は、契約を解除すると告げた。日出子は、こんな男のもとでは、今後も厄介な問題が生じるだろうと判断し、一方的な、何の法的効力もない契約解除を受け入れたが、その翌日、良介に電話をかけ、事のいきさつを怒りを抑えつつ説明してから、

「ねェ、なぜ、私とのことを人に喋ったりしたの？　私たち、もう終わったのよ。お互い、二人のことは墓場まで持っていくって約束して別れたのよ。あなたって最低よ」

と言ったあと、泣きながら電話を切った。

良介にしても、驚天動地とでも言うしかない事の顚末で、彼は内海を呼び出し、自

分と女とのことはお前にしか喋ってないぞと詰め寄った。内海もまた、青天の霹靂《へきれき》といった表情で、ひたすら良介に詫びつづけた。

「まさか、あいつが、その女に惚れてたなんて、夢にも考えるもんか。あいつ、頭がおかしいぜ。女が誰と恋愛してようと、女の自由じゃねエか。それで契約を解除するなんて、異常者のすることだよ」

「異常者だろうが何だろうが、あの会社の専属デザイナーになるってのは、彼女の夢だったんだぜ」

しかし、良介は、内海を責める前に、この自分を責めるべきだと思った。内海に喋った自分が悪かったのだ、と。

それきり、日出子から電話はかかってこなかった。良介も、日出子に、どんな方法で償いをしたらいいのか、まったくてだてが思いつかなかった。なんとかしなければと思いながらも日が過ぎていき、やがて、あのような思いがけない出来事が生じなければ、自分はずっと日出子への未練をひきずって、ひょっとしたら、とんでもない醜態をさらすはめになったかもしれないと考え始めた。償う術《すべ》がないかぎりは、このまま、何もしないほうがいい……。

電話が鳴り、旅館の主人が眠そうな声で、

「内海さんて人からお電話ですが」

と言った。

三杯目の水割りを飲み干しながら時計を見ると、一時を少し廻っていた。

「江波、お前、会社を辞めたって、ほんとか？」

内海修次郎の、それだけ耳にするとどんなに美男子かと思える声が、いつもよりうわずった調子で聞こえた。

「うん、ほんとに辞めちまったんだ」

と良介は言って、夜の海と空を見やった。雷はおさまったらしく、広大な闇は眼前をすべてふさいでいるかに思わせて静かだった。

「どうして？　どうして辞めたんだよ。きょう、お前の会社に電話したら、江波はきのう付けで退社いたしましたって言われて、びっくりして、えっ！　って叫んじまったよ」

「疲れたんだな。べつに衝動的に辞めたんじゃない。女房が死んだときから、ずっと考えてたんだ」

「疲れたって……。そりゃあ、みんな疲れてるよ。四十代半ばの男ってのは、みんな疲れてるよ。とくに、サラリーマンは、疲れすぎてて、疲れを感じなくなっちまってるから、酒をがぶ飲みする、女を視姦する、麻雀をやったらドラから捨てる、ゴルフをやったら、三十センチのパットを外すのに、十五ヤードを一発で入れる。つまり、みんな疲れがそうさせてる。だから男ざかりで仕事ざかりなんだ。えっ、そうだろう？」

いやに気負い込んだ言い方で、内海修次郎は言った。良介は軽く笑い、

「女を視姦する？　それが、男ざかりなのか？　お前、視姦するだけでいいのか？」

と応じ返した。

「視姦て言っても、服の上からじゃないぞ。裸にしてだよ。裸の女を視姦してから、やっと、お相手していただくか、お帰り願うかを決断するわけだ」

良介は、片方の手で四杯目の水割りを作りながら笑った。

「ひとりか？」

と内海は訊いた。

「ひとりだよ。もし、ひとりでなくても、お前には喋らん。また、酔って、酒の肴にされるのはいやだからな」

その良介の言葉で、内海はいっとき口をつぐみ、それから、こう言った。

「もう勘弁してくれよ。時効だ、時効。俺は何回、お前に謝ったかしれやしない。お

前も、いいかげん、しつこいよ。俺はあれ以来、あの宝石屋とは縁を切ったんだ。お前なんか男の風上にもおけない性格異常者だって言ってやったんだぜ」

それは良介には初耳だった。内海と貴金属メーカーの社長とは、仕事上のつきあいはなく、単に大学の先輩と後輩の間柄だったが、夫人同士が仲良しで、そのために家族ぐるみの交際をつづけていたのだということは、あの事件のあと、内海から聞かされたのである。

「急に縁を切ったりしたら、奥さんが変に思っただろう?」

と良介は内海に訊いた。

「いったい何があったんだって、しつこく訊かれたな」

「どう説明したんだ?」

「ゴルフでインチキばっかりやりやがる。グリーンに乗りそこねて、エッジの奥にひっかかったボールは、誰も見てない隙に、足で蹴ってグリーンに乗せちまう。七つ叩いても、六つだって誤魔化しやがる。こんなやつは、ろくな人間じゃない。ろくでもないインチキ野郎とつきあってたら、こっちもろくな人間じゃなくなる。そう言ってやったよ。だけど、これは嘘じゃないんだ。あの野郎がゴルフのボールを足で蹴るのを、俺は何回も見てるんだ」

そう言ってから、内海は話題を変えた。

「お前、会社を辞めて、これからどうするつもりなんだ？　何の目算もなしに辞めたってわけじゃないんだろう？」

良介は、どう返答しようか迷って、四杯目の水割りを口に含んだ。目算など、まるでなかったし、これからどうしようという思惑も、いまのところ、ないに等しかったのだった。だが、良介は、

「いろいろ、やりたいことはあるんだ」

と言った。

「いろいろって、どんなことだい」

「ゴルフを始めてみようか、とか、長いこと逢ってない兄貴に逢いに行こうか、とか、何か、人のためになることをやってみようか、とか、とんでもなく長い長編小説、たとえば、プルーストの〈失われし時を求めて〉を読破してやろうか、とか……。ああ、そうだ、ファーブルの〈昆虫記〉全巻でもいいな。あれも、最初の〈聖たまこがね〉から最後の〈キャベツの青虫〉まで、厖大な量だからな」

「お前、大丈夫か？」

と内海は言った。その口調で、良介は内海修次郎が、太い眉を寄せ、眉間に深い縦

皺を作った顔を想像した。

「江波、お前がいま言ったことのなかに、仕事のことなんか、ひとつもないじゃないか」

言われてみれば、そのとおりであった。

会社を辞めることを決心したときも、良介は、辞めたあとの生活設計について思案をめぐらせたりしなかった。

大学を卒業して大手の製薬会社に入社し、二十三年間、営業畑を歩いて来て、同期の者たちよりも早く管理職についたが、それは何かの流れであって、自分の手柄だと思ったこともなく、とりたてて出世欲もなかった。

妻のかけていた生命保険の金が入ったこともあったが、良介は、とにかく一年か二年、自分の周りのしがらみや責任をすべて捨ててみたいという衝動に身をまかせたのである。

生命保険は、妻の友人に勧誘され、義理で夫婦一緒にかけたのだが、良介はすっかり、そのことを忘れていた。だから、保険会社から保険金支払いの通知書を受け取ったとき、一瞬、宝クジに当たったような気分になり、頭をかかえて溜息をつきながら苦笑いしたものだった。

「ゴルフを始めてみるってのは、かまわん。それは俺も賛成する。俺がどんなに誘っても、ゴルフだけは死んでもやらないって言い張ってたんだからな。しかしだな、なにが人のためになることだ。なにがプルーストの読破だ。なにがファーブルの昆虫記だよ。お前、世捨て人にでもなろうってのか？　お前、まだ四十五だぜ。男ざかりの働きざかりなんだぜ。仕事はどうするんだ。どうやって食っていくんだ。お前の娘も息子も、これからが金のかかる年頃なんだぜ。せっかく、次長に昇進したってのに、会社を辞めちまいやがって。お前の会社で、四十四歳で次長になるってのは、出世コースを新幹線で走ってるようなもんだぜ」

と内海は怒ったように早口でまくしたてた。

「こんな夜中に大きな声でわめくなよ。出世コースって言ったって、そんなものは、いまの時点だけさ。この人、どこまで出世するんだろう、きっと次の次の社長はこの人だなァって思われてたやつが、ある日、突然、子会社に飛ばされて、それっきりってのが、サラリーマンの世界だよ。そんなこと、お前がいちばんよく知ってるだろう」

良介の言葉で、内海はさらに声を大きくさせた。

「俺の言いたいのは、そんなことじゃねェんだ。俺だって、三日にいっぺんは、会社を辞めたいと思うさ。お前が会社を辞めたのは、お前の自由だ。だけど、辞めて、これからどんな仕事をするのかってことを問題にしてるんだ」

内海は、テーブルか何かを叩いたらしく、受話器から二回、鈍い音が響いた。

「じゃあ、プロゴルファーにでもなろうか」

「人が真剣に心配してるのに、おちょくるのか、お前は」

内海は本当に怒りだした。

短気だが、気が優しくて、ときおりあきれるくらい涙もろい内海は、中堅の文具メーカーの営業部長だった。二十一歳のとき、二歳上の女と学生結婚したが、子供はいなかった。夫人のほうが、子供のできにくい体で、八年前までは、なんとか子供が欲しいと、あちこちの病院の婦人科に相談したが、いまはあきらめてしまった。夫人は、大学を卒業して小学校の教師になり、いまもその仕事をつづけているのだった。

「わるい、わるい。俺がわるかった。心配してくれてるのに、おちょくるようなことを言って、わるかった。だから、もう怒らないでくれよ」

良介は、笑いながら謝り、いまは会社を辞めたばかりで、今後の仕事のことは、まるで考えていないのだと言った。

「あんなにいい奥さんに死なれちまって、そりゃあ、気落ちもするし、ちょっと世の中から外れたところに身を置きたいって気持になるのは、俺にもわかるよ」

内海は機嫌をなおし、いやにしんみりと言った。

「まあ、きょうはもう遅いし、俺は寝るよ。この電話番号は、富山か石川か、あのあたりじゃないのか？」

「能登の七尾にいるんだ」

「東京には、いつ帰る？」

「八月の五、六日かな。帰ったら、電話するよ」

「海に飛び込んだりするなよ。ああ、それから、ゴルフを始めるって話、あれは本当だろうな」

「うん、教えてくれるか？」

「人に教えられるほどじゃないけど、いいレッスン・プロが友だちにいるんだ。そいつに話をしとくよ」

「俺は、ゴルフのボールを足で蹴ったりしないぜ」

内海は笑い、

「いや、わからないぜ。俺も、誰も見てなかったら、ボールを足で蹴って、とにもかくにもグリーンに乗せたいって思うときがあるもんな」

お前とゴルフをやったら楽しいだろう。内海はそう言って電話を切った。

良介は、窓をあけた。雨が降っていた。網戸越しに入ってくる空気は重い湿気を含んでいて、海沿いの道に灯っている水銀灯の周りで、数匹の大きな蛾が飛んでいた。

良介は、内海の言った〈ちょっと世の中から外れたところに身を置きたい〉という言葉は、当たっているようで当たっていないと思った。

それは、良介の意図するものではなかったが、内海に言われて、初めて、そうしてみるのも悪くないなという気持になってきたのだった。

しかし、考えてみれば、もう充分に、自分は、ちょっと世の中から外れたところに身を置いているのだと気づき、たちまち汗ばんできた額や首のあたりを浴衣の袖で拭きながら、窓をしめた。

良介は、さっき、内海に、長いこと逢っていないたったひとりの兄に逢いたいと言ったことを思い浮かべ、幾つかのこだわりを、きれいさっぱり捨てて、兄と和解したいという願望が、たしかに自分のなかで膨れあがっているのを自覚した。

良介と三つちがいの兄は、もう十年近く、ローマで暮らしている。良介の妻が亡くなったとき、兄は商用でチェコのプラハに行っていて、連絡がとれなかった。一ヵ月ほどたって、兄から手紙が届いた。

——久子さんの訃報は、亡くなった日から二週間後に自分のもとに伝わってきた。二度、電話をかけたが留守だった。葬儀に行けなくて残念だった——

そのような文面で、自分の近況にはまったく触れていなかった。けれども、たった数行の短い文章に、良介は、兄の伸介の、決して幸福ではないローマでの生活ぶりを感じたのである。

兄は、父や母の反対を無視して、高校を中退し、しばらく行方をくらましたあと、多額の借金をかかえて帰って来て、父の退職金の大半を使わせ、再び姿を消した。良介が大学二年のとき、母が死んだ。八方手を尽くして兄の行方を捜したが、みつからなかった。そのころ、兄の伸介は、母親の死を知らないまま、ヨーロッパを放浪していたのだった。

やっと兄が手紙を送ってきたのは、母が死んで二年もたってからである。父は、許さなかったし、良介も、兄の、何を考えているのか、まるでつかみどころのない、絶えずどこかに虚無的なものを漂わせる言動を憎悪して、もはや自分と兄とは兄弟ではないという意味の手紙を書き送った。返事はなく、それから二年後にパスポートの切り換えのために帰国した兄と口論の末、良介は灰皿で兄の額を殴ったのだった。兄の額は切れ、十四針もの、横一文字の深い傷跡を作った。

いま、兄の伸介は、ローマの有名な革製品の会社で、革をなめす職人として働いている。

良介は、いかに怒りに襲われても、人を殴ったりしたことは一度もなかった。だから、兄の額に大怪我をさせたときも、自分の怒りをどこかに発散してしまう以外に方法がなくなり、手元にあった灰皿を壁に投げつけたつもりだった。ところが、あまりの怒りで体が硬直していたのか、灰皿を持つ手は意思どおりには動かず、兄の額にまともに当たったのである。

兄の伸介は、そんな良介をひとことも責めないまま、ただ黙してローマへ戻っていった。それまでの兄と異なっていたのは、ローマでの住所と電話番号をメモに書き残していったことだった。

妻の久子の死をしらせる電話をかけた際、おそらくイタリア人であろうと思われる女が電話口に出てきて、たどたどしい英語で、あなたのお兄さんはプラハに行っていると教えてくれた。いつ戻るかと訊くと、わからないと女は答えたが、女の声と一緒に、子供の声もかすかに聞こえた。五歳か六歳ぐらいかと思われたが、男の子なのか女の子なのか判別はつかなかった。おそらく、兄はその女と暮らしているにちがいなかったが、子供が兄の子であるのかどうかはわからない。

冷房を弱くして、良介は旅館の蒲団に横たわった。もし、日出子に逢えたら、最初にどんな言葉を発したらいいのだろうと考えた。

すると、別れる一ヵ月ほど前に、日出子に言われた言葉が甦った。

――ねェ、どうしてそんなに、奥さまへの罪悪感をむきだしにして、私と逢いつづけるの？　全身、罪悪感て感じで、もう私の前にこないで。笑ってても、喋ってても、私を抱いてても、あなたが罪悪感ていう鎧を脱いだことがあった？　そんなに愛してて、大切にしてる奥さまがいるのに、どうして、私とこんな関係をつづけるの？　私、あなたとこんな関係になって楽しかったことなんて一度もない。きっと、あなたもそうだったはずよ。そうでしょう？　あなたも、一度も楽しかったことなんかないはずよ。それなのに、私たち、どうして、つづけてるの？――

良介は、もし日出子に逢えたら、あのときの日出子の質問とも詰問とも言えない問いかけに答えようかと思った。あのとき、喉元まで出て、ついに口にしなかった答を。

――きっと、未練だと思うよ。でも、何に対する未練なのか、俺にはわからないんだ。たぶん、二人の関係ってものへの未練じゃないかなって気はするけど――

海鳥の鳴き声で目を醒まし、また少しまどろんで、良介は、旅館で働く人の足音に舌打ちしながら、枕元の腕時計を見た。八時半だった。

朝食は八時半までに済ませてもらいたいと前夜、旅館の仲居から言われていたので、良介は食欲はなかったが、蒲団から出て、洗面所に行った。

髭を剃りながら、汗が腋の下から脇腹へと何筋も伝い落ちていくのに気づき、そのことをいぶかしく思った。きのうよりも涼しく、額も首筋も乾いているのに、腋からは異様なほどに汗が噴き出ているのだった。

良介は、これから日出子に逢いに行くのだという思いが、自分をひどく緊張させているのだと考え、そんな馬鹿げたことは、いっそやめようかと思った。謝罪して何がどうなるというのだろう……。

けれども、日出子の言った〈罪悪感という鎧〉を脱いでいる自分を見て、あの感受性の強い日出子は何を感じるか、試してみようと良介は思い直した。妻が亡くなったことは黙っていよう、と。俺が、日出子を訪ねていくのは、四年前のことを謝りたいだけではなく、初めて〈罪悪感という鎧〉を身につけていない俺を見せたいのだ、と。

けれども、旅館を出て、レンタカーのハンドルを握り、七尾湾沿いの道を進んで、〈ぼら待ちやぐら〉の前で車を停めたとき、良介は自分が〈罪悪感という鎧〉を脱いでいるのは、至極当然のことで、賞められることでも手柄でも何でもないのだと思った。

「あたりまえじゃないか。女房は死んで、いなくなっちまったんだから」

良介は心の内で言って、車から降り、再び〈ぼら待ちやぐら〉の前にたたずんだ。そして、役所の観光課が取りつけたのであろう案内板の文章をもう一度読んだ。

〈明治二十二年、当町に訪れた米国の天文学者、パーシヴァル・ローエルが「創世記に出てくるノアの大洪水以前に在った掘っ立て小屋の骨組みを、これも有史以前の伝説による怪鳥ロックが巣に選んだ場所」――と形容している〉

アメリカの天文学者は、この〈ぼら待ちやぐら〉を見て、そのように感じたのか……。怪鳥ロックの巣か……。良介が、やぐらの上で身を屈めて坐っている人形の背に視線を投じていると、背後で、車の急ブレーキの音がした。白いライトバンが、良介のいるところから十五メートルほど行き過ぎたあたりで停まっていた。

あたりに人の姿はなかったので、良介は、白いライトバンが、道を横切ろうとした猫か犬かを轢《ひ》きかけて急停車したのかと思ったが、運転席の人間は、どうやら振り向いて、こちらを見ているようだった。灰色の雲の切れ目から照りつける太陽の光が、ライトバンの窓に反射して、車内はよく見えなかった。車は行きかけて、また停まり、ゆっくりと海沿いの道の端に寄った。

運転席から出て、道に立ったのは、日出子であった。緑色のＴシャツを着て、ジーンズを履き、つばの大きい帽子をかぶっていた。

良介は、茫然となのか、いぶかしそうになのか区別のつきかねる表情で見つめている日出子を、ズボンのポケットに両手を突っ込んだまま見つめ返した。

ああ、日出子だ、四年前とおなじように、きれいだなァと良介は思い、右手を自分の肩のあたりで小さく振った。そして、

「元気？」

と言ってみた。日出子は、帽子を取り、前髪をかきあげ、

「何してるの？　こんなところで」

と怒ったように言った。

「怪鳥ロックの巣を見てたんだ。何を怒ってるんだ？　たまたま、ここで出食わしたことまで怒られたんじゃあ、道も歩けないし、旅行にも出られないな」

「たまたま、ここへ旅行で来たの？」

機嫌を悪くしたときの癖の、唇をきつく結んで突き出すような表情で日出子は言った。

「もし、逢えたら、四年前のことを謝ろうと思ってね」

と良介は言った。自分の心が、いやに優しく穏やかであることが不思議でさえあった。彼は、日出子の立っている場所に近づきながら、自分の体のあちこちに神経を注いで、〈罪悪感という鎧〉を探した。あるはずはないのに、まったくないとも思えなかった。

「ひとり？」

と日出子は訊き、帽子をかぶると、海に向かって立った。良介は、ひとりだと答えた。

「謝るって、何を謝るの？」

「きみとのことを、うっかり、友だちに喋っちまったこと。ちゃんと謝らないと気が済まなくてね」

「謝ってもらったわ。電話で。もう、あれでいいじゃない」

「ある時間がたったら、逢って、ちゃんと謝ろうと思ってたんだ」

良介がそう言ったとき、沖合で三つの光が左から右へと走った。飛び魚であった。飛び魚が実際に飛んでいるのを初めて目にした良介は、その光の閃めきを追いながら、昨夜の雷といい、飛び魚といい、いやに光って走っていくものばかりがあらわれやがると思った。そして、日出子を自分のほうから訪ねていかなくて済んだことに、何かの未来性をも感じた。

「きのう、電話帳で、小森建設ってのを捜してね。でも、訪ねていってたら、門前払いにされただろうな」

　と日出子の横顔に目を移して言った。

「うちは小森建設じゃないわ。小森建設は、まったく赤の他人の、別の建築屋さんなの」

「えっ！　ちがうの？　親戚でも何でもないの？」

　良介が訊くと、日出子は、初めて、かすかな微笑を浮かべてうなずいた。良介は、白いライトバンのドアの部分を見た。㈱日の出工務店という社名が緑色で書かれてあった。

「へえ、娘の名を社名にしたんだな」

「ちがうわ。社名を、娘の名にしたのよ。だって、父が自分の建設会社を作って独立したのは、私が生まれる三年前なんだもの。だから、私、小さいとき、自分の名前がすごくいやでいやでたまらなかったわ。男の子なんか、私をヒノデって呼ぶんだもの。日の出工務店の日の出って。高校生のときなんか、『おい、広告板』って言われたこともあるわ」

良介は笑い、

「広告板が実家に戻ってきたんだな。ご両親は歓んだだろうな」

と言った。日出子は、〈ぼら待ちやぐら〉に坐っている汚れた人形をぼんやり見つめ、自分が能登の実家に帰ってきたのは、母が脳梗塞で倒れたためだと言った。

「お母さんが倒れる前に、おばあちゃんが、ひどいボケ老人になってたから、どうにもこうにもならなくなったの。おばあちゃんの世話をしてた人が、左半身不随で寝たきりになっちゃったわけだから……」

そう言ったあと、日出子は帽子を脱いで、それを胸の上に両手でかかえるようにしてから、

「あなたのせいじゃないの」

とつぶやいた。

声を出す前の唇の動きは、あなたの〈あ〉ではなく、リョウの〈リョ〉であったのだが、声が出る寸前に慌てて変えたのだと、良介にはわかった。四年前、日出子は、良介をリョウと呼んでいたのだった。

太陽の光は、縞模様になって動きつづけ、海にも、良介と日出子にも、影と光をせ

わしなく交互にもたらした。

「お母さんのご病気とは関係なく、俺は謝らなきゃいけない。謝って済むことじゃないけど、俺は自分を恥しく思ってるし、きみに申し訳なかったって思ってるんだ」

良介は、自分のお気に入りだった日出子の乳房が、鍔《つば》の広い夏物の帽子で隠されていることに、何等かの意味があるような気がした。

「もういいの。私は忘れたわ」

その日出子の言葉に対して、良介は黙するしかなくなり、自分の下心を明確に思い知り、そんな自分のさもしさを恥じた。

「仕事があるんじゃないのか？」

白いライトバンのほうを振り返って、良介は訊いた。

「病院へ行って、お母さんの薬をもらわなきゃいけないの」

「そのあいだ、おばあさんの面倒を誰か見てなきゃいけないんだろう？」

「金沢から伯母が来てくれてるの。でも、みんな一日で音《ね》をあげるわ。おばあちゃんは、体はどこも悪くないから、ちょっと目を離したら、下着一枚で、どこかへ出ていくし、お母さんには、下《しも》の世話をしてあげなきゃいけないし」

「そんな状態になって、もうどのくらいたつんだ？」

「そんなお母さんとおばあさんを、日出子ひとりで、四六時中、世話をしてきたのか？」

「ちょうど、一年」

思わず、日出子と言ってしまって、良介は慌てて、

「いけない、日出子じゃなくて、小森さんだな。訂正。小森さんひとりで、世話をしてきたの？　そりゃあ、大変だよ」

と言い直した。日出子は、あまり気にしたふうもなく、表情を変えないまま、

「へとへと……」

と言った。

良介は、妻を亡くしたことと、会社を辞めたことの二つとも黙っているのは、日出子への礼儀に反しているのではないかと思った。だが、礼儀に反すると考えること自体に、自分の甘さと傲慢さを感じて、また恥しくなった。

「俺も、三年ほど前に、ボケ老人の世話を二日だけ引き受けたんだけど、あの二日間は、ほんとに疲労困憊したよ。従兄のお袋さんで、八十五歳だったたな。生老病死って言葉があるけど、ああ、これが、歳を取るってことなんだなァ、仕方がないんだなァって思ったよ」

と言った。ふいに、死んだ妻の、寝起きの匂いが甦った。

生きることで生じるさまざまな苦しみ、確実に老いていくことの苦しみ、病むことの苦しみ、そして、必ず死んでいくことの苦しみ……と良介は心のなかでつぶやいた。

「つい最近、ある人から、こんな話を聞いたよ」

と良介は言った。

「法華経に宝塔品てのがあって、地から、七宝で飾られた途轍もなく大きくて高い塔があらわれるんだ。でも、その宝の塔は、円形じゃなくて長方形なんだ。四面皆出《しめんかいすい》って説くらしい。なぜ、その宝の塔が長方形かっていうと、それぞれの四つの面が、生老病死を表現してる。そして、こう説かれる。四面とは生老病死なり、四相を以って我等が一身の塔を荘厳するなり……。つまり、その宝の塔は、俺たちのひとりひとりの生命で、生老病死の苦しみが、逆に、俺たちの人生や生命を鍛えたり、豊かにして、荘厳にしていくってことらしい」

妻が息を引き取る二日ほど前、なんだか、とても豊かな、静かな、幸福そうな顔で、夫には、「ありがとう」と、二人の子供たちには、「体に気をつけて。お父さんをよろしくね」と言ったときのことを思い浮かべ、良介は、もう、この〈ぼら待ちやぐら〉に坐るミイラには、二度と目を向けまいと決めた。そうするためには、彼は海を背にして、日出子に向かい合うしかなかった。

「その従兄のお母さんは、まだ生きてらっしゃるの？」

帽子をかぶると、日出子も海に背を向けながら、そう訊いた。

「亡くなったよ。それから半年ほどあとに」

「そう……」

日出子は、運転席のドアをあけ、

「じゃあ、私、いくわ」

と言った。

かつて、日出子は、良介と逢って別れるとき、決して良介から視線を外したことはなかった。そのときどきで、哀しそうだったり、寂しそうだったり、怒りをあらわにしていたりはしたが、良介の目をみつめて、

「さよなら、またね」

と言ったのである。けれども、いま、日出子は、落ち着きなく、目を海や車のタイヤや地面へと動かしながら、

「さよなら。どうかお元気で」

と言って、車に乗ると、ドアを閉めた。そして、車を急発進させ、良介の視界から消えていった。良介は、何を考えるでもなく、顎の剃り跡を指で撫でながら、日出子の車が消えていくのを見ていた。

なにやら、重荷がおりたようでもあり、新しい重荷を背負ったようでもある自分の心が、良介には不思議に思えた。

新しい重荷なんて、あるはずはないと彼は思った。小森日出子が、「さよなら」とだけ言って去っていったいまとなっては、日出子とのことは、もはや完全に終わったのであり、彼女に関しての新しい重荷など生じようがなかった。

四年前のことについて、本人に直接逢って、心を込めて詫びなければならぬという重荷が、じつは、重荷でも何でもなく、ただ自分は、ひたすら、日出子と逢いたかっただけなのかもしれないと考えながら、良介は、レンタカーのエンジンをかけ、アクセルを踏んだ。

今夜は、輪島にでも泊まるか……。良介は、道路地図を見るために、車を停めた。とりあえず、珠洲《すず》の町に入ってから、今夜の宿を考えよう……。途中、喫茶店でもあったら、コーヒーを飲みたいな。

良介は、能登の内浦と呼ばれる七尾湾に浮かぶ小舟に、ときおり目をやりながら、海に沿ってつづく道を、半島の突端へと向かった。道は右に曲がり、少し行くと、左側の山のほうに小学校の標示板があった。その標示板の周りに、盛りを迎えた立ち葵の花の群れを目にした瞬間、良介はもしかしたら、この山道の向こうに、日出子がかよった小さな小学校があるのかもしれないと思った。

何かの折に、自分は全校生徒四十人ほどの小学校にかよったのだと言った日出子の言葉を思い出したのだった。

良介は車を停め、その小学校への山道に戻ろうとして、バックミラーを見た。白いライトバンが、うしろに停まっていたので、良介は驚いて、その車の運転席を、身をねじってのぞいた。日出子が、ハンドルを両手で握ったまま、こちらを見つめていたのだった。

自分が、途中で車を停めて地図を見たり、車をゆっくりすぎるほどの速度で走らせたために、近くの病院で薬をもらって引き返してきた日出子が追いついてしまい、そのまま追い越していくわけにもいかないまま、あとについていたのかと良介は思った。

それで良介は、日出子に気持の負担なく追い越させてやろうと考え、気がつかないふりをして、地図を拡げた。けれども、日出子は、良介の車の五、六メートルうしろに停めた車を発進させようとはしなかった。

車から降り、良介は、日出子の車のところへ行った。

「どうしたんだ？」

そう言い終わるか終わらないかのうちに、

「奥さまが亡くなったこと、どうして黙ってるの？」

と日出子は言った。日出子は良介に目を向けず、前方を見つめたままだったが、それが、溢れてきた涙を気づかれたくないためだと知って、良介は、みぞおちのあたりが熱くなった。

「私が喪ったものを返して」

と言い、日出子は、やっと良介を見た。

「私が喪ったものを、ちゃんと返して」

「うん、返すよ。どれだけ返せるか、わからないけど、俺が返せるものは、全部、返すよ」

「奥さまが亡くなったこと、どうして黙ってたの？」

と日出子は言って、手の甲で、頰を伝う涙をぬぐった。

「そんなことを言いにきたのかって、笑われそうな気がしたんだ。なんて、さもしいやつだって、唾でも吐かれそうな気がしてね」

次の言葉を思いつかないまま、良介は、なぜ日出子は泣いているのだろうと思った。よほど哀しいとき以外、日出子は決して泣かない女なのに……。

良介は、山道を指さし、

「日出子のかよったっていう小学校かい？」

と訊いた。日出子はうなずき、

「おんなじクラスだった友だちが、いま先生をしてるわ」

と言った。

「どんな小学校か、見てみたくて、車を停めたんだ。見にいってもいいかな」

日出子は車をバックさせた。良介はレンタカーに戻り、日出子が先に山道へと車を走らせるのを見届けてから、あとにつづいた。

山の登り道は、長かった。いったい、こんな長い山道の向こうに、小学校などあるのだろうか……。歩いてかよう子供たちには、可哀そうなくらいだな……。

良介は、冬、雪の山道を歩いて、小学校へと急いでいた日出子の幼いころの姿が目に映るような気がした。きっと、怒ったような表情で、前方だけを見つめて、この山道を登っていたのであろう、と。

山道は、登り切ると左に曲がった。小学校の校舎が右側にあった。山の分教場とは、たしかに、このようなたたずまいであろうと思わせる木造の小さな校舎だった。日出子は、小学校の玄関を通りすぎ、運動場の前で車を停めた。良介も、そのうしろに車を停め、藪蚊《やぶか》を手ではらいながら、瓦屋根の校舎の前にある菜園に目をやったが、あわよくばと、かすかにあてこんでいたことが、このまま進んでいきかけているのかどうか、わからなくなった。

——私が喪ったものを返してくれ、と日出子は要求しただけなのだ。それは、ただそれだけのことで、ひょっとしたら、驚くほど具体的な要求が待ちかまえているのかもしれない。

「いまは、三十六人しか生徒はいないのよ。先生は五人」

車から降りてきて、日出子は言った。

「私、東京で暮らしてるとき、しょっちゅう、この小学校のことを思いだしたわ」

「俺の家内が死んだこと、誰から聞いたの？」

と良介は訊いた。

日出子は、友人の名を言った。それは、良介に、日出子の消息を教えてくれた女性だったが、その女は、良介と日出子の過去の関係に気づいていないのである。

「ご病気、長かったの？」

　と日出子は、校舎のなかをうかがいながら訊いた。

「病気がわかってから一年半だったよ」

「あんなに愛して、大切にしてたのにね。さっき、逢ったとき、暗い感じじゃなかったから、変な人だなァって思っちゃった」

「変な人？」

「少しも変わってないんだもの」

「俺は、いまも罪悪感という鎧を着たままかい？」

　良介は、自分の体中に、妻が生きていたころとは別種の〈罪悪感という鎧〉がまとわりついていそうな気がして、そう訊いた。

「どうして、私たちって、ケンカばっかりしてたのかなァって、奥さまが亡くなったこと聞いたとき考えたわ。四年前も、毎日毎日、そう考えてたけど、四年前にはわからなかったの」

「いまは、わかるの？」

　日出子は、首をかしげてから、

「きっと、お互い、思ったことを我慢して口にしなかったからじゃないかしら。思ったことを、遠慮なく言ったほうがよかったんじゃないかなって……」

日出子は、小学校の玄関口から、上半身だけ入れて、人気《ひとけ》のない校舎の内部をさぐった。

「夏休みだけど、誰かが当直の番をしてて、学校に誰もいないなんてことはないのに……」

と日出子はつぶやき、

「私、あなたがつくろってるのを、知らんふりしてあげようと思って感情を抑えたことって、全部、裏目に出たんだなァって思ったわ」

と言って、良介を見つめた。負けん気の強さは表情から消え、よるべなさそうな、薄幸な陰が、頰のあたりに漂った。四年前とちがって、それは、母と祖母への看病疲れによるものであろうと良介は思った。

「そりゃあ、つくろうさ。俺がつくろわなかったら、また別のいさかいになってたはずだよ」

「でも、あなたって、つくろってるなァってことを、簡単にだしてしまう人なのよ。それは、あなたが、いい人だからじゃないわ。わがままだからなの。わかる？」

「きみはきみで、非はいつも相手にあるって結論に行き着く人だったしね」

俺たちは、どうも四年前と同じケンカをやりかけているみたいだな……。良介は、そう思い、

「もう一度、宝石デザイナーの仕事に戻りたいのかい？　東京に帰って」

と訊いてみた。日出子は、強くかぶりを振った。

「私にはむいてない……。私は、仕事にむいてないの。人間同士のしがらみとは無縁の仕事なんて、この世の中にはないんだもの。私は、仕事のしがらみを処理する能力が欠如してる。仕事で生じるしがらみと、人間同士のつながりで生じるしがらみとが、いつのまにか、おんなじ接点でつながるんだったら、私は、どっちかを捨てるしかないわ」

良介が、自分の考えを口にしようとすると、日出子は片方の掌を突きだして制し、

「東京での暮らしも、私には、むいてないの。私、半病人みたいだった。東京で暮らしてるときは、いつも、半病人だったわ。いなかに帰ってきてから、やっと生き返った気分なの。もう、東京へ戻る気なんてないの」

喪ったものを返すことが、金銭的な問題となっても、それはそれでいいではないか。良介は、多少、身構えながらもそう思った。しかも彼は、小森日出子という女が、金銭的な面でも、約束を守るという面でも、いかに誠実であるかを知っていたの

である。その二つの誠実は、日出子の言葉をもじれば、〈潔癖さという鎧〉とも言えるほどだった。そしてそれこそが、彼女の精神の均衡《きんこう》を崩れやすくもしているのだった。

「俺、会社を辞めたんだよ」

と良介は言った。日出子は、かすかに眉根を寄せ、いぶかしそうに良介を見つめて、

「自分で何か商売でもするの？」

と訊き返した。良介は笑みを浮かべ、

「女房がかけてた生命保険で、しばらく遊んで暮らそうと思って……。俺に、商売をするような才覚はないよ」

と言った。

「一生、遊んで暮らせるわけじゃないでしょう？　お金がなくなってからのことは、まるで考えてないの？」

「考えてないんだ」

「お金なんて、あっというまになくなるわよ。お金を使い果たしてから、新しい就職先を捜すつもり？　変な人ね」

良介は、日出子らしくない言葉を彼女の口から吐きださせたくなかったので、ひょっとしたら、日出子を侮辱する結果になるかもしれないと危惧しながらも、

「だから、いま、俺は、自由になるまとまった金があるんだ。日出子が喪ったものを返す方法は、俺には他に思いつかないから、お金で償うってのは、どうかなァ」

と言った。

日出子は、ジーンズのポケットに両手を突っ込み、菜園に置き忘れられた錆びたスコップを足で蹴りながら、

「幾らで償ってくれるの？」

と訊いた。それから、笑顔をあげて、良介の目を、からかうみたいにうかがった。

「一千万ってのは、どうかなァ？　八百万円くらいにまけてくれるとありがたいんだけど」

すると、日出子は、良介が奇異に感じるほど、屈託のない笑顔で、声をあげて笑いつづけ、もう一度、スコップを蹴った。

「私が喪ったものなんて、そんなに高くないわ。性格異常者に侮辱されて、仕事をさせてもらえなくなっただけよ。私、そんなことで傷ついたりしないわ」

「でも、あの会社の宝石デザイナーになるってのは、日出子の長いあいだの夢だった

んだぜ。その夢がこわれちまった……。金額に換算できないだろうけど、俺は、自分にできる範囲で償いたいんだ。異常性格者に侮辱されただけでも、俺から五百万円くらいは慰謝料を取ったって罰はあたらないと思うよ」

良介の言葉に、日出子は何度もうなずき直したが、その肌理《きめ》のこまかな顔から笑みは消えなかった。

突然、大粒の雨が降ってきて、良介と日出子は、車に走った。走りながら、

「考えとくわ」

と日出子は言った。

「何を？」

「私が喪ったものをお金に換算したら幾らぐらいになるかを」

ライトバンの運転席に避難した日出子を追って、良介は彼女の車の助手席に坐ろうとしたけれども、日出子は素早く、中からロックをして、ガラス窓を細くあけた。

「今夜は、どこに泊まるの？」

「まだ決めてないんだ。輪島に泊まろうかとは思ってるんだけど」

大粒の雨は、良介の全身を濡らし、鼻の頭や顎から、しずくが伝い落ちた。

「考えて、結論が出たら、電話をくれる？」

その良介の言葉に、日出子は何も応じ返さず、校庭の前の空地で車をUターンさせると、山道を下っていった。

良介はレンタカーに乗ると、旅行鞄のなかからタオルを出して、頭とズボンを拭き、車内でポロシャツを脱いで、別のポロシャツに着換えた。

そして、いったい、自分のどんなところが変なのかを考えた。思い起こしてみれば、四年前、日出子に、「変な人」と何度言われたかしれなかった。そのたびに、どう変なのかと訊いたが、日出子は、ひとことでは言えないと笑うばかりで、教えてはくれなかったのである。

しかし、妻にも「おかしな人ね」と、しょっちゅう言われた思い出があるので、良介は、自分では、普通の人間だと思い込んでいるが、やはり、どこか変なところがあるのに違いないと考えるほうが正しいのであろうと思った。

「先の見通しもないのに、まだ養なわなきゃいけない二人の子供もいて、会社を辞めちまうってのは、やっぱり変だよな」

良介は、自分にそう語りかけた。

「償いをさせてくれって言っといて、一千万円を八百万円にまけてくれるとありがたいなんて口にするのも、変だよな」

彼は車をUターンさせた。軽自動車が山道を登ってきて、小学校の菜園の前で停まり、よく日に灼けた三十四、五歳の女が慌てて傘をさしながら、良介の車のところに走ってきた。

「江波さんですか？」

と女は訊いた。

女の傘に当たる雨粒の音が大きくて、良介は、また頭や顔を濡らしながら、運転席の窓から首を突きだした。

小学校の教師と思える女は、いましがた、日出子の車とすれちがう際、ことづてを頼まれたのだと説明し、もし今夜、輪島に泊まるのなら、この旅館に泊まったらどうかと勧める日出子の言葉を伝えた。

「その旅館の奥さん、私たちと同級生なんです」

「同級生？　この小学校の？」

と良介は訊いた。

「小学校も中学校も高校も」

女は、そう言ってから、

「私、家のほうの電話番号は知ってるけど、旅館のほうは知らなくて……」

「いえ、結構です。電話帳でしらべます」

良介は、礼を述べ、傘をさしたまま、何度もお辞儀を繰り返す女に手を振って、山道を下り、湾に沿った県道へと車を走らせた。

〈罪悪感という鎧〉に関して、日出子は何も触れなかったなと、良介は思った。いまさら、それが何だ……。そんな表情だったな。

「バケツをひっくり返したような大雨ってのは、こんなのを言うんだぜ」

まるで、海の底を進んでいるような気がして、良介はヘッドライトをつけ、前方を凝視し、注意深く車を運転したが、道を走っている女の子に気づいたときには急ブレーキをかけねばならなかった。

少し雨の勢いが弱まるまで、車を運転するのはやめたほうが賢明だと思い、良介は車を停めた。

女の自意識と精神的に格闘して疲れるのは、もうこりごりだと思う心と、日出子が傍にいたら、楽しみも多いだろうという期待とが錯綜しはじめていた。

しかし、自分に妻がいなくなったとなれば、日出子の自意識も、具体性のない、どうにも扱いあぐねる自己主張も、四年前とは質が変わるだろう……。どう変わるのか、そのこととつきあってみてもいいではないか……。

もし、今夜、日出子が勧めた旅館に、日出子から電話がかかってくれば……。

「女房が死んだから、よりを戻してくれなんて、口が腐っても言えないよなァ。それは罪だよ。死んだ女房にも、日出子にも」

良介は、声に出してつぶやき、このまま、すさまじい雨が降りつづけばいいのにと本気で願った。

輪島の港に近いその旅館に、良介は二泊した。日出子から電話がかからなかったからである。

落胆の気持はあったが、いかにも日出子らしいなと微笑する余裕が良介のなかに生じていた。寝たきりの母と、老人性痴呆症にかかった祖母の世話は、看病などというなまやさしいものを通り越して、もはや闘いと言うべき日々なのに違いない。二人が寝てしまうと、日出子は精も根も失くして、自分の寝床に倒れ込んでしまうことであろう。

輪島で二泊して目を醒ましたとき、良介は、旅館の窓から見える漁船の旗を眺めて、そう思った。

良介は、宿泊代を払って、旅館を出るとき、日の出工務店の電話番号をしらべて、それを手帳にひかえたが、電話をかけようとは思わなかった。

車だけ、旅館の駐車場に置かせてもらって、輪島の朝市でも見物しようと思い、良介が旅館の玄関に戻ると、帳場から仲居が出てきて、電話がかかっていると言った。

電話に出るなり、

「お値段、少しは安くしてくれた？」

という日出子の声が聞こえた。規定の料金よりも安くしてくれたのかどうか、良介はわからなかった。

「うん、ありがとう。お陰さまで」

と言った。けれども、

「女将は、挨拶に来た？」

「いや、こなかったな」

「じゃあ、やっぱり体の調子が悪いのね。あなたが泊まってるかどうか確かめる電話をかけたとき、ご主人に、私の知り合いだから、よろしくって言っといたの。そしたら、自分は客の前に顔を出さない主義で、家内は体の具合が良くなくてって言ってたから」

「いや、そんなに気を遣ってもらわないほうが気楽でいいよ」

「きょうは、どこへ行くの？」

「わからないね。でも、まだ東京へ帰ろうって気にはならないから、金沢に泊まって、レンタカーを返して、ひょっとしたら、京都へでも行くかもしれない」

「京都？　どうして？」

「大学時代の友だちがいるんだ。親父さんの跡を継いで、割烹料理屋をやってるんだけど、入院したって噂を聞いてね。どんな病気なのかわからないけど、見舞いに行きたいんだ。そいつの下宿に何日も泊まり込んで、ただ飯、ただ酒にありついたことがある」

と良介は言った。

もし、その気になれば、猿山灯台へ行ってみたらどうかと、日出子は勧めた。

「猿山灯台？　どのへんかなァ」

良介は、旅館の帳場の壁に貼ってある大きな観光地図に視線を走らせて訊いた。

「半島の北西側。外浦海岸に猿山岬ってのがあって、その少し上になるの」

「お勧めの理由は？」

「そこから海を見ると、地球が確かに丸いってことが、はっきりわかるわ」

「へえ、地球が丸いってことが、ちゃんと目で見えるの？」

「そう。お天気のいい日の朝が、一番いいと思う」

「じゃあ、行ってみようかな。その近くに旅館はあるのかい？」

「私の友だちが民宿をやってるの。もし行くんだったら、いまから電話をして、お部屋があいてるかどうか訊いてあげる」

良介は、日出子の喋り方に、はしゃいでいるような調子を感じて、

「きみも来てくれる？」

と言った。いまの日出子の状況では、動きがとれないことは承知のうえだったが、日出子がはしゃいだ口調で喋っているのが嬉しかったのだった。

日出子は、少し間を置き、

「最初に私を誘ったときとおんなじ言い方……」

とつぶやいた。良介は、日出子の言っている意味がわからなくて、

「最初って？」

と訊き返した。

「そういう誘い方で、するっと入ってきたのよ。忘れたの？　どんなに遊び慣れたおとなかと思ってたら、とんでもないわがままな、奥さま一筋の、へんてこりんな人だったわ」

日出子は、十分ほどでかけ直すと言って電話を切った。俺が遊び慣れた男だったら、日出子は拒否していただろうにと思い、良介が猿山灯台を捜して地図の北西部を見ていると、旅館の仲居が話しかけてきた。目つきや口調で、日出子といかなる間柄かをさぐろうとしていることに気づき、良介は、そんな仲居をいぶかしく思った。

仲居は、日出子が昔から、この能登では有名な存在だったのだと、周りを気にした様子で言った。日出子の美貌だけではなく、その言動もまた否応なく日出子を中学生のころから目立たせてきたのだ、と。

余計なお喋りが好きな女だなと思いながらも、良介は、姑息で底意地の悪そうな仲居に、

「中学生のときから？　へえ、どうしてです？」

と訊いた。

「そらまあ、いろんなことで……」

とだけ答え、仲居は、いかにも仕事をしている格好で階段の一段目を乾いたタオルで磨いた。それから、声をひそめ、この旅館の主人も、いまでも日出子の発行した切符を大事に持っていると言った。

「切符？」

「日出子さんが自分で作った切符ですがいね。自分に逢いにきた男に、あの人は切符をあげるのが癖で。切符が十枚たまったら、ええことをさせてやるっちゅうて……」

「中学生のときに？　へえ、おもしろい子だったんだね」

このての話を、良介は信じないたちだったので、さして興味がなさそうに言い返した。

十分もたたないうちに、日出子から電話がかかった。

「一部屋、あけてくれたわ。でも、隣の部屋は、子供連れの夫婦だから、うるさいかもしれないって」

「いいよ。まさか夜中まで走り廻ったりはしないだろう。でも、能登のあっちこっちに、友だちがいるんだなァ。それも、おあつらえむきに、旅館や民宿をやってる」

「私、能登では有名人なのよ」

日出子は含み笑いをしながら、そう言った。その言い方に、わるびれたところは、いささかもなかった。

「じゃあ、地球が丸いのを見に行くよ」

「お天気がよければいいのにね」

良介は、輪島駅の前まで行き、公衆電話で自宅に電話をかけた。留守番電話になっているとばかり思い込んでいたが、電話には息子の亮一が出てきた。

「あれ？　サッカー部の練習があるんじゃないのか？」

と良介は訊いた。

「ふくらはぎの筋肉がすごく痛くて、さっき帰ってきたんだ」

息子の喋り方が、いつになく陰気だったので、

「なんだい。隠し事をしたって、親父にはわかるんだぜ。どうせ、いつかはほんとのことを喋らなきゃいけないんだ。いま言っといたほうが、らくだろう」

と良介は電話ボックスのドアを閉めて言った。

真夏の太陽に照らされて、狭い温室みたいになっている公衆電話ボックスのなかで、高校一年生の息子の沈黙の意味に不安を抱きつつ、良介は、話のわかる良き父親を演じることだけは避けようと決めた。

「お父さんが帰ってから言うよ」

という亮一の言葉が返ってきた。

「こら、ちゃんと、いま喋れ。お父さんだって、心配したまま旅行をつづけるわけにはいかんだろう。まさか、人を殺したっていうんじゃないだろう？」

「そんなこと、しないよ」

「人の物を盗んで、警察につかまったってわけでもないんだろう？」

「そんな馬鹿なこと、しないよ。べつに、誰かとケンカして怪我をさせたんでもないし」

「じゃあ、たいしたことないじゃないか」

その良介の言葉で、亮一は幾分切り口上な感じで、

「俺、やっぱり、いまの高校にむいてないと思うんだ」

と言った。

「むいてない？　お前が高校にむいてないのか？　それとも、いまの高校がお前にむいてないのか？」

亮一は、しばらく考え込んでいるらしく、受話器からは、かすかな息遣いだけが聞こえた。暑さが耐えられなくなり、良介は、電話ボックスのドアをあけた。

「わかんないよ。とにかく、むいてないと思うんだ」

「学校にむいてる子供なんて、いないさ。俺だって、高校生のときは、一日も早く、こんなところからおさらばしたいって思ったもんだ」

「高校を辞めたいんだけど……」

亮一は、ふいに、力のない声で言った。

「お前が高校を受験するって決めたとき、お母さんがどんなに歓んだか、覚えてるだろう？　そのお母さんが一番心配してたのは、せっかく高校に入っても、すぐにお前が辞めちまうんじゃないかってことだったんだぜ」

良介は、電話ボックスのドアを片方の足でおさえて閉まらないようにしたまま、ハンカチで額や首の汗を拭いた。そして、腕時計を見た。九時半だった。

いまは、いい具合に夏休みだなと思い、

「逢って、話をしよう。お前、いまから能登へこいよ。なんなら、お父さんが金沢まで行ってお前を待っててもいいよ」

と言った。これから東京駅まで出て、そこから上越新幹線に乗り、長岡で乗り換えたら、夕方には金沢で落ち合える。

「電車賃ぐらいはあるだろう？　もしなかったら、お隣りの横田さんに借りろ。お父さんが電話をしとくから」

良介は、輪島駅を見やり、時刻表で列車の時間をしらべてから、もう一度息子に電話をかけようかと考えたが、何も応じ返してこない亮一に腹がたってきて、

「口だけは一人前のくせに、ひとりで金沢までもこれないってのか」

と言った。

「自分の考えも言葉にできない子供が、高校を辞めたいなんて、どういう了見なんだ。とにかく、いまから金沢へこい」

良介は、金沢で泊まったホテルの名を教え、そこのロビーで待っていると言った。

「電車、きっと混んでるよ」

と亮一の、あきらかに反抗心から発せられたと思える、ふてくされた声が返ってきた。

「混んでたら、立ってきたらいいだろう。人生の大事を話し合おうってのに、電車が混んでるもへったくれもあるか」

良介は、もう一度念を押して、金沢のホテルの名を亮一に復唱させ、

「お父さんは、いま輪島の駅にいるんだ。これから車で金沢へ行くよ。お父さんは、ホテルのロビーで待ってる。いいな、お父さんは待ってるんだぞ」

と怒りを抑えて言った。

「行くよ。輪島から金沢までは遠いの？」

「車で三時間ぐらいだろう。もうちょっとかかるかもしれんな」

「だったら、俺が輪島まで行くよ」

「そんなことをしてたら、夜遅くなるぞ」

「かまわないよ。金沢で乗り換えたらいいんだろう?」

亮一は、いやにむきになって、金沢ではなく、輪島で待ち合わせることを主張した。良介は、そんな息子の真意を測りかねたが、せっかくその気になったのだからと考え、どんなに遅くなっても、輪島の駅で待っていると告げて、電話を切った。

駅の売店で時刻表を買い、車を駐車場に預けてから、良介は喫茶店に入った。家を出るのが一時間後として、東京駅に着くのは、十一時半くらいだと考えれば、十二時近くの新幹線に乗れる。長岡まで約二時間。そこから金沢まで三時間。金沢から輪島まで二時間……。

列車の連絡がうまくいけば、なんとか最後の特急に乗って輪島に着けるだろうし、間に合わなければ、各駅停車に乗ってくるだろうと良介は思った。

なんだか、にわかに身辺があわただしくなった気がして、良介は、まず何をしなければいけないのかを考えた。

日出子に紹介された猿山灯台の近くの民宿に泊まるか、それともこのまま輪島に泊まるかを決めなければならない。亮一の行動が迅速でなかった場合、輪島駅で逢えるのは、夜も相当遅い時間であろう。

夏休みで混んでいる民宿の部屋を、わざわざひとつあけてもらったのに、断わってしまうのは、民宿の主人にも日出子にも申し訳ないが、この際、そんなことに気を遣う場合ではなさそうだ……。

時刻表を閉じると、江波良介はコーヒーをすすり、

「親父も息子もドロップ・アウトか……」

と胸の内で言った。そして、ひょっとしたら、亮一は父親が会社を辞めたことを知って、それならば自分もと考えたのではあるまいかと思った。だが、自分が会社を辞めたことは、娘の真紀にも喋っていない。

それにしても、先のことも考えず、突然、会社勤めを辞め、死んだ妻の生命保険で、しばらく遊んで暮らそうと目論んでいる父親が、息子に、高校を辞めてはならないと叱責できるだろうか。良介は、我知らず頬杖をつき、落ち着きなく視線をあちこちに向けながら、何度も小さく舌打ちをした。

まさか、こんな場合に、じつは俺も会社を辞めてねなんて言うわけにはいかんな……。女房が生きていたら、どう対処しただろう。こんなとき、父親と母親とでは、どっちが役にたつのだろう……。

自分の知り合いに、登校拒否の子供で悩んだ者はいるだろうか。もしいれば、助言を請《こ》いたいものだ。良介はそう思ったとき、そうだ、最高の助言者がいるではないか

と気づいた。兄の伸介であった。

兄は、高校生のとき、父にも母にも相談もなしに退学して、家をとびだしたんだっけ。親を悩ませた当事者に相談をもちかけるのが、何よりの得策というものだ。

しかし、兄はローマに住んでいる。とりあえず、息子と話をしたうえで、兄に手紙を書いてみよう。

そう決めると、良介は、日出子に紹介してもらった民宿に電話をかけた。どうも夜遅くなりそうなうえに、もうひとり増えてしまったと、民宿の主人に言うと、うちは夜遅いのはいっこうにかまわないし、ひとり増えても何の支障もないという陽気で親切そうな言葉が返ってきた。

そうなると断わるに断われなくなり、どうしてもキャンセルしなければならなくなったら、できるだけ早く連絡すると伝えて、良介は電話を切った。

喫茶店の前の通りには、夏休みを利用して旅行中らしい何組かの大学生のグループが、行き来している。

良介は、法律を犯さないかぎり何をどう咎められることのない大学生活の自由な四年間は、青年に多種多様な幅とか許容量とかをもたらすものなのだと考えていた。日本の大学制度が正しいとか間違っているとか、無駄な金を使って遊びに行く場所だとかの問題とは別の次元で、彼は大学生活が青年に与えるものの重要性を知っているつもりだったのである。

彼は自分の息子に、別段、一流の大学に入ってもらいたいと希んだことはないが、何物にも束縛されない、きままな四年間を、人生の一時期に持つのと持たないのとでは、やはりそれ以後の人生に大きな影響をもたらしてくる。それは、学歴の問題とは別の部分における差異となって、不思議なあらわれ方をすると思っていた。だから、良介は、自分の息子に、大学生活を経験させてから世の中に出してやりたいと思っているだけなのだった。

さて、どうやって時間をつぶそうか……。良介は、スイカを積んだリヤカーが、駅前の通りをのんびり海側のほうへと進んで行くのを見やった。そして、会社を辞めてから、まだ一度も朝寝坊をしていないなと思った。

寝床のなかで、うつらうつらしながら、満員電車へと急ぐ勤め人の足音を聴き、ざまあみやがれとほくそ笑んでやるつもりだったのに、そのささやかな希みも叶えられていない。

「大事なのは、何が俺にとって最も幸福なのかってことなんだ。くそォ、俺は俺だ」

息子の、体だけは大きいくせに、少年の真っ只中にいるといった面ざしを脳裏に描きながら、良介は喫茶店を出ると、車を預けてある駐車場へと歩いた。数年前に観た外国映画のセリフが、ふいに甦った。イタリアの寒村から、向学心に燃えて旅立とうとする青年に、父親代わりの男はこう言うのだった。

――帰ってくるな。私たちを忘れろ。手紙も書くな。すべて忘れろ。ノスタルジーに惑わされるな。自分のすることを愛せ。我慢できずに帰ってきても、私の家には迎えてやらない――。

どこか、人の少ない海の側で時間をつぶすことにして、良介は輪島の町を海の方へと抜け、西に向けて車を走らせた。

「ノスタルジーに惑わされるな。自分のすることを愛せ、か……」

良介は、何度も、映画のセリフを口にだしてつぶやいた。自分は、どうもその反対の心に染まっているような気がした。ノスタルジーに惑わされ、自分のすることを愛せないでいる……。

「自分のすることを愛するってのは、難しいもんだよ」

それが、法を犯すものでないかぎり、自分は自分のすることを愛してみよう。そうでないかぎり、何のために会社を辞めたのかわからないではないか。亮一にも、日出子にも、自分らしく向かい合うしかない。

それにしても、自分らしくするというのは、具体的にどんなことなのであろう。わがまま勝手に振る舞うことではあるまい。

「自分らしくするってのも、難しいもんだよ」

良介は、景色のいいところにさしかかると、そのたびに車を停め、車外に出て、二、三十分、ぼんやりと日本海を眺めたり、断崖から眼下の岩礁に見入ったりした。

おそらく間に合わないだろうと思っていたが、亮一は七時過ぎに輪島に着く列車に乗っていた。

改札口に立っている父親をみつけると、軽く微笑んで手を振り、それから、ばつが悪そうに目をそらし、リュックサックを肩から降ろした。

東京駅の駅員が親切な人で、できるだけ早く輪島へ行きたいと相談すると、時刻表やコンピューターを使って、チケットを作ってくれたとのことだった。

「初めての一人旅か?」

良介が言うと、

「うん、こんな遠いとこにはね。おととし、おじいちゃんのとこへひとりで行ったけど、あそこは電車で二時間くらいだから」

亮一は、そう答えてから、どことなく崩れた、しまりのない顔を、まだ残照の燃えている空に向けた。

思春期の少年には、何度か型崩れの時期があると良介は思っていたので、息子がその最初の崩れの渦中にいるのを知った。口元がだらしなくなったり、目つきが下品になったり……、そんな時期をくぐり抜けて、少年はおとなになっていくのだと、良介は自分に言い聞かせた。

亮一を車のなかに待たせておいて、良介は今夜泊まる予定の民宿に電話をかけ、これから輪島を出発すると伝えた。

昼間、往復した道を再び走りながら、

「早く着けてよかったな。下手をしたら、十時ごろになるかもしれないって思ってたんだ。そんな遅い時間だと、民宿じゃあ晩飯を作ってくれないからね。今夜泊まる民宿は、料理がうまいのが自慢らしいよ」

と良介は言った。そして、

「どうして、輪島まで来る気になったんだ？　金沢で待ち合わせをしたら、もっと早く逢えるし、お前もらくだったろう？」

と話しかけた。

「輪島の近くに、小学校のときの友だちがいるんだ」

「へえ、そりゃ初耳だな。輪島の近くって、どこだ？」

亮一は、リュックサックから一枚の葉書を出し、

「年賀状をもらったんだ。小学校のとき、べつに親しくもなかったんだ。あんまり話をしたこともないし……。俺にだけ、年賀状をくれたんだ。他の俺の友だちに訊いても、誰ももらってないんだ」

その少年は、小学校一年生から四年生まで同じクラスで、五年生の終わりごろに父が死に、母の実家の能登に引っ越したのだと亮一は説明した。

「これ、何て読むのかな」

運転している良介の眼前に、亮一は葉書を突き出した。〈珠洲市〉という字が読めた。

「スズって読むんだ。いま走ってる方向とは逆のところだな。でも、上手な字だな」

「すっごく勉強ができたんだ。たぶん、いつも学年で一番だったんじゃないかな」

「何て書いてきたんだ？」

「明けましておめでとう。ぼくのことをおぼえていますか？　あのときはありがとう。もし、能登に来ることがあれば、ぼくの家に寄って下さい」

亮一は葉書を読んで聞かせ、

「電話番号も書いてあるよ」

と言った。

「あのときはありがとうって、何か礼を言われるようなことをしてあげたのか？」

「それが、わかんないんだ。何がありがとうなのか、ぜんぜん思い出せないんだ」

「じゃあ、あしたつれてってやるよ。今晩、民宿に着いたら電話をかけるといい」

海からの風は強くなり、夕日は、ちょうど半分が水平線の向こうにあった。

民宿に着いて、東京では口にできない新鮮な魚を食べたあとに、しちめんどうな話をするよりも、夜へと変わっていく風景のなかで、日本海を真横にして話し合ったほうがいいかもしれない。

良介はそう判断し、

「どうして、高校をやめたいんだ？」

と亮一に訊いた。

亮一は、無言で前方を見たまま、何か言葉を選んでいるようだった。自分の意見は、息子の言い分を聞いてからにしようと思っていたのだが、亮一がいっこうに喋りださないので、良介は仕方なく口を開いた。

「まったく困ったもんだな、日本の教育ってのは。自分の考えを、自分の言葉で喋れない人間ばかり養成してるわけだ。問題を作成した人間が求めてる解答以外は、みんな不正解とする管理教育だよ。お父さんが高校生のときもそうだったけど、いまはもっとひどいな。人間、誰だって管理なんかされたくないから、まともな感性をしてるやつは、みんな学校なんか嫌いだよ。まあ、なかには、学校が大好きだって変わり者もいるけどね」

「じゃあ、どうして、俺が高校をやめちゃあいけないのさ」

と亮一は、いぶかしげに良介の横顔に目を注いできた。

「高校を卒業しましたっていうお免状をいただくためさ。そのお免状がないと、大学の入試が受けられないからね。それと、もうひとつ……」

亮一が何か言い返そうとしたのをさえぎって、良介は自分の正直な意見を述べた。それが、吉とでるか凶とでるかを考えること自体が、すでに策だと思ったからである。

「いまの中学校とか高校ってとこはね、世の中にはいやなことばっかりで、だけど、そのいやなことに我慢してつき合うってことを学ぶところだな。世の中は嘘とインチキばっかりで、顔と腹とは違ってばかりで、だけど、それをちゃんと承知のうえで、その嘘やインチキとつき合ってやるってことを学ぶところだな。おとなってのは、自分も反抗心ばっかりの中学生や高校生だったってことを忘れちまった連中だってのを、じっくり見物するところだな。だから、学校を、中学で辞めたり高校で辞めたりすると、世の中に出てから、まったく使い物にならない人間になる。いやなことを我慢したり、嘘やインチキとつき合わないまま、世の中に出てしまうわけだからね。俺は、お前に、そんなおとなになってもらいたくないんだ」

「じゃあ、勉強なんか、ぜんぜんしなくったっていいの？　いやなことを我慢したり、嘘やインチキとつき合うだけでいいの？」

と亮一は憮然としているのか、気色ばんでいるのか区別のつきかねる表情で訊いた。

良介は、車を運転したまま、

「ああ、いいよ。勉強なんか、したくなかったら、しなきゃいいじゃないか。数学の公式が、女を口説くのに役立ったってことは、あんまりないよ。車のセールスマンになって、成金のおっさんに車を売りつけるのに、英語の関係代名詞が役に立ったってことも、あんまり聞いたことがないな。でも、赤点を取ったら落第して、刑務所にいる時間が長くなるだけだぜ」

「じゃあ、お父さんもお母さんも、俺が勉強なんかしないで、嘘やインチキに我慢するだけのために、俺を高校に行かせたの？　そんなの嘘だよ」

「へえ、じゃあ、どうして、俺たちはお前に高校へ行かせたと思うんだ？」

「勉強させて、いい大学に入れたかったからだろう？」

「違うよ、世間知らずの、卑屈な人間にさせたくなかったからさ」

「卑屈って？」

「自分の弱さで学校に行かなかったっていう過去は、いつか必ず男を卑屈にさせるんだ」

「俺、いま高校を辞めても、卑屈になんかならないよ」

「なるね。みんなが我慢して耐えたことにギブアップして、自分は高校を中退しちまったってことが、江波亮一という男を、将来、卑屈にしないとしたら、江波亮一って男は、まともな男じゃないよ。確固たる明確な目的があって高校を辞めたんじゃなくて、ただいやで、いろんな不満があって、それでギブアップしたんだからな」

亮一は、また考え込み、指で唇をつまんだり、鼻の頭をこすったりした。そして、顔を奇妙に歪めて言った。

「だって、先公なんてさァ、自分は酔っぱらって、パチンコばっかりやって、どこかのスナックで女のお尻をさわってるくせに、俺たちが煙草を吸ってるのをみつけたら、十日でも二週間でも停学にして謹慎処分にして、えらそうに説教するんだぜ」

良介は微笑し、

「それは、煙草を吸ってるのをみつかったやつがドジなんだ。やっちゃいけないってことをやっちまって、そんなつまらない先公にみつかったんだから、みつけられたほうが馬鹿なんだ」

と言った。

「お父さんの言い方だったら、学校って最低のところじゃないか。そんなところへ、自分の息子を、授業料を払って行かせてるなんて、おかしいよ。お父さんの言ってること、なんか、おかしいよ」

髪の毛を両手で乱暴にかきあげ、父親の真意を測りかねるといった表情で亮一は言った。

「そうだよ、いまの中学や高校は、最低で最悪だよ。まともな教師なんて、ほんのひとにぎりだ。百人の教師のうち八十人くらいは、事なかれ主義の、管理主義の、面倒なことは避けて通る月給取りだ。でも、社会へ一歩出てみたら、そんな連中が百人のうち九十五人もいるってことに気がつくぞ。ところがだなァ、どんな子供もいつかおとなになって、社会に出て行かなきゃいけないんだ。逃げださないで、踏んばったら、きっといつか、いいことがあるよ」

「いいことって？」

「さあ、どんなことかなァ。誰にもわからないな。お前の人生だからね。お父さんにとっていいことと、お前にとっていいこととは違うだろうからね。親子といえども、価値観は違うさ」

太陽は沈んでしまい、夏の海に濃い朱色のうねりだけが残っていた。

こうなったら、自分のことも喋らないわけにはいかないなと、良介は思い、道の海側に作られた見晴し台に車を停めた。

「えらそうに言ったけど、お父さん、会社を辞めたんだ」

「……いつ？」

「七月末に」

「どうして？」

「しばらく、遊んで暮らそうと思って。お母さんのことでも疲れたし、サラリーマンにも疲れたし、まあ、つまり、ちょっと世の中にギブアップして、いろんな傷んでるところを直そうと思ってね。二十三年もサラリーマンをやって、あっちこっち、体にも心にも、がたがきたよ。お母さんのかけてた生命保険で、俺っていう人間を修繕しようと思って……。お前までが高校を辞めちまったら、死んだお母さんが泣くだろうから、まあ、ひとつよろしく頼むよ」

亮一は父親の顔を見つめ、赤黒い海に目をやり、

「ずるいなァ。インチキだよ。お父さんて、俺の高校で一番いやな先生よりもひどいよ」

と言った。ここは、のるかそるかだが、下手な策は弄さないでおこうと、良介はあらためて自分に言い聞かせた。

猿山灯台の近くの民宿に着くまで、亮一は口をきかなかった。怒っているのか、あきれているのか、それとも自分の考えを整理することに頭を絞っているのか、良介にはわからなかった。

民宿と呼ぶには大きな建物で、客を送り迎えする八人乗りのマイクロバスもあり、タイル張りの、一度に七、八人ほどつかれる湯舟の浴場があったが、二階の部屋からは、灯台も海も見えず、民家の屋根と、川とも用水路ともつかない流れが見えた。

シマアジと甘エビの刺身のあとに、イカの細造りが出て、それから揚げたての車エビの天麩羅が運ばれてきた。

ひさしぶりに息子と食事をともにし、その食欲に驚き、良介は、

「よくそれだけ腹に入るもんだな」

と思わずつぶやいた。

「俺、きっと、サッカー部をやめさせられるだろうな」

と亮一は、四杯目のご飯を自分でよそいながら言った。

「どうして？」

「だって、無断で休んじゃったから」

「休むときは誰に連絡しなきゃあいけないんだ？」

「監督かキャプテン」

「じゃあ、お父さんが、いま、どっちかの家に電話してやるよ」

亮一は、英語の教師でもあるサッカー部の監督の家に電話してくれと頼んだ。

息子は風邪をひいて熱が高く、二、三日、休ませたほうがよさそうだ……。良介は、まだ若い監督の住まいに電話をかけて、そう伝えた。休む前に連絡する規則になっていると、サッカー部の監督は不満そうに言った。家には本人しかいなかったし、熱が高くて動けなかったので、電話をかけられなかったのだと良介は言った。

「なるほどね。規則、規則だな。規則がすべてに優先する。お役所みたいだな」

「だろう？　自分は二日酔いで、平気で遅れてくるんだよ」

「可哀相な未熟者めがって、思ってりゃいいよ」

良介がそう言って笑うと、

「可哀相な未熟者めが！」

と亮一が大声を張りあげた。良介は、自分に言われたような気がしたが、亮一が微笑みかけてきたので、

「それ、お父さんのことか？」

と訊いた。

焼シイタケを頬張ったまま、

「お父さんのことじゃないよ。どうして、自分のことかなって思うの？」

と亮一は逆に問い返してきた。良介は、首をかしげて微笑み、そろそろ本音を言うことにした。

「お父さんは、さっきから、日本の中学や高校の悪口を言ったけど、だからって、お前が高校を辞めることに賛成したりしないぞ」

「……うん、わかってるよ」

「学校ってのは、やっぱり、勉強するところなんだよ。勉強が大好きだってやつも、

たまにいるけど、まあ、人間て、できるだけ遊んで怠けたいもんさ。遊んで、らくをしたいって本音を、学校や教師のせいにするなよ。自分のために勉強するんだからね。親や教師のために勉強するんじゃないんだ。勉強するってのは、つまり、自分に克つことさ。自分に克たないと、宿題ひとつ片づけられないよ。自分に負けた言い訳を、学校や他人や社会のせいにするための論法だけ上手なやつが、一人前の社会人になれないまま、歳だけとっている……。いま、そんなやつが、東京だけでも何万人もいるぜ。えらそうな屁理屈は、ちゃんとやることをやってから言ってくれってんだ。わかったか？」

「うん……。でも、俺、たぶん、頭が悪いんじゃないかって思うんだ。英語の単語なんて、覚えても覚えても忘れちゃってさァ」

「それが普通だよ。俺もそうだったよ。でも、お前が高校を受験するって決めてからの頑張りは、たいしたもんだったぜ」

「へえ、そうかな」

亮一は、照れ臭さを隠すために、わざと剽軽ぶって、甘エビの尾を指でつまみ、口を大きくあけると、身だけ吸い取った。

「だって、あの段階で、残り時間は二ヵ月しかなかったんだぜ。合格の確率は五分五分で、そのうえ、お母さんは入院してる。お母さんが、もう駄目だってことは、お前も知ってたんだ。そんななかで、お前は、ほんとによく頑張ったよ。俺は、自分の息子を、尊敬したね。お父さんは、仕事なんて手につかなかったよ。お母さんの残り時間を考えると、自分が何をしたらいいのかわからなくてね。奇跡が起こることを願ったり、医者にくってかかったり、病院の屋上へ行って泣いてたり……。お父さんが、一番役立たずで、なさけなかったよ」

なんだか、しきりに、妻の顔が浮かんできて、母親似の、亮一を見やったまま、良介は涙を抑えようと、立ちあがった。

半月が海のほうにかかっていた。雲はなく、月の周りに暈《かさ》もなかった。

良介は、民宿の窓の手すりに凭れ、妻が息を引きとる十日ほど前に、抱いてくれとせがみつづけたときのことを思い浮かべた。

何を言っているのだ、ここは病院だぞ、いつ看護婦が入ってくるかわからないぞ……。

良介は笑って、妻の額を撫でたが、妻が冗談を言っているのではなく、真剣に夫との交わりを求めているのに気づいていたのだった。妻は痩せ細っていたが、内臓の癌は、腹膜に多くの水を溜めて、そこだけ膨れあがっていた。

良介は、妻の心を思って、妻の求めに応じようと試みた。けれども、痩せた胸と、腹水が溜まって膨れあがっている腹を目にすると、自分の体をそのような状態にさせることは不可能だった。良介は、ひたすら、妻の顔を腕にかきいだいて、頬といわず、頭といわず、撫でさすりつづけるしかなかったのである。

「ここからは海が見えないんだなァ」

良介は息子に背を向けたまま言った。

「半分に欠けてる月だけど、いい月だよ。海の見えるとこへ行って、月見でもしようか」

二人が出かけようとすると、民宿の主人が懐中電灯を貸してくれ、灯台に近い、崖の上への道を教えてくれた。

灯台の灯りを右手に見ながら地虫の鳴く夜道を歩いていくと、突然、月光を帯びた海が眼前にひらけ、遠くにたくさんの漁火が見えた。半月なのに、海面には大きな月光の輪があり、漁火は、そのなかで静止している。

「どうして、輪になって映ってんだろう」

良介は、浴衣の袖を肩までめくりあげ、誰に言うともなくつぶやいた。

「何が？」

と亮一が岩に腰を降ろして訊いた。

「月が……。だって、丸い月じゃなくて、半月なんだぜ。それなのに、海に、あんなにでっかい光の輪が映ってるよ」

「丸くても欠けてても、遠くからの光は、みんなおんなじなんじゃないかな」

「うん、なるほどね。そういうことかもしれないな」

良介は、いまここに日出子がいれば、夜の海に映る月光の巨大な輪を、女郎蜘蛛の模様と同じように、結婚指輪にたとえるだろうかと思った。

第二章　崖の家

妻の実家の近くに買った墓園に、娘と息子をともなって出向き、少し遅れた初盆の法要を済ませて帰京すると、留守番電話に、十八件もメッセージが吹き込まれていた。

そのうちの十三件は、娘の真紀へのもので、三件は亮一の友だちからだったが、残りの二件は、内海修次郎からと日出子からだった。

日出子は、八月の初旬に良介が能登を旅して猿山灯台に二泊した際も連絡はなかったし、その後、宿を紹介してくれたことへの礼状を良介が書き送っても、まったく返信はなかったのである。

「小森です。九月十五日に東京へまいります」

日出子は、留守番電話にそう吹き込んだあと、早口で都内の電話番号もつけくわえていた。それがいったいどこなのか、良介にはわからなかった。

テープを巻き戻して、電話番号をメモ用紙にひかえていると、

「あっ？　怪しい電話。お父さんに、怪しい電話が入ってる」

と真紀が言った。

「九月十五日って、あさってよ。この留守番電話は絶対に怪しい。私、あさって、お父さんのあとをつけて行こうかな……」

「怪しい、怪しいって、何を言ってんだ。お母さんのお墓を買うとき、お世話になった人なんだ」

と良介は苦笑しながら、もう一度、内海からのメッセージを聴いた。

「ゴルフのクラブ、俺がベストチョイスをして買っといたから、ちゃんと金を払えよ。靴も買っといたよ。サイズは二十五・五センチだろう？　もし違っても、取り換えてくれるから、帰ったら電話をくれ」

幾分、酒が入っているらしい内海の声を聴き、

「何がベストチョイスだよ。ゴルフをするのは俺だぜ。俺が使う道具を、なんでこいつが勝手に買っちまうんだ？　こいつの大きなお世話にはつき合いきれないよ、まったく」

二日間、閉めきっていた家の窓という窓をあけていき、

「お前の長電話には、みんな迷惑してるんだ。お前だけの電話じゃないんだぞ。夜中の三時四時まで、誰と喋ってんだ」

と良介は真紀に言った。

「お父さんにかかってくるのは、内海のおじさまくらいのもんじゃない。職業は〈遊び人〉になったんだから」

真紀は、横目で父親を睨みながら、そう言った。

週に四回、家庭教師のアルバイトをしているとはいえ、それ以外の時間は、好き勝手にすごしているくせに、家にいるときは、妙に親父を監視してやがる……。家にいるときは、死んだ母親の代わりを務めようとでも思っているのだろうか。それにしても、このちょっとした皮肉の言い方は、まるで母親そっくりだな……。

良介は、周りの人々が口を揃えて〈父親似〉だと評する真紀の顔を盗み見ながら、そう思った。

「俺の職業は〈遊び人〉か？　人聞きが悪いな。職業は〈旅人〉ってことにしといてくれよ」

「えっ？　またどこかに旅行するの？」

真紀は二階への階段をのぼりかけ、歩を停めて父親を見やった。

「冗談だよ。それより、もう一本、電話をひこう。真紀の長電話が終わるのを待ってられないからな」

「嬉しい……。私の部屋にひいてくれるの？」

「お父さんの部屋にだよ」

「お父さんの部屋に、どうして電話が必要なの？　やっぱり、なんか怪しい」

真顔で言って、真紀は居間に戻ってくると、父親の顔を探るように左右からのぞき込んだ。

「遊び人には、電話が必要なんだ。とにかく暇だから、あっちこっちに電話をかけたくなるかもしれないだろう。俺の友だちは、内海だけじゃないよ」

日出子と電話で話す機会が多くなりそうな気がしている良介は、娘の視線をうとましく感じて、台所へ行くと冷蔵庫をあけた。

「またビールを飲むの？　電車のなかで二本も飲んだくせに」

真紀は良介のうしろをついて来ながら言った。

「うるさいなァ。お母さんよりも口うるさい。ビールぐらい飲んだっていいだろう。こんなに暑いんだから」

「だって、昼間の三時に二本、五時に帰って来て、また一本。どうせ、夜にはウィスキーを飲むんでしょう？　飲み過ぎよ」

「うるさい！　ほんとに、女房よりも口うるさいんだから。俺を監視しろって、お母さんは死ぬ前に、お前に頼んだのか？」

「そうよ。私、お母さんに、そう頼まれたの」

良介は、缶ビールを持ったまま、気味が悪くなり、顔をしかめて真紀を見つめた。

「嘘よ」

父親をからかって、舌を出すと、真紀は二階の自分の部屋へあがって行った。

缶ビールをグラスに注いでから、良介は居間に戻り、冷房を入れて、内海の会社に電話をかけた。

「ご親切だよなァ。俺のゴルフクラブを、もう買っちまったのか？　俺の好みはどうなるんだよ」

内海にそう言うと、

「弟子がお師匠さまに対して、文句を言っちゃあいかんな。師匠が吟味して選んだ道具だ。ありがたく受け取るんだな」

「受け取るって、じゃあ、お前からのプレゼントってことか？」

「馬鹿。金は、ちゃんと払ってもらうぞ」

内海はそう言って笑い、ふいに声をひそめると、相談に乗ってもらいたいことがあるのだが、今晩、時間を作ってくれないかと言った。

「俺は七時に人と逢うけど、用事は三十分ほどで済むんだ。八時にまき野でどうだい？」

内海は、自分の勤め先に近い銀座の割烹料理屋の名を言った。

「まあ、どうせ俺は暇だからな。じゃあ、八時に、まき野へ行ってるよ」

良介は、電話を切り、ソファに坐ってビールを飲んだ。よほど大きな音で聴いているのか、二階の亮一の部屋からロック調の曲が伝わってきた。それを抗議する真紀の声が聞こえ、音量は小さくなった。

まだまだ一悶着も二悶着もあるだろうな……。良介は、いちおうはおさまったかに思える息子の問題について、そう思った。高校を辞めたいという亮一の気持が、たった一回の話し合いで解決したとは思っていなかったのである。

能登の珠洲市のはずれにある、鬱蒼とした樹木に囲まれた小さな神社の境内に腰を降ろして、小学生のとき転校して行った友だちと話をしている亮一の姿を思い浮かべた。

二人は、一時間ほど話をしていたが、その間、良介は、車のシートを倒して横になったり、海沿いの道を歩いたりして時間をつぶしたのだった。

――あのときはありがとう。その意味を亮一に訊いたが、

「べつに、たいしたことじゃなかったよ」

と不機嫌に言って、亮一は、それ以上のことを父親に説明しようとはしなかった。

良介は、いやに気にかかったが、話したがらないことを、しつこく詮索するのは避けたまま、その日、亮一と一緒に帰京したのだった。俺もあの年頃には、自分だけの世界にひたりたかったものだと思いながら……。

良介は、近くの本屋に申し込んで取り寄せてもらったファーブルの〈昆虫記全十巻〉のうちの一冊を手に取り、ページをめくった。

「読むのも大変だけど、これだけ昆虫を観察しつづけて、昆虫記を書いた人のほうが、もっと大変だったんだからなァ……」

彼は、高校生のときに昆虫記を読破しようと試みたが、最初の「聖たまこがね」の

途中で挫折したままになっていた。当時に買った本は、誰かに貸したまま、いったいどこへ行ってしまったのかわからなくなっている。

しかし、飛ばし読みした昆虫記の、ある一節をよく覚えていて、なぜか、どうかしたひょうしに、その文章を口ずさむのである。それは、「昆虫心理に関する断章」という章の書き出しの何行かであった。

——過ぎし世を讃うる者は生まれぞこないだ。世界は進む。そうだ。しかし時によると後退りに——

ファーブルは、そのあと、多くの学者が、人間の理性の高さと動物の理性の低さを同じ水準に位置させて、人間がなにも特別な存在ではないと述べていることに疑問を呈し、こうつづけるのである。

——この平等の理論は、事実が語っていないことを無理に言わせているようにいつも私は思ってきた。それは平野を作るために、人間という峰を崩して、動物という谷を浅くしているように見えた。この水準化に私は何か証拠が欲しかった。そして本の中には見つからないので、あるいは相当議論のある怪しいものしか見つからなかったので、私なりに確信を得るため、私は観察し、捜索し、実験してきた——

良介は、その箇所をみつけようと、全十巻のうちの何冊かをテーブルに置き、目次に目をやった。その章はすぐにみつかり、彼は、なつかしい文章を声に出して読んだ。

読みながら、良介は、能登の海辺で見た女郎蜘蛛の模様が、この数日、いやにしつこく自分の脳裏に浮かび出てくることに思いを傾けた。

女郎蜘蛛の体や足の黄色い輪は、仄かに良介の肉体のどこかに熱を帯びさせる。そんなとき、肉体的な男女として最も濃密だったころの妻を思いださないのだった。それなのに、彼の心のなかの女郎蜘蛛は、日出子でもなかった。日出子の姿をした別の女なのであった。目鼻立ちも日出子で、肌ざわりも、体の形も日出子の、しかし、日出子ではない日出子を抱きたいと思うのだった。

そのような、自分でも分析できない欲望や願望は、ファーブルの言うところの、〈昆虫の本能〉ではない。なぜなら、自分は人間なんだからな。

良介は、女郎蜘蛛の幻影を払いのけて、そう思った。ふと、ファーブルは、この「昆虫心理に関する断章」を、どうしめくくっているのかと思い、ページをくっていった。

――現在の蜂が幼虫時代のこの食事の記憶を持っているか。我々が母親の乳房から貰った乳の量の記憶以上ではあるまい。で、こういうことになる。母蜂はその幼虫に必要な食物の量については、記憶によっても、先例によっても、経験によっても何も知らない。そうとしたら、蜂はこれほど正確に練り菓子を量るのに、どんな案内者を持っているのか。判断力と視力とは母蜂を混乱させたあげく、多くやりすぎたり少しやりすぎたりさせるだろう。間違う気づかいなく彼女に教えるためには、分量を命ずる特別な先天的傾向、無意識な衝動、本能が必要なのだ――

そうか、昆虫たちのあの精密機械も真似できない無数の営みと生態は、結局、彼らの理性や工夫によるものではなく、先天的傾向と無意識な衝動と本能だけによっているのか……。

良介は、七時に出かける用意をすればいいと考え、それまで少し眠ろうと思った。死を目前にした妻が、ほとんど醜悪とも言える裸体を見せて、なぜ夫との交わりを、あれほどまでに求めたのか。良介は、

「人間だからな。人間なんだからな」

と何度もつぶやき、たぶん横になっても眠れないだろうと思いながら、ベッドにあおむけに倒れ込んで目を閉じた。それなのに、彼は、たちまち眠りに落ちた。

目を覚ますと、七時を少し廻っていた。良介は慌てて顔を洗い、ポロシャツの上にジャケットを着て、

「旅人は、ちょっとでかけてくるよ」

と真紀に言って家を出た。

銀座から少し新橋に寄ったところにあるまき野の格子戸をあけると、来年、大学を卒業する予定の息子とケンカばかりしている女将が、

「まあ、何て言ったらいいのか……。お元気なお顔を見て、安心しましたよ」

と笑顔で言ったので、良介は、妻の死後、一度もこの店に来なかったことに気づいた。

「あの節は、わざわざお通夜に来て下さって……」

と良介は深く頭を下げた。

「内海さん、もうお越しになってますよ。きょうは珍しくお座敷で」

女将は、良介を案内して二階への階段をのぼった。いつもカウンターの席に坐るのに、どうして今夜は、あえて座敷を指定したのか、良介は怪訝な思いでカウンターのほうに目をやったが、六人掛けのそこには、二人の客がいるだけで、他の席にも、予約が入っている様子はなかった。

女将が襖をあけると、内海修次郎はおしぼりで顔を拭いてから、「よお」と手をあげた。

「どうして、きょうは座敷なんだ？　カウンターが満席だと、座敷があいてても帰っちまうやつが、座敷をご指定か？」

女将が階下に降りて行くまで、内海は意味もなく何度もうなずいたり、深い溜息をついたりした。

「なんだよ、その溜息。何かあったのか？」

良介もおしぼりで顔と手を拭きながら訊いた。

「とんでもないことになっちまった」

と内海は言って、座椅子に背を凭せかけ、また深く溜息をついたあと、

「何にする？　まずビールは頼んどいた。冷酒も二合、注文した。ふなずしとはもも頼んだし、甘鯛の煮付けと鴨のロース焼きも頼んだ」

と言った。

「一人前か？」

「いや、全部二人前だ」

「じゃあ、全部注文しちまったんじゃないか。俺の今夜の体調とか好みはどうなるんだよ。まったく、お前ってやつは、地球は自分のために動いてるって思ってるんだからな」

「最後は、しじみご飯にしといた。今夜は俺の奢りだ。どんどんやってくれ」

女将と仲居がビールと冷酒を運び、そのあと、ふなずしとはもが並べられた。いつもと違う内海に気をきかせて、話し好きの女将はふたことみこと声をかけると、襖を閉めて階下へ降りて行った。

内海は、良介のグラスにビールをつごうとしたが、きょうは昼間からずっとビールを飲んだので、冷酒にしておこうという良介の言葉で、青い切り子ガラスの銚子をつかんだ。

「和食は、絶対に関西割烹だな。江戸割烹が関西割烹に席捲されたのは当然だ」

と内海は言い、この店の一人息子が、やっと家業を継ぐことを決めて、来年の春から京都のまき田で修業するらしいと教えた。

「とにかく、京都のまき田で修業した板前でも、よっぽど腕をみこまれないと、〈まき〉っていう字を貰えないんだ。まきって字を上につけて、自分の名前のひとつを下につけて、独立した板前は、いまは、大阪に一軒、京都に二軒、東京に一軒だけだよ。こないだ京都へ出張で行ったとき、三年前に、まきって字を貰って、自分の店を持ったってとこで食ったよ。まき浜って店だけど、とんでもなくうまい鰹を出しやがった。鯛めしも、どうしてこんなにうまいんだろうって考え込むくらい、うまかった」

内海は、自分でビールをついで、一本あけてしまうと、ふなずしを口に入れ、冷酒を飲み始めた。そして、また溜息をついた。

「内海、お前、さっきから何回、溜息をついたか知ってるのか？」

良介は、くすっと笑い、そう言った。

「俺、そんなに何回も溜息をついてるか？」

「ああ、苦悩を一身にかかえ込んだって感じだな。何があったんだ？」

「子供ができたんだ」

良介は、無言で内海を見やった。内海夫婦に子供はなく、内海の妻は、八年前に早期の子宮癌がみつかって、子宮を摘出していたのだった。

「相手は誰だい」

「千恵子だ」

「二年前に別れたんじゃないのか？」

「それが、ことしの春に、大阪から帰る新幹線のなかで、ばったりでくわしてね。焼けぼっくいに火がついた」

「子供ができたって、いつわかったんだ？」

「きのうだ。あいつも三十九だ。絶対に産むって、その一点張りだ。俺は、堕ろせなんて言ってないのに、泣きながら、産みたいって……。俺に迷惑はかけないって……。あいつ、俺と知り合う前に、三人ほど、つき合ってた男がいるけど、一度も妊娠しなかったたって言ってた」

それから内海は、テーブルに頬杖をつき、

「俺も気をつけてたんだぜ。だけど、あのときは、すごくよかったんだ。もう痺れちゃって、まあ、いいかって感じで……。あの一発が命中だよ。でも、あのときのセックス、ほんとによかったんだ」

良介も頬杖をつき、声をあげて笑った。

「何がおかしいんだ。友だちが悩んでるってのに」

「よかった、よかったって、感極まったみたいに言うからさ。お前、ぜんぜん悩んでないんじゃないか？」

と良介は言った。

内海修次郎は、両手で自分の頭をかかえ、うなだれて、

「笑ってる場合か。俺の身にもなってみろ。そりゃあ、お前には二人の子供がいるさ。でも、俺と女房には子供ができなかった。俺の子を誰かがみごもったっていう経

験もないんだ。そんな子供をだよ。さあ堕ろせなんて、簡単に言えやしないよ」

「じゃあ、どうするんだ？　彼女がお前の子供を産んだら、お前の奥さんの美和さんはどうなるんだよ。そんなこと、いつまでも隠し通せるもんじゃないぜ。それに、生まれてくる子は、戸籍上では、父親のいない子になるんだぞ」

良介は、内海の性格をよく知っていたので、ひょっとしたら、子供が生まれてもいい、あとは野となれ山となれだくらいに考えているのではあるまいかと思って、そう言ったのだった。

「そんなことは、きのう、一睡もしないで、頭が痛くなるくらい何回も何回も考えたよ。そんな当たり前のことを言うな」

「俺に怒ることはないだろう。これこそ、まったく、自分のまいた種ってやつじゃないか」

良介の言葉に、何度も深くうなずき返し、内海は、はもを梅肉につけて食べ、冷酒の盃を重ねた。

「また、きのうにかぎって、女房のやつ、俺の横で、幸福そうな寝息をたてて、すこやかないびきまでかいてるんだよ。俺は、まったく、進退きわまったって思いで、一睡もできなかったよ」

「俺に相談があるって言ったけど、いま相談しなきゃあいけない相手は、俺じゃなくて、その千恵子さんだろう」

内海は、それには答えず、良介を見つめて、

「お前はいいよなァ。女房に死なれて、お前はいいよなァ」

と言った。

他の者が口にすれば、無礼であったり非常識であったりする言葉だったが、太く濃い眉の下に〈目玉焼き〉とあだ名をつけられる因《もと》となる丸い大きな目をぎょろつかせている内海が、よるべない口調で言うと、子供が駄々をこねて愚痴っているようで、良介は笑うしかなかった。

「そうだな。俺は自由の身になったんだ。だけど、女房のことを、よく思い出すよ。女房が懐しくてたまらないときがあるよ」

すると、内海は、失礼なことを口走って申し訳なかったと言って泣きだしたのだった。

良介は、驚き、泣いている内海の顔をのぞき込むと、

「お前、すきっ腹なのに、ちょっとピッチが速すぎるんだよ。それに、きのうは一睡もしてないんだろう？　ビールを一本に、冷酒を二合もそんなに早く飲んだら、悪酔

いするぞ」

　と言って、内海の手から酒を取りあげた。

「だって、女房が可哀相じゃないか。俺と女房は、べつに何のいさかいもない、平和な夫婦なんだよ。そりゃあ、最近は口うるさくなりやがったし、ぺちゃぱいになったぶん、二段腹が三段腹になって、見られたもんじゃないよ。でも、俺は女房が好きなんだよ。俺が他の女に子供を産ませたりしたら、あんまりにも女房が可哀相だよ。だって、女房は、子供のできない体になっちまったんだからな。俺は、女房が嫌いで、千恵子とこんな関係になったんじゃないんだよ」

「そんなことは、わかってるよ。俺だって、たった一回だけど、そういう経験をしたんだから」

「でも、その女とのあいだに、お前、子供ができたか？」

　と内海はまるでケンカを売るみたいに怒鳴った。

「お前、ここがいくら二階の座敷でも、そんな大声を出したら、人に聞こえるぞ」

　良介は、内海をなだめながら、たしなめ、

「とにかく、少し時間が必要だよ。お前にも、相手の女にも」

　と言った。

「千恵子さんも、これからいろいろと考えるだろう。きのう、妊娠がわかったばっかりで、彼女も普通の精神状態じゃないだろうからね」

「そりゃそうだ、うん、そりゃそうだ。江波、お前の言うとおりだ」

内海は良介の手を握って、そう言ってから、

「でも、子供って、たったの一発で、できちゃうもんかねェ……。俺は、自分にそんな繁殖力があったなんて、知らなかったよ」

「その脂ぎった顔を見てみろよ。繁殖力の塊りみたいだぜ」

内海は手を叩いて笑い、すぐに真顔になり、

「笑ってる場合か！」

と怒鳴った。

良介の制止も聞かず、内海は冷酒を四合飲み、そのあと、ウィスキーの水割りを注文し、しじみご飯の上に鴨のロースを載せて、ほとんど嚙まずに、胃のなかに突っ込むようにしてたいらげた。

「心配事があって一睡もできなかったにしては、食欲旺盛だな」

内海の食べ方にあきれ、良介はそう言った。

「やけ食いってやつだよ」

　自嘲の笑みを浮かべて、そう言ったあと、内海は、床の間の掛軸にぼんやりと目を向け、

「五年ほど前にゴルフ場で知り合った人なんだけど、ことし、八十一歳になるおじいさんがいるんだ。どんなに頑張っても、ドライバーで百三十ヤード飛ぶか飛ばないかだ。でも、グリーン廻りは、溜息が出るくらいにうまい。十八ホールを廻り終わったら、結局、俺のほうが、いつも三つか四つ、たくさん叩いてる。俺は、その人とのゴルフが好きなんだ」

　と言った。

「お前は、十八ホールをどのくらいで廻るんだ？」

　と良介は内海の、妙に穏かで静かになった目の光を見ながら訊いた。

「平均して九十四、五ってとこかな。お前もゴルフをやってみるとわかるだろうけど、八十一歳の老人が、十八ホールを九十とちょっとで廻るってのは、すごいことなんだぜ。でも、俺がその人に対してすごいなァって思うのは、八十一歳で、十八ホールを廻って、ゴルフを楽しめるってことなんだ。生き物には、それぞれ寿命ってものがある。だから、いつ、どこで、どんなふうに死ぬのかは誰にもわからん。でも、俺も、八十一歳になっても、ゴルフができる体でいたいと思うね。あのおじいさんみた

いに、穏かで、精神的で、しかも一緒にコースを廻ってる相手に、いささかも窮屈な思いをさせない……。そんなゴルフができる八十一歳のじいさまになりたいと思うよ」

「一緒にコースを廻ってて、一番いやなタイプってのは、どんなやつだい？」

と良介は訊いた。内海は、両方のカッターシャツの袖をまくって、腕組みをし、

「マナー違反ってのは、いろいろあるよ。でも、マナー違反以前のマナー違反てのがある。俺が一番いやなタイプは、自分の調子が悪いと、すぐに機嫌が悪くなって、その機嫌の悪さを顔つきや言動に出すやつだな。そんなやつとは、二度とゴルフなんかしたくないと思うね。人がアドレスに入ったときに、横からひやかすようなことを言ったり、フェアウェーを歩きながら、大きな声で下司っぽいことを話したり、スコアを誤魔化したりってのは、マナー違反以前の問題で、こんなのは論外なんだ」

と内海は言った。

「自分の調子が悪いと、すぐに機嫌が悪くなって、その機嫌の悪さを体中から発散させるやつが、俺にとっては一番ゴルフをしたくない相手だな」

内海は、

「さっきの八十一歳のおじいさんのことなんだけど」

と言い、マスカットの一粒を、皮をむかずに口に放り込んだ。

「この人が、会社人間だったのか、何か商売をやってたのか、俺は知らないんだけど、まあどっちにしても、仕事からリタイアしたことは間違いない。お互い、二ヵ月にいっぺんくらい、ゴルフに誘ったり誘われたりするけど、自分のことに関しては、あんまり喋ったことがないんだ。でも、このおじいさんのことをよく知ってるやつから、こんな話を耳にしたよ」

内海は、その老人についての噂を良介に話して聞かせた。

その老人は、一度結婚したが、離婚し、それ以後、再婚しないまま、今日に至った。しかし、愛人が二人いて、その愛人とのあいだに四人の子供をもうけた。四人の子供は、その老人の子として認知し、みんな大学を卒業させ、いまはそれぞれ独立して所帯を持っている。彼が離婚したのは、どうも四十代のときらしいが、そして離婚説のほうが多いのだが、妻と死別したのだという人もいる。どっちが正しいのかは、よくわからない……。

「で、そのおじいさんと奥さんとのあいだに子供はなかったそうなんだ」

内海は、そう言うと、その老人に関する話題を打ち切った。

「あした、千恵子と逢うことになってるんだ。俺はただ苦悩の表情で沈黙してるしかないんだろうな」

と内海は言って、大きく溜息をついた。

「女房は、何にも悪くないんだ。女房に、何の罪もないんだ。あーあ、どうしたらいいんだろうなァ」

「そりゃそうだよ。美和さんに、何の罪もないよ。いい奥さんだよ。世話好きで、明るくて、料理もうまくて」

「江波、お前、そんなことを言って俺をいじめる権利なんてないぞ。お前だって、女房に内緒で悪いことやってたんだからな。お前の奥さんも、いい奥さんだったぜ。あんな恋女房がいても、お前は好きな女ができて、一年間つき合ってた」

良介は、日出子と再会したことや、あさって日出子ときっと逢うだろうことは黙っていた。

内海は立ちあがり、座敷から出て、階段をおりていった。手洗いなら二階にもあるのにと思いながら、良介が、やっと鴨のロース焼きを食べ始めると、内海が戻って来た。彼は両手で真新しいゴルフバッグをかかえていた。

「これだ。これがお前のゴルフクラブだ。お前の握力、腕力、身長、体重のだいたいの目星をつけて、俺が吟味したベストチョイスだよ」

内海はそう言って、ゴルフバッグのジッパーをあけ、すべてのクラブを畳の上に並べた。

「これはいいクラブだぞ。俺が欲しいくらいだよ。とにかく、いま日本で一番よく飛ぶクラブで、軽いし、シャフトのしなりも、ちょうどいい。ボールも三ダース、シューズ、手袋も二つ、ティーも二十本買っといたぜ。それに、雨が降ってきたときのための、ゴルフ用の雨合羽と傘まで買っといた。どうだ、いたれり尽くせりだろう」

良介は、自分の横に並べられた新品のクラブのなかから一本をつかんでみた。これまで一度もゴルフのクラブを握ったことはなかったのだった。良介は溜息をつき、内海の顔を長いこと見つめた。

「なんだよ、そのうんざりしたような目は。お前、ゴルフを始めてみたいってのは嘘だったなんて、いまさら言わせないぞ」

という内海の言葉で、良介はもう一度溜息をついた。

「なあ、内海」

と良介はクラブを握ったまま言った。

「なんだよ、その溜息は」

「俺、左利きなんだよ」

「何？」

「俺、左利きなんだ。お前、知らなかったのか？」

「左利き……。いつからだい」

「いつからって、生まれつきに決まってるだろう。このクラブ、右利き用だよな」

「うん、右利き用だよな」

「何がベストチョイスだよ。お前、学生のころ、よく俺とテニスをしただろう。お前は負けるたびに、左利きのやつとはやりにくくてしようがねェって、怒ってたじゃないか」

内海は、あぐらをかいて座椅子に凭れ、顔をしかめながら、しきりに人差し指の先で眉の上や鼻の頭をこすった。

「左利きのやつが右打ちでゴルフをすると上達するって言うぜ。ジャック・ニクラウスも、たしか、左利きだけど右打ちなんだ」

「そんな、どうでもいいようなこと言って誤魔化すなよ。お前には、もうあきれかえるよ。必ず何かドジを踏むんだ。俺は、ソフトボールでも野球でも、右打席で打ったことは一度もないんだ。ゴルフだけ、右打席に立つなんてできるかよ」

良介は言っているうちに、おかしくなってきて、とうとう笑った。内海も笑いだした。

「そうだったよなァ。お前、左利きだったんだよなァ。テニスでは、普通のやつとは反対に曲がってくる、へんてこりんなサーブに苦労させられたよ。そうかァ……、江波良介は左利きだったんだ。ころっと忘れてたよ」

まだ一度も使っていないので、ゴルフショップで取り換えてもらおう。内海は言って、クラブをバッグにしまい、良介に、早く食事を済ませるよう促した。彼は、すぐにもゴルフショップに行くつもりらしかった。

「ここから歩いて十分ほどのとこだ。十時まで店をやってる」

と内海は言ったが、すぐに廊下にある電話で、ゴルフショップの者と何か話をして戻ってきた。

「取り寄せるのに一週間くらいかかるってさ。左利き用のクラブは少ないからな」

そして内海は、話題をかえて、二歳下の自分の弟のことを話しだした。彼の弟は、良介が勤めていた会社よりもかなり規模は小さいが、若い優秀な研究者たちをかかえる製薬会社に勤めている。去年の秋に、営業部課長に昇進し、毎日、病院を廻って薬を売り込むという仕事から管理職に変わったが、それでも大事な販売戦略をおこすときは、大学病院の医長たちを接待したり、厚生省の役人に接触しなければならないのだった。

良介は、二ヵ月ほど前、内海の弟が医者たちへの烈しい憤りを口にしていたことを思い出した。

「お前の弟は四、五人の医者と厚生省のおえら方を殴って、会社を辞めてやるなんて息巻いてたけど、あれはどうなったんだ?」

と良介は訊いた。

「日本て国は、腐ってんだよ。でっかい製薬会社の、腕利きの営業マンだった江波良介さんなら、先刻ご承知だろうけど、何もかもが利権がらみで、どいつもこいつも、他人の金で遊ぶことしか頭にねェんだ。でも、そんなことに腹を立ててたら、製薬会社の営業マンなんて、一日も務まらねェぞと弟に言ってやったよ」

内海は、そう言ってから、先日、いやに興味をひく研究資料を弟から見せてもらったのだと身を乗りだした。

「臓器移植のことなんだけど、臓器を移植されて、それが成功して生き長らえてる人の三人に二人が、何等かの精神障害を起こしてるっていうんだ。自分のなかに他人がいるっていう観念が、だんだん、その人の心をむしばんでいくらしい。俺は、その気持がすごくわかるね」

しじみご飯を食べながら、良介は、内海のいやに粛然とした口調による話に耳を傾けた。

「自分のなかで他人の一部が生きてる。観念の問題じゃなく、現実に、腎臓なら腎臓が、肝臓なら肝臓が、生きて機能してる……。この意識が、だんだん、自分のなかに他人がいるっていう観念に変わって、やがてそれが、ある恐怖だとか気味悪さへと移行していくと、強度のウツ病や人格の異状が生じるんだ。三人に二人ってのは、大変な確率だよ。ところがだなァ、もう一つの問題は、臓器を提供した遺族のほうにも、奇妙な観念が生じるんだ」

と内海は言った。

「奇妙な観念って？」

「たとえば、自分の子供や夫や恋人、つまり大きな愛情の対象だった人間の臓器が、かりにＡという人間に移植されたとする。そうすると、Ａという人間のなかで、自分の最愛の者が生きつづけてるっていう観念に変わるんだ。あの人のなかに私の愛する者がいるっていうふうにだよ。息子を交通事故で亡くした母親が、臓器の提供を承諾して、それは成功したんだ。その母親は、自分の息子の腎臓によって生き長らえた男のあとを、何日も何日も尾《つ》けつづけたそうだよ。あの男のなかで、自分の息子がいまも生きているっていう思いで、ひたすら、一人の男のあとを尾けつづけてるうちに、ある日、その男を呼び停めたんだ。死んだ息子の名で呼びかけて、息子に話しかけるように話を始めた。元気かい？　いま、お父さんは出張でどこそこへ行ってるけど、来週には帰ってくるよってね。これもまた心の病だよ。でも、俺は、どちらの側にも生じる精神の問題が、なんだかいやによく理解できるんだ」

内海はつづけた。

「人間の命が、現代医学にしっぺがえしをしてるんだって思うよ。いま日本じゃあ、脳死の問題も解決してない。臓器移植のあとの拒絶反応の問題も解決してない。それなのに、もうこんな心の問題が現実に起こってるんだ。医者は、命ってものを、どう考えてるんだろうなァ……。製薬会社や医薬品の販売会社の接待費で、銀座のホステスとゴルフをして遊んで、うまい物を食って、高い酒を飲んで、盆暮のつけとどけに囲まれて……。そんな医者どもを見てると、こいつら、人間の命のことなんか、どうでもいいんじゃないかって腹が立ってくるんだ」

だから、自分は、子供を堕ろしたくないのだと、内海はどこか昂然とした口調で言った。

「もし、千恵子が子供を産むと決めて、子供が無事に生まれたら……」

内海は、そこで言葉を区切り、ふいに正座をして背筋を伸ばし、

「江波、その子をお前の子供だってことにしてくれないか」

と言った。

「えっ、何？」

「俺は自分が、とんでもないことをお前に頼んでることは、重々承知のうえなんだ。俺の子を、お前の子として認知してくれないか。だけど、その子は、じつはこの内海修次郎の子だってことは、俺が正式に書面で証明しとくよ。その子によって生じるかもしれない一切の問題から江波良介は無関係であり、責任はない。一切の責任は、本当の父親である内海修次郎がとる。そういう証明書を、ちゃんと弁護士をたてて作成するよ」

良介は、内海が酒に酔って、思いついたことを衝動的に喋っているのではないと気づいた。内海は本気で俺に頼んでいるのだ。このような思いがけない重要な頼み事をするために、内海には、いつもより多めの酒の勢いが必要だったのだ、と。

内海の突拍子もない申し出を言下に拒否しない自分を不思議に思いながら、

「千恵子さんの店は、ちゃんとうまくいってるのか？」

と良介は訊いた。

「うん。なんとか儲けを出してるね。花屋っていう商売のシステムがどうなってるのか、俺にはさっぱりわからんが、日本橋にもう一軒、店を出すつもりらしい。でも、あいつが子供を産むと決めたら、新しい店の話はどうなるのかなァ……」

曽根千恵子とは、これまで二度逢ったことがある。一度はホテルのラウンジで、一度は、彼女が経営する新橋の花屋で。

「きっぱりと断わるのが常識だろうけど、俺も、どうしたらいいのかわからん。俺にも、考える時間が必要だな」

と良介は言った。

「そりゃそうだろう」

内海は正座したまま、良介の胸のあたりに目をやって、そう応じ返した。

「きょうは、俺はもう一滴も酒を飲まないぜ。これ以上飲んで、酒の勢いで、うっかりと、お前の無茶苦茶な申し出を承諾しちまったら大変だからな」

そう言って、良介は茶を一口すると、立ちあがった。

酒を飲んでも飲まなくても、とにかく、行きつけのバーに一軒だけつき合えと内海は誘ったくせに、有楽町への道を歩いているうちに、内海の姿が見えなくなった。

酔っていて、はぐれてしまったのであろうと思い、はぐれたことをいいことに、良介はタクシーを停め、渋谷にある小さなバーへ向かった。そこは、かつて、日出子との待ち合わせによく使ったバーだったが、日出子と別れたあと、すっかり足が遠のいていたのである。

証券会社の大きなビルの地下にある〈ゲルニカ〉というバーの扉をあけると、主人が大事にしている二点のピカソのスケッチ画が目に入った。

どちらも、葉書大の黄色い紙に、ピカソが鉛筆でなぐり描きしたもので、〈ゲルニカ〉の主人は、それを手に入れるために、父親が遺した札幌の郊外にある土地を売ったのだった。

「なつかしいなァ、このピカソの鉛筆画」

カウンターの席に坐り、良介は、少し白髪が増えて太ったように思える主人に言った。

「いやァ、おひさしぶりです」

蝶ネクタイをした五十半ばの主人は、他の客が注文したマティニーを作りながら言った。〈ゲルニカ〉に、良介がひとりで来たことはなかった。日出子との待ち合わせ以外には、一度も良介はこのバーで酒を飲んだことはなかった。

良介は、ダイキリを注文し、非常識と言えば言える内海の頼み事について考えた。

もし、自分が断われば、千恵子という女性に宿った子は、この世から抹殺されるかもしれないのだろうか。どんなに、女に生活力があり、産みたいと欲しても、それがよほど強固な決意でないかぎり、結局、迷ったあげく、女はみずからの意志で堕ろす可能性のほうが多いと思えたからだった。

そんなふうに考えると、良介は、自分がひとりの人間の生死に関して、突然、理不尽な責任を押し付けられたような気がして、不愉快になってきた。

彼は、カウンターの上に置かれたダイキリを一口飲んだ。

「なかなか、きびしい味のダイキリだな」

と良介は言って、微笑んだ。

「きびしいですか？　でも、これが江波さんのお好みのダイキリですよ」

主人はそう言うと、タンブラーを慣れた手つきで磨きながら、微笑み返し、ことしの夏、マドリードのプラド美術館で、ピカソの〈ゲルニカ〉を見て来たのだと言った。

ただ〈ゲルニカ〉だけを見たくて、イタリアからスペインへ行ったのだが、あとは、ひたすら女房孝行に徹していた……。主人はそう言って、

「ナポリから車で一時間ほど南へ行ったところにソレントって町がありましてね。

昔、〈帰れソレントへ〉って映画があったんですけど、覚えてますか？」

と良介に訊いた。

「うん、観た記憶があるね。飛行機事故で死んだと思われてる男と、その男と恋をした女の話だったんじゃないかな」

「そうです。あの映画の舞台になるソレントの町で、五日間、女房と一緒に海ばっかり眺めてました」

「へえ、そりゃよかったねェ。奥さん、歓んだだろう」

「新婚旅行もしなかったし、結婚してから三十年、一緒に旅行なんかしたことがなかったもんですから。イタリアの海の近くってのは、食べ物がおいしいですよ。帰ってから体重計に乗ったら、三キロも太ってましたよ。でも、私たちはソレントに五日間いたんですけど、他の外国人は、一ヵ月近く滞在してるんですねェ。一ヵ月も休みが取れて、あんないいところで、のんびりできるなんて、うらやましいですよ。私たちなんて、一週間ほど休みを取るのが精一杯で」

「サラリーマンだと一週間も休めないよ。日曜や祝日を入れても、実際には三日ほど休暇を貰うだけなのに、上役にいやみを言われるからねェ」

「私みたいな商売でも、十日ほど店を閉めてると、つぶれたのかと思われて、お客さんがこなくなっちゃう」

良介は、ひさしぶりにうまいダイキリを口にし、もう一杯頼もうかどうか迷ったが、妙に気持が落ち着かなくて、それから二十分ほど主人と雑談すると、店を出てタクシーに乗った。

いったんは、家へ帰ろうと思ったが、ふいに気持が変わって、運転手に新橋へ行ってくれと言った。

良介は、千恵子という女が経営する花屋の近くでタクシーから降り、ビルの陰から店内をのぞいた。見覚えのある女の顔が、赤いバラの花の向こうに見えた。客と応対しているその女は、鉢植えのシクラメンを両手で持っていた。日本人にしては鼻が高くて、そのせいか、女の表情に険があるように見えた。

良介は、瀬戸内海の子を宿している女を、十分ほど盗み見てから、通りがかったタクシーに乗った。

日出子が東京へやって来るという日、朝から雨が降っていて、良介は午前中から何度も時計にばかり目をやって、落ち着きなくすごした。

留守番電話に連絡先を吹き込んでいたということは、日出子が良介に、電話をかけてくれとほのめかしているのであろうが、良介はその連絡先がいかなるところなのかわからなかったし、何時ごろ電話をかければいいのか判断するてだてもなかったのである。

もし、日出子が午前中に能登の七尾を出発したとしたら、東京に着くのは、午後の四時よりも早いということはないだろう。良介はそう推測し、とりあえず夕方の六時に電話をかけてみようと決めて、ファーブルの〈昆虫記〉の「ぬりはなばちの新しい研究」の章を読んだ。

第一巻の第一章から順を追って読み進めていくと、なんだか途中でまた挫折してしまいそうな気がしたので、良介は、ひとつの章を読み終えると、別の巻に移って、気が向いた章を読む方法を選んだのだった。

けれども、その日は、「ぬりはなばちの新しい研究」の文章は、いっこうに良介の心に入ってこなかった。入ってはこないのに、彼は、子供のころ、地蜂に首を刺されたときのことを鮮明に思いだした。刺された箇所に近いリンパ腺が腫れ、耳鳴りがつづいたので、母は良介を病院につれて行った。医者が塗り薬をくれたが、なおらなくて、祖母がアロエの葉から皮をはがし、それを貼って包帯を巻いてくれた。すると、二時間近くで耳鳴りは消え、痛みもなおった。

良介は、居間のソファに寝そべったまま、あのときに腫れたリンパ腺のしこりは、どうなっただろうと思い、耳の下あたりの首筋を指でさぐった。リンパ腺が腫れたあとの、小さなしこりは幾つかあった。どれが、地蜂に刺されたときのものなのかわからなかった。

大学を卒業する直前に風疹にかかって、首のリンパ腺がたくさん腫れたことがある。その幾つかは、いまも小豆ほどのしこりになって残っている。

高校生のとき、右の奥歯の虫歯を放っておいて、歯の根と顎の骨の一部にバイ菌が入り、高熱を発したことがあるが、そのときも、首のリンパ腺が大きく腫れた……。

肩がこったと訴えた際、日出子が熱心に肩と首のつけ根を揉んでくれたが、なぜかその翌日、揉んでくれた首のつけ根のリンパ腺が腫れた。それを知った日出子に、

「やわな体ね」

と言われて、ひどく腹が立ったことを、良介は思い出した。

「やわな体で悪かったな。もっと逞しい男は掃いて捨てるほどいるだろう。やわな男は、消えてってやるよ」

良介は、思わずそう言い返し、そこから納まりのつかない口論へと発展したのだった。

なぜ、自分は、あんなことで腹を立てたのだろう……。それにしても、あの当時、日出子も、こちらが思いも寄らぬことで感情的になり、いささか異常とも思える怒り方をしたことが何度もある。

あれは、横浜で食事をしたときだと、良介は天井の一角を見つめたまま思った。二人では到底食べきれないほどの中華料理を日出子が注文し、さらに三種のデザートまで頼んだので、良介は、

「とても食べられないぜ。自分の腹を考えろよ」

と言ったのだった。ところがどういうわけか、その良介の言葉は、日出子には、

「とてもつき合いきれないね。自己主張なんてやめろよ」

と聞こえたのである。

日出子は席を立って帰ろうとし、それを制止しようとする良介とのあいだで、うんざりするくらい長い言い争いがつづいた。

「俺は、そんなことは言ってない。そっちの耳がどうかしてるんだ」

「あなたは、たしかにそう言ったわ。私がどうして自己主張のために、たくさんのお料理を注文しなけりゃいけないの。あなたは、どうして、私が自己主張してるなんて思うの」

「だから、俺は、自己主張なんて言葉はひとことも使ってないって言ってるだろう」

そのような奇妙な馬鹿げたケンカの前戯が、いかにも虚無的な、重苦しい肉体の交わりへとつながらなければ、二人の関係を持続させることはできなかったのだった。

「俺が、もっとおとなになってやればよかったんだよ」

良介は、そうつぶやき、ともどもに苦しみを増すためのセックスというものがあるのだと思った。

「そんなことは、昆虫はしないよな……。人間だけだよ。セックスによってかろうじてつながってる心でまたセックスをするってのは、馬鹿な人間にしかできない芸当だよ」

彼は、自分の声が大きくなっているのに気づき、居間のドアのほうに顔を向けた。娘の真紀が立っていそうな気がしたのである。

きょうは、大学には行かず、家でレポートを書くと言っていた真紀は、まだ寝ているのか、二階からは何の物音もしなかった。

それにしても、日出子のなかで何が変わったのだろう。日出子の勧めで、自分は猿山灯台の近くの民宿で二泊したのに、日出子は電話一本かけてこなかった。それなのに、上京することを留守番電話に吹き込み、連絡先の電話番号まで教えてきた。

ひょっとしたら、考えに考えて、何によって償ってもらうかを決めたのだろうか。日出子が俺の家に電話をかけてきたことは一度もない。電話のベルさえ鳴らさなかった。それは、じつに見事なくらいだった。

だからこそ、逢えばいつも機嫌が悪く、

「私はただ待つだけなのよ」

とケンカをふっかけてくることを、あたかも二人きりになるときの最初の儀式みたいにしてしまったのであろう。そして、俺と逢うときは、香水の類だけでなく、香りの強い化粧品までも使わなかった。

「あなたの奥さまのために、私はそうしてるの。あなたのためじゃないわ」

そう言うときの日出子は、いつも、ふくれっつらをしていた……。

良介は、日出子との一年間が、ただ苦しいだけで、何ひとつ楽しいことなどなかったのを思い出し、それは何もかも自分のせいだったのだと思った。けれども、俺は、日出子を愛したのだ。妻を愛し、家庭を愛し、なおかつ、日出子という女をも愛したのだ。

日出子は、友人から、江波良介の妻が死んだことを聞いたとき、いったい、どう思ったのだろう。きっと、日出子のことだから、江波良介の妻が死のうとも、もう自分とは関係がない。自分と江波良介とは終わったのだと考えたに違いない。

もし、能登の七尾市の、あの〈ぼら待ちやぐら〉のところで再会しなかったら、日出子は永遠に、自分のほうから姿をあらわすことはなかったに違いない。日出子は、そういう女なのだ。

良介は、そんなことにとりとめなく思いをめぐらせているうちに、輪島の旅館の仲居が言った言葉を思い出したのだった。

日出子の美貌は、すでに中学生のころから、男たちを魅き寄せる力を持っていて、それを承知していた日出子は、自分で切符を作り、自分に逢いに来た男たちに渡していた。これが十枚たまったら……という含みを持たせて。

仲居が言いたかったのは、つまり、そういうことなのであろう。日出子の性格から推測すれば、そんなことはありえないとも思えるし、いかにも日出子らしいとも思えるのだった。

日出子も、俺に、手製の切符を渡せばよかったのに……。そうすれば、どうしても陽気にはなれない秘密の関係の底に穴があいて、幾分かは風通しが良くなり、思いがけない道がひらけたかもしれないのに……。

しかし、どんな道がひらけたというのだろう。赤黒い灯にかろうじて先を照らされている道が、青黒い灯で照らされる道に変わるだけなのだ。つまるところ、未来のない関係だったのだから……。

良介は、日出子との関係がつづいているときも、これと同じ思考を繰り返したことを思い出し、わざと自嘲の笑みを浮かべた。

午後六時きっかりに、良介は手帳にひかえた電話番号の、いったいどこなのかわからないところに電話をかけた。

若い男の、

「はい、ウィルソンです」

という声が返ってきて、随分昔に聴いた覚えのあるブルーノートのジャズも聞こえた。

「そちらに小森日出子さんはいらっしゃいますでしょうか」

若い男は、送話口を手で押さえたようだったが、

「小森さんはいらっしゃいますか？」

と訊く声が、くぐもって聞こえた。すぐに、日出子が出てきた。

「ちょうど、いま来たばっかりなの。何回もここに電話をかけた？」

その日出子の口調は、初めて知り合ったころのものよりも屈託がなかった。

「いや、いま初めてかけたんだ。そこはどこ？」

「友だちがやってるお店。青山よ」

日出子は、その店の場所を教えて、

「祖母が死んだの」

と言った。

「いつ？」

「九月一日に」

「とにかく、いまから行くよ。いいだろう？」

「目印は、駐車場よ。その隣のビルの二階。ちょっとわかりにくい場所にあるから、もしみつからなかったら、また電話をちょうだい」

良介が、自分の部屋で着換えていると、真紀が二階から降りてきて、

「どこへ行くの？」

と訊いた。

「知り合いが、めしでも食わないかって電話をかけてきてくれてね」

「電話のベルなんか鳴らなかったわよ」

「昼間、かかってきたんだよ」

まったく、女房よりも口うるさいなと、良介はうんざりしながら娘を見た。

しかし、妻の亡きあと、十八歳の真紀は、自分の時間の許すかぎり、掃除や洗濯や炊事を、文句を言わずにやってくれるのだった。

良介は、父を怪しそうに見ている真紀に、

「やっぱり、お手伝いさんを雇おうか」

と言った。

「夕方だけ来てくれて、買物とご飯ごしらえをしてもらうだけなら、ほんのパートの気分で引き受けてくれる人がいるんじゃないかな」

「そりゃあ、そのほうがありがたいけど……。でも、陰険で暗くて、意地が悪くて、お料理の下手な人だったら困るわ」

そう言ってから、真紀は、

「お父さんが、お料理学校に行って、いろんなお料理を教わってくればいいのよ。どうせ暇なんでしょう？　一日、何にもしないで、ぶらぶらしてるんだから」

とまんざら冗談でもなさそうな口振りで言い、良介の上着の肩についている埃を手ではらった。

「本気で言ってるのか？　冗談じゃないよ。お父さんは、ぶらぶらするために会社を辞めたんだ。それに、永久に働かないってわけじゃない。いつかはまた働かなきゃいけないんだ。お父さんは、料理を作る気なんて、まったくないね」

「お母さんがかけてた生命保険でぶらぶら遊んで暮らすなんて、男として恥かしくないの？　私、お父さんがそんな人だとは思わなかった……。お母さんも、草葉の陰で泣いてるわ」

「草葉の陰……。へえ、そんな言葉を知ってるの？　最近の十八歳の娘が、そんな言葉を知ってるとはねエ」

「もうじき十九よ。私の誕生日、忘れたんじゃない？」

「覚えてるさ。十月三日だ。何かいいプレゼントを考えとくよ」

「生命保険なんて不労所得が入ったんだから、うんと高い物を買ってね」

良介は、不労所得という言葉に苦笑しながら、家を出て、駅への道を行き、通りがかったタクシーに乗った。

そのタクシーの運転手は話し好きで、もう三十年間、この仕事をやっていて、都内の地理でわからないことはほとんどないと自慢し、その言葉どおり、青山の裏手の、入り組んだ道を、一度も過まつことなく走って、日出子の言った〈ウィルソン〉という店があるビルの前で良介を降ろしてくれた。

一階は貸しスタジオで、まだ十七、八歳にしか見えない青年が汗まみれになって、撮影用の機材をワゴン車からスタジオのなかへ運び込んでいた。

日出子は、ウィルソンという店の一番奥の、四人掛けの丸いテーブルのところで、妙にかしこまったようなたたずまいで待っていた。良介には、日出子が少し痩せたみたいに見えた。

「ひさしぶりに東京駅の人混みを歩いたら、頭がくらくらしちゃった。いなかで暮してるから、あんなにたくさんの人のなかに入ると、もうそれだけで疲れちゃう。あいうのを、人に酔うっていうのね」

日出子の前には、カンパリ・ソーダが置かれてあったが、ほとんど口をつけていなかった。

「それ、何杯目？」

と良介は訊いた。

「一杯目」

「俺は、ダイキリにしよう」

「ダイキリが好きなのね」

「ヘミングウェイを気取ってるわけじゃないけどね」

この店は、あまり種類は多くないが、イタリア料理も出すのだと日出子は言い、何か食べないかと訊いた。

「今夜は、このお店で食べなきゃいけない義理でもあるの？　もし、そうじゃないんだったら、うまい肉でも食べないか？　東京駅と日本橋の中間くらいのところに、すごくうまいステーキの店ができたんだ。得意先の社長に一度つれてってもらってね。本店は京都なんだけど、俺はあんなにうまいステーキを食べたのは初めてだよ。ぜひご馳走したいな」

この店の主人は、自分が宝石のデザインを勉強してるときに、同じ道を志していた女性なのだが、祖母の葬儀の際、わざわざ香典を郵送してくれたので、そのお礼をかねて寄ったのだと日出子は言った。

「彼女、七時くらいに、お店に来るそうなの。お礼を言ったら、このお店に来た私の目的は終わり」

良介は、日出子の祖母の死への悔やみの言葉を述べ、

「でも、よく面倒をみてあげたよね。疲れただろう」

と言った。少し骨休めをしろと、父や伯母が勧めてくれるので、寝たきりの母の世話を伯母や従姉にまかせて、東京に出てきたのだと、日出子は言い、

「ほんとに疲れた……」

そうつぶやいて微笑んだ。

長い看病疲れが限界に達していたのか、祖母の初七日を終えた日あたりから、おかしな夢ばかり見るようになったのだと日出子は言った。

「どんな夢？」

「蛇の目が、あっちこっちで光ってて、私を見てる夢なの」

そういえば、子供のころ、夜の草むらで、蛇の目が光っているのを見たことがあるが、あれはどこでだったのだろうと良介は思い、

「丸くて青い二つの点だろう？　俺も、夜、蛇の目が光るのを見たことがあるな。なんだか、凄味のある二つの光の点だって記憶があるよ」

と良介は言った。

夏の夜道を歩いていると、草むらや木の根元のところで、蛇の目が光っていて、それがとても怖かった。自分が生まれ育ったのは、いなかの海辺だったので、とりわけ、そのようなものと出会う機会が多かったのだろう。けれども、てっきり、蛇の目だと思い込んでいたのだが、じつは、そうではなかったのだと気づいたのだ。自分の夢のなかに出てくる丸い二つの点みたいなものは、学生時代に目にしたある忘れがた

い光景に違いないと思う……。日出子は、そう語ってから、運ばれてきた良介のダイキリのカクテルグラスに目をやった。

「学生生活最後の夏に、友だちとイタリアを旅行したの。その友だちが、このお店のママよ。ミラノからフィレンツェに行って、それからローマ、ナポリ、ソレント、ポジターノ、アマルフィーっていうふうに南に下ったの」

「ソレント？」

「知ってるの？」

「いや、そこへ行ったって人と、おととい話をしたばかりでね。〈ゲルニカ〉のご主人だよ。おととい、四年ぶりに〈ゲルニカ〉へ行ったんだ。そしたら、あそこのご主人が、ことしの夏に、奥さんとソレントで五日ほどのんびりしてきたって話をしてくれてね。へえ、日出子もソレントへ行ったことがあるのか」

「電車やバスを乗り継いで、イタリアの南を下ったの。安いホテルを捜したり、ユース・ホステルに泊まったり。学生なんだから、貧乏旅行に徹しようって……。でも、ヒッチハイクだけはしなかったけど」

と日出子は言って、良介の目をのぞき込んだ。

「私、またあの蛇の目を見に行きたいの。こんどは、貧乏旅行じゃなくて、大贅沢旅行で」

日出子の友だちだという店の女主人がやって来たので、話は、そこでいったん打ち切った。

良介は、いやに甘みの強いダイキリに二口ほど口をつけたが、それ以上は飲むのをやめて、日出子と友人の話が終わるのを待っていた。

大贅沢旅行か……。ひょっとしたら、その費用を、良介からの償いとして選択したのだろうか。しかし、夜、光っている蛇の目を見るために、わざわざイタリアへ行きたいという日出子の真意は何だろう。こちらを見つめている蛇の目の光はここちよいものではない。自分にとっては、ただ気味の悪い、底冷えのするような光なのだが……。

日出子に紹介されて、店の主人と型どおりの挨拶を交わし、良介は日出子と一緒に店を出た。

タクシーを停めるために、広い道路へと歩いていきながら、

「いつまで東京にいるんだ？」

と良介は訊いた。

「三、四日ってとこね。伯母は、一週間くらいは、母の面倒をみてやるって言ってく

れたけど、そんなわけにもいかないし、それに、私、やっぱり、東京って落ち着かないわ。東京に着いてまだ二時間もたってないのに、なんだか疲れちゃった。人や車や排気ガスに……」

「泊まるところは、決めてあるのかい？」

港区にあるホテルを予約したのだと日出子は言い、

「猿山灯台から海を観た？」

と訊いた。

「うん、息子と一緒に観たよ。ほんの一瞬だけ、水平線が曲線に観えたね。でも、ほんの一瞬だったよ。少し天気が崩れかけてたからかな」

「息子さんと一緒だったの？」

良介は、あのときのいきさつをかいつまんで説明し、

「新学期が始まってから、一日も休まないで学校に行ってるけど、まだまだ安心できないね」

と言った。

空のタクシーがやってくるまで、随分時間がかかった。その間、なぜか良介も日出子も黙っていた。

「罪悪感という鎧のことなんだけど」

良介がそう言ったとき、タクシーが停まった。タクシーが動きだすと、日出子は、

「能登みたいないなかにも、登校拒否児はたくさんいるわ」

と言った。

知り合いの息子も、せっかくいい高校へ入ったのに、半年もたたないうちに、学校に行かなくなってしまったと、日出子は言った。

「自分の部屋にこもって、夜から朝までラジオを聴いてて、もう明るくなってから寝るの。そんな状態が二年ほどつづいて、親もあきらめたころに、突然、定時制の高校に通いだしたの。ガールフレンドができて、その子に逢いたいために行ってるんだろうって、親は思ってたみたい。でも、その子にふられてからも、バスに乗って、学校へ行ってる。日本て、すごく大切な何かをお金で売り渡したのね。どこの誰に売り渡したのかはわからないけど」

看病疲れのせいだけではない、どこか達観したような静謐なものが、日出子の表情や口調にあった。良介は、四年という歳月を思った。

道は混んでいて、タクシーは信号待ちのたびに長く動けなかった。

「さっきの、蛇の目を見るための大贅沢旅行のことだけど」

と良介が言いかけると、日出子は笑顔で首を横に振り、

「蛇の目を見たいんじゃないわ」

と言った。

「蛇の目じゃないの？」

「そうじゃなくて……」

日出子は何か言おうとしたが、しばらく口をつぐみ、

「うん、そうね、蛇の目を見たいってことにしとくわ」

と言った。

「日出子は、優しくて、前よりもきれいだね」

そんな言葉を、何のてらいもなく言える自分も、前よりも優しく穏やかになったのかもしれないと良介は思った。

「ボケ老人と、寝たきりの母の世話を同時にやってたら、優しくなるしかないし、穏やかになる方法を工夫するしかないわ。だって、看病する側の私が、いらいらしてたり、ぎすぎすしてたら、病人が可哀そうだもの」

「じゃあ、きれいになったのは、どうしてなのかなァ」

「私は、前からきれいなの」

日出子は笑い、

「ねっ、あなたって、そうやって、するっと入ってこようとするのよ。でも、もう入ってこれないわよ」

「どうして？　俺には、もう日出子をいらいらさせたり、苦しめたりする材料はないよ」

良介は言ったとたん、日出子の乳首を指先で軽くつつきたい衝動にかられた。

「そんな言い方、卑怯だわ」

良介の顔から目をそむけるようにして、日出子は窓外の雑踏やら車の群れに見入ったままそうつぶやいたが、その口調には、以前の、つっかかってくるみたいな刺《とげ》も、一瞬、彼女の目元に陰をさす寂しさもなかった。

なるほど、自分のいまの言葉は、卑怯かもしれない……。良介はそう思ったので、大贅沢旅行に話題を変えようとした。

すると、日出子は、顔を窓の外に向けたまま、

「ねエ、私のどんなところが一番いやだった？」

と訊いた。

「いやなところなんてなかったよ。そのときそのときで、腹が立つことはあったけ

ど、原因はいつも俺にあったわけだから」

「そんなことないわ。いつも、あなたが悪かったんじゃないわ」

「いや、原因はいつも俺にあったと思うよ。俺には、女房子供があった。それなのに、俺は、日出子に優しくなかった。いつも、日出子を自分の思いどおりにしようとした。罪悪感という鎧が、俺を逆に横暴にさせたんだろうな。横暴で無器用で不自由にさせて、自分で勝手に、にっちもさっちもいかなくさせたんだ。日出子には、ほんとに申し訳なかったと思ってるよ」

日出子が、自分から顔をそむけたままなので、良介はタクシーの運転手に頼んで、公衆電話のあるところで車を停めてもらった。レストランの予約をしておいたほうがいいと考えたのだった。

公衆電話で予約を済ませて、車に戻ってくると、

「イタリアのポジターノって町は、海に面した断崖絶壁に民家やホテルがひしめきあってるの。断崖の岩を掘って、そこに家を造ったたって感じ。その断崖の一番上のあたりに、一軒だけ、ぽつんと離れて建ってる小さな家があるの。オリーブとレモンの樹に囲まれてるけど、農家じゃないわ。たぶん、ご夫婦は、ホテルかレストランに勤めてると思うわ。その崖の上に一軒ぽつんと離れてる家に、六歳になる男の子がいた

の。もし生きてたら、十九歳になってるわ。その子、知的障害って言ったらいいのかしら、とにかく、数字は一から十までしかかぞえられないし、言葉は、朝晩の挨拶だけしか、ちゃんと言えない。でも、相手が話してることは、ほとんど、わかってると思う。私、その子に逢いたいの」

と日出子は言った。

「あんな体だから、あの男の子は、もう死んだかもしれない……。でも、私、その子に約束したの。もし、私がお金持になったら、きっと、またポジターノに来て、あなたをローマにつれてって、ミケランジェロの壁画を観せてあげる、って」

学生時代最後の年、イタリア旅行を終えて帰国し、二ヵ月ほどたったとき、その子から葉書が届いたのだと日出子は言った。

「私が教えてあげた日本語を、ちゃんと、ひらがなで書いてたわ。〈こんにちは。どうかおげんきで〉って。住所は、お父さんかお母さんが書いたのね。私も、返事を書いたわ。英語のうまい友だちに頼んで。半年にいっぺんくらい、彼から葉書が来たわ。書いてあることは、いつも同じ。〈こんにちは。どうかおげんきで〉ばかり。それが、二年ほどたったら、まったく葉書がこなくなったの。私も、自分の仕事のことで余裕がなかったたし、いつのまにか、それきりになっちゃった。でも、私、あの子はきっと生きてて、十九歳の青年になってるって思ってるの」

「わかった。じゃあ、イタリアのポジターノへ行っといでよ。大贅沢旅行なんだから、飛行機は、ファースト・クラスで、泊まるホテルはみんな五つ星だ。費用は、俺にまかせたらいい。お金のことは心配しないで、そのポジターノの、崖の家に行っといでよ」

と良介は言った。

「いいの?」

「いいよ。だって、俺には償う義務があるんだ。俺の、かるはずみなひとことで、俺は日出子の夢を奪ったんだ。能登で逢ったとき、日出子は俺に、どんなふうに償ってもらうか考えとくって言ったじゃないか」

しかし、日出子には、看病しなければならない寝たきりの母がいる。良介は、そう思い、

「いつ行く?」

と訊いた。

「そのあたりのいいホテルは、みんな十月いっぱいで閉めちゃうの。それまでに行きたいけど……」

「お母さんのことがあるだろう？」

日出子は、うなずき返し、そのことに関しては、今夜、考えてみると答えた。

「俺も、ローマへ行こうと思ってたんだ。ローマに兄貴が住んでる。その兄貴とは、解決しなけりゃいけない問題があってね。でも、同行させろなんて言わないよ」

「言わないの？」

その日出子の言葉に、良介は驚いて日出子の目に見入った。

自分たちは終わったのであり、終わったという事実に対しては、ある意味において意固地なほどに潔いのが、日出子のやり方だったのだ。その潔さは、俺に妻がいなくなったことで、いっそう強まる傾向を帯びるという性質を持っている……。日出子とは、そんな女であるはずなのに……。

良介は、そのような思考をめまぐるしく回転させながら、からかっているみたいにも見える日出子の顔から目を離さなかった。

「同行させろって言わないの？」

と日出子は、こんどは、はっきりと微笑を浮かべて言った。

「そう言ったら、馬鹿って、言い返されそうだからね」

「そう？　だったら、私ひとりで行く」

日出子の微笑は、ふいに消え、冷たい怒りの表情に変わった。

「気が短いんだな。俺は、肩すかしをくいたくないし、恥もかきたくないからね」

あれ？　どこで間違ったのかな。また四年前とおんなじケンカの軌道に乗ってるじゃないか……。

良介はそう思い、しばらく、怒っている日出子が口を開くのを待ったが、そのうち、おかしくなってきて、こみあがってくる笑いを抑えることができなくなった。彼は、笑いながら言った。

「同行させていただけるなら、鞄持ちだろうが、靴みがきだろうが、何でもさせていただきますよ」

しかし、日出子は前方に目をやったまま、怒りをいっそう強めたような横顔を動かさなかった。

「私、降りるわ」

日出子は、タクシーの運転手に車を停めてくれと言った。

「よせよ。優しくて穏やかになったんだろう？　それだったら、四年前の日出子とぜんぜん変わらないじゃないか」

「あなたも変わってない。あなたって、何にもわかってないのよ」

「うん。何にもわかってないな。俺のほうこそ、四年前からまったく成長してない。いま、それがよくわかったよ。だから、イタリア旅行に同行してもいいだろう？」

「あなたは、もう少し考えてから喋るってことを学んだほうがいいわ」

「うん。そうしよう。これから、何でも、もう少し考えてから喋るようにするから、イタリアに同行してもいいだろう？」

　バックミラー越しに見ている運転手と目が合った。良介は、その目に笑いかけた。

〈ゆたか〉というレストランに着くと、良介は、オードブルに、フォアグラのパテとスモーク・サーモンを注文し、

「ワインのことは、俺はよくわからないから、日出子にまかせるよ」

と言った。すると、ウェイターが、きょうはショウガとスッポンのゼラチンの部分を細く刻んで、それをゼリー状に固めたものがあるので、ぜひお試しいただきたいと勧めた。

　日出子は、それを食べたいと応じた。

「じゃあ、パテもサーモンもやめて、それにするよ。ワインは、そのオードブルに合うのを頼むとして、肉は、フィレで、二百グラムにしてもらおうか。ぼくは、スープはいらない」

日出子も同じものを注文した。ソムリエがやって来て、自分の勧める白ワインと赤ワインを説明した。

「じゃあ、まかせますよ」

ソムリエにそう言い、良介は首を突きだして日出子の顔を正面からのぞき込んだ。

「一緒に行っていいだろう?」

「私が何を怒ったか、わかってるの?」

と日出子は、あきれたように言った。

「わかってるよ。言いにくいことを、先に日出子に言わしといて、俺は、そんな日出子の気持に泥をぬるようなことを言った。そうだろう?」

「まあ、それに近いわね。四年前も、あなたって、いつもそうだったのよ。イタリアへ行って、おんなじことを繰り返すのは、いやだわ」

「うん。そりゃそうだろう。俺は、これから、いま日出子は何をどう考えて、こう言ったのかを、充分に頭のなかで咀嚼してから、喋ることにする。約束するよ」

「人間として、もうちょっと成長しなさい。あんなに大切な奥さまを亡くしたんだから」

最後は剽軽な言い方をしたが、日出子の目は笑っていなかった。

「あんなに愛してた奥さまを亡くして、あの人、いま何をどう考えて、どんなことをして暮らしてるんだろうって、私、何日も考えたわ。そしたら、私と逢うために能登まで来て、先のことを考えもしないで会社を辞めて、奥さまがかけてた生命保険で、しばらく遊んで暮らすつもりだなんて言うんだもの。私、あなたって人が、わからなくなって……」

「だから、つまり、変な人なんだろう？」

「そうよ、変な人だわ。私、それ以外に、あなたについて、上手な表現の仕方が思い浮かばないわ」

良介は、白ワインで、日出子と乾杯した。

良介は、食事の最中、なぜか何度も、内海と彼の愛人のことを思い浮かべた。それと同時に、女の体に宿っているひとつの生命のことが執拗に心をよぎった。

「俺、おとといの夜、友だちから、とんでもない相談をもちかけられてね」

と良介は言った。

「どんな？」

「一笑に付して、あっさり断わっちまえば、それで済むんだろうけど、どういうわけか、そうはできないものがあってね」

内海の名は伏せて、良介は、自分にもちかけられた相談事を、日出子にかいつまんで説明した。

オードブルを食べ終え、白ワインを少しずつ飲みながら、日出子は良介の話に聞き入っていたが、

「その人、よっぽど仲のいい友だちなのね。あなたが私とのことを喋った相手でしょう」

「俺は、そいつの名前は明かさない。だって、そうだろう？」

日出子は、うなずき返し、

「変な人には、変な友だちができるのね」

と言って、いたずらっぽく微笑んだ。そして、至極あっさりと、

「あなたの子供だってことにしてあげたらいいじゃない」

と言ったのだった。

「本気でそう思ってるの？」

と良介はワイングラスをテーブルの上に置いて訊いた。

「ちゃんと弁護士に立ち会ってもらって、将来、その子が江波良介に迷惑をかけても、江波良介には責任がないってことをはっきりさせとくのなら、その子を自分の子

供として認知するくらい、たいしたことじゃないわ。困るのは、たとえば、その子が大きくなって、あっちこっちに借金を作ったり、何かの犯罪をおこして、父親が責任を負うはめになった場合だけなんだもの」

「簡単に言ってくれるなァ。これは大問題だぜ」

「ひとりの人間の命は地球よりも重いって言葉があるじゃない？　あなたが、そのお友だちの頼みをきいてあげたら、その子は、生まれて、ちゃんと育っていくことができるわ」

「俺が認知しようとしまいと、彼女が産もうと決めたら産むだろう。そして、ちゃんと育っていくだろう。ただ、その子の戸籍謄本には、父親の名はなくて、私生児だって証拠が残るけどね」

「いまは私生児じゃなくて、婚外子って言うのよ」

と日出子は言った。

ワインの廻り方が重苦しくて、良介は、あまり体調がよくないのか、あるいは、やはり日出子と四年ぶりに二人きりで食事をしていることに緊張しているのかのどちらかであろうと思い、そのことを正直に日出子に言った。

「私も緊張してる。少ししかワインを飲んでないのに、なんだか顔が熱くて、その熱さが重苦しいの」

と日出子も言った。

「酒は強いくちなのにね。俺も日出子も」

「でも、私、このごろ、よっぽど眠れない夜しか、お酒を飲まないようにしてるの。だって、おばあちゃんかお母さんに夜中に起こされたとき、お酒が入ってると、もう一度寝るために、またお酒が必要になって、結局、朝がつらいから」

「俺は朝寝坊の息子を叩き起こさなきゃいけないから、女房が死んでから、寝る前に酒を飲まないようにしてるんだ」

「息子さんを起こすのは、お父さんの仕事なの？」

「結局、そうなったんだ。だから、せっかく会社勤めを辞めたのに、以前よりも十五分ほど早く起きてるよ。何のために会社を辞めたのかわかんないね。だって、朝起きて、満員電車に乗って、人の波を縫って、とにもかくにも会社に辿り着くっていう労苦が、給料の三分の一を占めてるのが、サラリーマンてもんだからね。その三分の一の労苦を、俺は、遊び人になってもつづけてる。遅刻がつづいて困るのは本人なんだから、もう高校生にもなった息子を起こすのはやめようと思ったんだけど、俺も高校生のときは、とにかく眠くて眠くて、親父にどやされないと起きられなかったからね。眠れるってのは、若いって証拠だよ。そう思って、けなげな父は、毎朝、息子を起こしてる」

日出子は、勿体ないからと言って、グラスにつがれたワインを飲んだ。四年前には、決して口にしなかった言葉であった。まるで、良介を困らせようとしているのか、あるいは試そうとしているのか、その両方なのか判別に苦しむほどに、必要以上の品を注文するのが常だったのである。

良介は、さっきから喉元まで出かかっている言葉を、いつ口にしようかと思いあぐね、しらふのうちに言ったほうがいいのかもしれないと考えて、

「俺たち、もう一度、一から始めようよ」

と言った。

日出子は、テーブルに置いたワイングラスの底に視線を落としたまま、何も応じ返さなかった。

一からやり直そうと言ってはみたが、良介に再婚の意志はなかった。それは、日出子が妻として適しているとかいないとかの問題ではなく、良介に結婚というものへの拒否感があったからである。

妻との結婚生活に何の不足があったわけではない。にもかかわらず、良介は、生

涯、自分は再び結婚生活には入らないでおきたかった。

「一からやり直して、それからどこへ辿り着くの？　ゴールはどこなの？」

目を伏せたまま、日出子は訊いた。

「わからないよ。ゴールがどこにあって、それが何なのかも、俺には、いまのところ、わからない。そう答えるのが、俺の正直な気持だね」

日出子は、しばらく考えてから、やはり気になるので、家に電話をかけてくると言って席を立った。良介はウェイターを呼び、きょうは、どうも二人とも体調が良くないので、肉が焼けても、赤ワインは必要ないと伝えた。

しかし、日出子と同じように、勿体ないと思って、ワイングラスにつがれた白ワインを飲み干すと、重苦しい酔いは去り、気分がほぐれてきた。日出子がどんな返事を返してくるかは別にして、じつは能登で再会したときから、良介は「一からやり直してみないか」と言いたかったのである。

その、ある意味では、不謹慎とも自分勝手とも思える言葉を口にしてしまったことで、良介はのびやかになっていた。

「さっき、伯母と従姉とで、お母さんをお風呂に入れてくれて、いま夕食を食べさせてるんだって。食欲もあって元気だから心配しないで、東京で羽根を伸ばしといでって、伯母に言われたわ」

戻ってきた日出子は、いかにも安心したように言った。

「赤ワインはいらないって断わったんだけど、どうする？　俺はやっぱり少し飲みたくなってきたよ。だけど、一本をひとりでは飲みきれないな」

「私も飲んであげる」

「いやな廻り方をしてるんだろう？」

「いまの電話で、重いアルコールが溶けちゃったみたい」

「じゃあ、ゆっくり飲むか」

「私、腰をすえて飲んじゃう。シャトー・ラトゥールなんて、いかが？」

「高いんだぜ。この店だと五万円ぐらいするよ」

「不労所得で遊んで暮らしてる人が、けちなこと言わないの」

日出子は笑い、自分でウェイターを呼んだ。

「そんなに、不労所得、不労所得って、よってたかって、言わないでくれよ。きょうも出がけに、娘に言われたよ。不労所得で遊び暮らしてるって。草葉の陰でお母さんが泣いてるわ、なんて言いやがるんだ」

良介はそう言ってから、このような話は日出子を不快にさせたかもしれないと案じ

た。けれども、日出子は、くすっと笑い、

「お嬢さんの気持、わかるわ。不労所得を使って、私に、一からやり直そうなんて、ぬけぬけと言うんだもの。絶対に、奥さまは草葉の陰で泣いてらっしゃるわ」

「草葉の陰なんかにいるもんか」

「じゃあ、いまどこにいらっしゃるの？」

「この大宇宙のどこかで、楽しく遊んでるよ。それとも、どこかの星で、幸福な家の子として生まれかけてるんだ」

「生まれかけてるって、どういう意味？」

「だって、人間の子供は、十月十日、母親の胎内にいるんだろう？　あいつが死んで、まだ七ヵ月とちょっとだ」

「愛してたのね」

「愛してたよ。それは、四年前、日出子とつきあってるときにも、はっきり言ったよ」

「そうね。あんまりはっきり言われて、腹も立たなかったわ。ああ、それは嘘ね。やっぱり、腹が立った。子供さんのことを、ちらっと喋られても、この人は、なんて無神経な勝手な男なんだろうって思ったわ」

「じゃあ、これから、子供の話はしない。約束するよ。イタリアで、うっかり、子供の話をしたら、その場で俺を追い帰してくれよ」

日出子は、あきれ顔で良介を見てから、大きく溜息をついた。

「私、まだ、オーケーは出してないわ」

「あれ？　イタリアに同行させてくれないのかい？　さっき、了解してくれただろう？」

「よくも、そんなに自分の都合のいいように思い込めるわね。それって、一種の才能ね」

「だって、これからまた一からやり直そうっていう男と女が、大贅沢旅行に、一緒に行かないってのは、不自然だし、矛盾してるよ」

日出子は、テーブルに頬杖をついて、舌で上唇の端を小さく舐めた。

「ねェ、あなた、とぼけたふりをして、じつは、凄く策略を使ってるでしょう」

「ばれた？　ばれたのなら、作戦を変えよう。どうやって、日出子に、俺と一からやり直そうと決心させるかの作戦を、腰をすえて飲みながら考えるよ」

良介がそう言ったとき、ソムリエが、赤ワインを運んできて、ロウソクの火を微妙に使ってデキャンタした。

日出子は、ステーキを食べながら、何度もおいしい、おいしいと言った。

「私、こんなにおいしいお肉を食べたの初めてよ」

「嬉しいなァ。そんなにおいしいって言われたら、なんだか、この店の主人か料理長みたいな気分になるよ」

良介は楽しくなって、赤ワインの三分の一を自分で飲んでしまい、店を出るころには、少し呂律《ろれつ》が廻らなくなっていた。

日出子の予約したホテルのロビーで、良介は日出子がチェック・インの手続きをしているあいだ、アメリカ人らしい初老の男たちが談笑しているソファの端に坐って待っていた。

「バーに行って飲むんでしょう？　でも、大丈夫？」

部屋のキーを持ったまま、良介の坐っているところへ来ると、日出子も怪しくなっている呂律を気にしている様子で、小声でそう訊いた。

「何が？」

「相当、酔ってるわよ」

「俺は、ワインに弱いからね。だから、体に合った酒を飲むと、調子が良くなる」

「じゃあ、バーで待ってて。私、荷物を部屋に置いてくるわ」

「何号室？」

「教えてあげない」

「八階の十六号室だ。いま、日出子の持ってるキーを見たからね」

「入って来たら、ホテルの人を呼ぶわ」

「入れるっていうのは、ドアをあけてくれたからだぜ。それは、強姦じゃなくて、和姦だと常識人は判断する」

良介の声は、ホテルのフロント係にも聞こえたらしく、数人の客とボーイとフロント係が、良介を見た。

日出子は、周りを気にしながら、

「そんなことを大きな声で言って……。ここは、ちゃんとした一流のホテルなのよ」

と小声で叱り、待っていたボーイと一緒にエレベーターに乗った。

バーは混んでいたが、カウンターの席が二人分だけ空いていた。良介は、スコッチの水割りを注文し、すぐに戻って来るから、この席を取っておいてくれとバーテンに頼むと、日出子の部屋へ向かった。抑えようのない衝動が、自分の体を勝手に動かしてしまっているような気がした。

部屋のチャイムを押すと、日出子がドアをあけ、無言で二、三歩あとずさりしてから、かすかな悲鳴に似た声をあげて、良介にむしゃぶりついてきた。

日出子の柔かい腰に片手をまわし、良介はドアを閉めて、部屋に入りながら、日出子と唇を合わせた。そして、もう片方の手で、服の上から日出子の乳房をまさぐった。長いあいだ、そうしていた。

そして、やっと自分の唇を日出子のそれから離すと、良介は、日出子の、あまりにも光りすぎて、何かが憑《つ》いてしまったのではないかと不安を感じさせる目に見入った。それから、また、どちらからともなく、抱き合い、懐しい弾力の唇を吸ったり噛んだりした。

良介は、日出子の顎を軽く噛み、首に接吻し、指の先をまた軽く噛んだ。

「何か言って」

と日出子は体をぐらぐらさせながら言った。

良介は、とっさに言葉が浮かばず、かすんでいくような心で何か言った。何を言ったのか、自分でもわからなかった。

日出子は、両の掌で良介の頬をはさみ、

「どうして、おはようなの？」

と不思議そうに訊いた。

「えっ？　おはよう？」

「いま、リョウは、おはようって言ったのよ」

ああ、日出子はやっと俺をリョウと呼んだと思いながら、

「俺、いま、おはようって言ったの？」

と訊き返した。

「自分でわからなかったの？」

「ほんとに、俺、おはようって言ったの？　頭が痺れたみたいになって、何を言ったのか、自分でもわからないよ」

「凄く素敵な愛情の言葉だなァって、気が遠くなるくらい嬉しかったのに、無自覚に言ったのね」

日出子は、少しむくれたような顔をして、良介の頭を軽く叩き、自分の顔を良介の胸に押し当てた。

「こんどは、出口を作ってね。前みたいな、行き場のないようなことは、いや」

「自由で、出口も行き場所も、たくさんあるよ」

良介は、バーに戻って、料金を払ってこなければならないと日出子に言った。

「カウンターの席も空けてもらったままなんだ」

「私、もっと飲みたい」

「駄目だよ。一度、この部屋から出たら、日出子の気が変わって、二度と入れてくれ

ないかもしれないからね」

「おはようって言ったら、あけてあげる」

「そんな、お互い、芸能界や水商売の人間じゃないんだぜ。夜に、おはようなんて言えないよ」

日出子は、口紅を塗り直したいので、先に行ってくれと言い、自分のハンカチで良介の口の周りを拭いた。

良介が、バーに戻ろうと思ったのは、料金を払っていなかったこともあったが、ホテル内の公衆電話で、家に電話をかけなければならないと考えたからであった。日出子のいる傍で、娘に電話をかけるのは、はばかられたのである。

彼は、ロビーの奥の公衆電話の前に立ったとき、娘の真紀が出てこなければいいのにと思った。息子の亮一だったら、今夜は帰れないというひとことで済む。

けれども、電話に出てきたのは真紀だった。

「一緒に飲んでた友だちが、ひどく酔っぱらっちまってねェ。心配だから、そいつの家まで送って行くよ。ひょっとしたら、そいつの家に泊まるかもしれない。家の鍵は持ってるから、心配しないで寝てくれよ」

と良介はエレベーターのほうを気にしながら、娘に言った。

「送って行くって、どこまで？」

と真紀は訊いた。

「八王子のほうだよ」

「だったら、家に帰ってこれるじゃないの」

「つもる話があるんだよ」

「そんなに酔っぱらってる人と、話なんかできるの？」

「うるさいやつだなァ。俺はお前の亭主でも恋人でもないんだぞ。なんで、親父が、いちいち、自分の行動に関して、娘にお伺いをたてなきゃいけないんだ。いいから、先に寝てろよ」

良介は、うんざりして、そう言った。

「さっき、内海のおじさまから電話があったわよ。どうしても大事な話があるから、一時に、もう一度、電話をするって。帰ったら、父からお宅にかけさせますって言ったら、出先にいて、何時に帰れるかわからないからって。それなのに、内海のおじさまったら、ちゃんと家にいるのよ」

「家にいるって、どうして、お前にわかったんだい」

内海も、まったくドジなやつだぜ。よりによって、こんな日に電話をかけてきて、俺の娘にまでも怪しまれるようなことをしやがって……。良介は、そう心のなかで言った。

「だって、私、おじさまからの電話を切って、五分もたたないうちに、おばさまに電話をかけたの。そしたら、出先にいるはずのおじさまがでてきたんだもの。私の声を聞いたときの、内海のおじさまの慌て方は、絶対に変だったわ」

良介は腹が立ってきた。娘に対してなのか、内海に対してなのかは、わからなかった。

その怒りと苛々を、良介は思わず電話で真紀にぶつけた。妻の死後、良介が自分の子供に荒だった声を出したのは初めてであった。

「お前、どうしてそんなにスパイみたいなことをするんだ。内海のおじさんが本当に出かけてるのかどうかを、どうしてたしかめようなんてするんだ。そんな恥しい、余計なことを、お前、いつからするようになったんだ」

真紀は、父親の剣幕に一瞬とまどったようだったが、

「だって、内海のおじさんは、電話を切るとき、私の誕生日には、前から欲しがってたスキー靴をプレゼントしてあげるって言ったんだけど、私、アルバイト代で、こないだ、スキー靴を買っちゃったの。何か別の物にしてもらおうと思って、早目にその

ことをおばさまに伝えといたほうがいいと思ったの。内海のおじさまは、せっかちだから、もうあしたにでも買っちゃうかもしれないもの。それで、電話をかけ直したら、おじさまが出てきたんだもの。私、スパイの真似なんかしてないわ。調べられたら困るようなこと、内海のおじさんも、お父さんも、やってるの？　私、そんなに怒られるようなこと、してないわ」

だんだん分《ぶ》が悪くなってきて、良介は、真紀がまだ何か言いかけたのを無視し、

「わかった、わかった。内海には、俺のほうから連絡を入れとくよ」

と言って電話を切った。バーのほうへ二、三歩行きかけて、良介は、ロビーに立って自分を見ている日出子に気づいた。

「私に気を遣って、公衆電話で、そっと奥さまに電話をかけてた四年前のリョウとおんなじ雰囲気だったから、私、なんだか、ぞっとしちゃった……」

バーのカウンターに坐るなり、日出子は、沈んだ口調で言った。

そんな言い方をされると、良介は電話の相手が娘だったことを正直に言えなくなり、

「さっき、話に出た俺の友だちだよ。今夜、たぶん俺に電話をかけてくるだろうと思って、先にこっちから電話を入れといたんだ」

と嘘をついた。

「凄く混んでるのね。これだけの人間の声でも、頭がくらくらする」

日出子は満員のバーを見廻して言った。

「七尾の海の側の家は、夜は、とんでもなく静かなんだろうなァ」

良介の言葉に、日出子は微笑み返した。

「もっと飲みたかったら、ルーム・サービスを頼もう」

ウィスキーに口をつけないまま、良介は立ち上がった。

部屋に戻ると、日出子は良介に、先に風呂に入るよう勧めた。

「あれ？　キングサイズのダブルベッドだ」

良介は、途轍もなく大きなベッドを目にして、ズボンのポケットに両手を突っ込んだまま言った。

「だって、ダブルの部屋しかなかったの。ほんとよ。変なふうに考えないでね。私、はじめからそのつもりで、東京へ来たんじゃないわ」

日出子は、窓のカーテンを半分ほどあけ、夜景に見入りながら、そう言った。

「俺、そんなふうにとってないよ。ただ、こんなにでかいダブルベッド、初めて見たから……」

「私たち、これから、隠し事はやめましょうね。それを第一のルールにしときたいの」

良介は、上着をハンガーに架けようとした。すると、窓ガラスに映るその姿が見えたのか、日出子は窓辺から離れると、良介の傍に来て、上着を手に取り、ハンガーに架け、スリッパも、良介の足元に揃えてくれた。

四年前、日出子は、良介が脱いだ服に、決して手を触れようとはしなかったのだった。私はあなたの妻ではないのだから……。口にはしなかったが、日出子の表情には、あきらかにそのような意思表示があった。まるで、それこそが唯一の己の矜持であるかのように。

「第二のルールは……」

と良介は言いながら、さて何にしようかと考えた。彼は靴を脱ぎ、スリッパに履きかえ、

「腹が立ったら、なぜ自分は腹を立てているのかを、ちゃんと説明するってのは、どうかな。何を怒ってるのかわからないまま、いつまでも機嫌を悪くされてるのは、お互い、いやだし、時間の無駄だからね」

「そうね。それが第二のルールね」

日出子は、視線を良介のベルトのあたりに向けたまま、素直に了承した。上着を脱いだのだから、次はズボンでしょう？　と促がされているような気がしたが、なんだ

か妙に照れ臭くて、良介は、両腕を日出子の顔に巻きつけて、自分の胸に引き寄せ、

「第三のルールは、こうしてほしい、とか、ああしてほしい、とかを、ちゃんと口に出して要求するってのは、どうかな？　そして、お互い、したくないことはしたくないと言い、出来ないことは出来ないと言う」

日出子は、良介の胸のなかで、うなずき返した。

「こんなルールを決めたって、それを実行するのは、自分の心だからね」

良介はそう言って、結局、上着だけを脱いだままの格好でバスルームに入った。バスタブに湯を溜めようか、それともシャワーだけにしようかと迷いながら、着ているものをすべて脱ぎ、腰にバスタオルを巻きつけて、歯を磨いた。

朝に剃ったままの髭が気になり、髭も剃った。

「どうしてるの？」

日出子がドア越しに声をかけた。

「一緒に入る？　入るんなら、湯を溜めるよ」

返事がなかったので、

「先に歯を磨いて、髭を剃ってたんだ」

と良介はドアをあけ、顔だけ出して、日出子に言った。壁に掛かっている大きな鏡

に、服を脱いでいる最中の日出子が映っていたが、そのことに日出子は気づいていなかった。

気づかないまま、日出子は全裸になり、それから、いやにゆっくりとした動作でイアリングを外し、腕時計を外し、それをベッドテーブルに置きながら、

「私、あったかいお湯に、ゆっくりつかりたい。なんだか長いこと、お風呂にゆっくりつかってないみたいな気がするの」

と言った。

「湯が溜まるまで、五、六分はかかるよ」

良介は、日出子に気づかれないよう、そっとバスルームのドアを閉め、バスタブのコックを全開にした。

日出子は、バスルームに入って来て、

「四年前と比べてみたりしないでね」

と言い、全裸のまま、自分も歯を磨いた。

「四年間で、おばあさんになっちゃったから、あんまり見ないでね」

「ぜんぜん、変わってないよ。前よりも、いい体になった。脂が乗ったって感じだな」

日出子の体形が、四年前と少しも変わっていなかったし、以前よりも脂が乗ったと

いう言葉も、正直に良介の口から吐き出されたのだった。

「脂が乗ったなんて、つまり、全体に脂がまわったってことじゃない？」

「いや、四年前は、もっと、さらっとしてたって気がする。肌理《きめ》が細かくて、きれいなのに、どこか、水を弾かないような肌をしてたよ」

「心が、ひからびてたのかな……」

「体重、変わってないだろう？」

四年ぶりに、風呂場で二人きりになって、しかも裸だっていうのに、俺は何をガキみたいなこと言ってるんだろう。良介は、そう思いながら、湯加減を調節した。

良介は、先にバスタブにつかった。きょうは、時間をかけて、髪を洗いたいと言って、日出子は、いったんバスルームから出ると、自分がいつも使っているシャンプーとリンスを持って来た。日出子は、自分の体のどこをも隠そうとはしなかった。

裸になった途端に、なぜか堂々となってしまうところは、四年前と少しも変わっていない。良介は、日出子が湯につかりやすいように、自分の二本の脚をバスタブの外に出してから、日出子の裸体がどんなに美しいかを、何度も口にした。

日出子は、良介と向かい合ってバスタブに身をひたし、外に出している良介の足の指に石鹸を塗った。良介は、その石鹸を日出子の手から奪うと、日出子の両方の乳首の周りにそれを塗った。

目を閉じて、日出子は良介の足の指を洗いながら、一緒にお風呂に入ったときは、いつも、こうしてほしいと言った。

「日出子が、俺の足の指を洗ってくれてるときに、俺が日出子のおっぱいを洗うのかい？」

「足も洗ってくれたら、もっと楽しい」

「他に洗ってほしいところは？」

「どこを洗いたい？」

日出子は上半身を前に倒してきて、額を良介の肩の下あたりに凭せかけた。良介は、ある部分を、日出子の耳元でささやいた。

「きょうは、駄目。次から、洗わせてあげる」

「洗わせてあげるの？　洗ってもらうの？」

「その日によって、言い方を変える……」

良介の髪を洗ってくれたあと、日出子は自分の髪を洗った。良介は、日出子をバスルームに残して、ベッドにあおむけになり、軽く拭いただけで、まだ濡れている髪から、何筋もの水が首のうしろへと伝わっていくままにしていた。

心のどこにも、硬さはなく、わだかまりもなく、不必要な高揚も緊張もなかった。湯につかりすぎて、多少、頭がぼんやりしていたが、それもまたここちよかった。

日出子が、ベッドに来て、横たわると、ほとんど何も技巧を弄さないまま、すぐに良介と日出子はひとつになった。

四年前、日出子には、そうやすやすと歓んでなるものかと歯を食いしばっているみたいなところがあったのだが、いま、そんなものは溶けてしまって、彼女もまた不必要な自意識を遠くへ投げだしているかに見えた。

良介が驚くほど、日出子はその瞬間、汗をかいた。その汗を掌でたしかめていきながら、

「俺、腕立て伏せと腹筋運動を、これから毎日、百回ずつするよ」

と言った。

「腕立て伏せと腹筋運動を百回ずつ？　絶対につづかないわ」

日出子は、そう言ってから、怖くなるくらいに素敵だったので、頭がぼおっとしているとささやいて、良介の首に両腕を巻きつけてきた。

「絶対につづけてみせるさ。さっき、鏡で全身を映したら、やっぱり、いかんともしがたく、中年のおじさんの体形になってるってわかって、いささか、なさけなくなっ

たよ。なんだか、すべての物が、下へ下へと下がっていってる」

「すべての物って？」

「目尻も、頬っぺたも、腹も尻も、とにかく、皮も肉も、下へ下へと下がっていってる……。やっぱり、生老病死は、まぬがれがたいな」

「リョウは、いま男盛りよ」

そう言って、日出子は、しばらく良介の目に見入っていたが、やがて何か言いかけてやめた。

「何を言おうとしたの？」

と良介は訊いた。日出子は、微笑みながら、顔を横に振った。

「もう、三つのルールに違反するのか？　言いたいことは、はっきり言う。それも、ルールのうちのひとつだろう？」

「私を、いやらしい女だなんて思わない？」

「思わないと思うよ」

「私、このまま、眠ってしまいたいの」

「いいよ。眠ったらいい。なんで、それがいやらしいことなんだ？」

日出子は、ためらいながら、良介のものを指で握ったまま眠りたいのだとささやいた。

「いいよ。自慢できるものじゃないけどね」

日出子は、片方の手でそうしてから、目をつむり、本当にそのまま静かな寝息をたてはじめたのだった。

まさか、本当にそうしたまま眠ってしまうとは思わなかったので、良介は、日出子の指の熱を感じながら、このままでは、こっちは寝返りをうつことができないなと思い、じっとしていた。

けれども、眠りに落ちた日出子の指からは力が抜け、自然に離れていった。良介は、そっとベッドから出て、できるだけ音をたてないようにしてシャワーを浴び、バスローブを着ると、窓辺のソファに坐って、カーテンをかすかにあけた。

東京の夜景のなかから蛇の目をみつけようと目を凝らした。そんなものはなかった。良介は、バスローブを脱ぎ、ベッドに戻った。すると、日出子がまた良介のものを握った。

「おはよう」

と良介がささやくと、日出子は同じ言葉を返してきた。

第三章　月　光

　東京に三泊して、能登へ帰って行った日出子は、それから三日後に、男の偽名で手紙を寄こし、十月一日から二週間、金沢の伯母と従姉が、母の面倒をみてくれることになったとしらせてきた。

　ちょうどその日、良介の寝室に、家用とは別の電話がひかれたので、良介は、その電話を使って日出子に電話をかけた。

「俺専用の電話をひいたんだ。電話番号を言うよ」

　日出子は、それを何かに書いてから、

「その電話には、絶対に、リョウしか出ないの？」

と訊いた。

「俺が部屋にいるときは、俺しか出ないけど、ずっと部屋にいるわけじゃないからね」

「たとえば、リョウがお風呂に入ってるときとか、どこかに出かけてるときに、子供さんが出てきたら困るわ」

「まあ、そんなときは、その場その場で、うまくやってくれよ」

電話を切ると、良介は、イタリア旅行の手配をするために、家を出た。

銀座にある大手の旅行代理店で、航空券やホテルの手配を頼み、係の者が良介の指定したポジターノのホテルに予約のテレックスを入れているあいだ、彼は、近くの喫茶店で、ローマの兄に手紙を書いた。

十月一日の夜に、ローマに着く。逢って、いろいろ話したいことがあるので、ローマに滞在する三日間のうちで、都合のいい日をしらせてほしい——。

そのような内容の手紙をしたため、封筒にしまったとき、良介は、十月一日まで、あまり日がないことに気づいた。もし、この航空便が十月一日よりも遅く届いたら、何にもならないな……。良介は、そう考えて、せっかく書いた手紙を封筒ごと破って捨てた。

　画廊をのぞいたり、本屋でイタリアのガイドブックを買ったり、デパートで旅行用の鞄などを買ってから、良介は旅行代理店のオフィスに戻った。

　良介の指定したホテルの予約ができたことを係の者は伝え、航空券とホテルのバウチャは、代金が振り込まれた時点で郵送すると言った。

「凄く豪華なご旅行ですね」

　と言い、若い社員は、金額を書いた紙を良介に見せた。

「あした、銀行に振り込んで、その振り込み用紙を持ってきて、チケットとバウチャを直接貰うよ」

　良介は、そう言って、夕暮の雑踏のなかに入った。

　おおかたの勤め人の帰宅時間と重なって、雑踏の流れには、疲弊と活気が入り交じっているようなところがあった。

　自分も、これと似た雑踏のなかの一員だったのだが、いまは違う。けれども、

「みなさん、お勤め、ご苦労さま。私は、気楽に遊び暮らしております。毎日、みなさんは、いやなことばっかりでしょうなァ。私は、幸か不幸か、はたまた何を血迷ったのか、二十三年も勤めた会社を、四十五歳で突然やめて、みなさんがたを、対岸か

ら眺めて、いい気分ですよ」

とは思えないのはなぜだろう。良介は、なぜか、働いている人々に、自分を見せたくない心持ちを抱きながら、そう思った。

内海からは、まったく連絡はなかった。日出子とホテルに泊まった日に、良介は内海に電話をかけなかった。自分のほうから、わざわざ、厄介なことに首を突っ込むことはないと思えたからである。そして、日出子とのこと以外、眼中になかったのだった。

「自分のすることを愛せ、だ……」

良介は、映画のセリフを胸の内でつぶやいた。妻は死んでしまったのだ……。

「ノスタルジーに惑わされるな、だ……」

だが、良介は、妻のことを思い出しながら、肩を落として歩いた。

妻は優しくて、俺のことをまったく疑いもしなかった。他人の悪口を言わず、他人の幸運をやっかまず、茶目っけがあって、行動的だった。

「あいつ、いい世話女房だったよ」

良介は、死んだ妻が哀しんでいるような気がして、

「自分のすることを愛せ。ノスタルジーに惑わされるな」

と口にだして、つぶやいた。

公衆電話で誰かに怒鳴っている男が、

「馬鹿野郎」

と大声を張りあげて、電話を切った。その公衆電話を見ているうちに、良介は、やはり、自分のほうから、内海に電話をかけてやらねばなるまいと思った。

内海は、まだ会社にいた。

「こないだは、ドジを踏んだよ」

と内海は言った。

「こっちから電話をかけなくて、すまんな。いろいろ、取り込んでてね」

と良介は言った。

内海は、今夜、時間があるなら、飯でも食わないかと誘った。

「きょうは、俺が奢るよ。こないだはご馳走になったからな。仕事は何時ごろに終われる？」

良介は、内海に訊いた。

「もう、いつでも会社を出られるよ」

「寿司はどうだい」

「いいねえ。ひさしぶりに、寿司でも食いたいと思ってたとこだ」

良介は、自分の気に入っている寿司屋の場所と電話番号を内海に教え、タクシーに乗った。そんなに急ぐ必要はなかったのだが、電車や地下鉄のなかの、仕事を終えた人々のひしめき合うところに身を置きたくなかったのだった。

良介は、本郷にある行きつけの寿司屋で、二十分ほど、ひとりで熱燗を飲んだ。酒が胃に沁みてくると同時に、妻の思い出は、どこかへ去り、日出子との、奇妙なほどに相性の合った交わりが甦ってきた。

妻のいる、いないが、あれほどまでに、女の体をも変えるのだろうか……。

「リョウは、男盛りね」

日出子がささやいた言葉は、良介にとっては、煽情的で蠱惑的だった。

「俺も、癖になっちまったら、どうするんだよ」

彼は、誰にも気づかれないよう、下を向いて、苦笑した。あの夜も、次の夜も、日出子は良介のものを握って眠りに落ちていったのである。幼い子が、いつも抱いているぬいぐるみなしでは寝られないのと同じような気楽さで、二日目の夜、日出子は良介のものを握り、

「癖になったら、どうしようかしら」

と言ったのだった。

「どうして、こんなものを握って寝たいんだ？」

という問いに、日出子は、

「だって、気持がいいんだもの」

と答えたのである。

内海は、やって来るなり、大きな溜息をついた。良介は笑い、

「お前、家でも、そんな溜息をついてるんじゃないだろうな」

と訊いた。

「溜息をつかなきゃいられなくなったら、便所に入ることにしてんだ」

「会社でも溜息をついてるんだろう」

「かもしれんな……」

良介は、自分も、焼けぼっくいに火がついてしまったのだと内海に言った。

「ほんとか？　そりゃいい。やれ、やれ。どんどん、やれ」

内海は、良介の背中を叩いて言った。

良介は、内海の猪口に酌をしながら、

「なんだよ、その嬉しそうな言い方……。同類ができて、多少、気がらくになったつ

もりなのか？　でも、俺とお前の決定的な違いは、俺には子供がいるけど、女房はいなくて、お前には、子供はいないけど、女房がいるってことなんだぜ」

　と笑って言った。

「そうなんだよな。それは、じつに大きな違いだよ。いいなァ、お前は女房が死んで……」

「つまらんことを言うな。まるで、奥さんが死んでくれるのを願ってるみたいじゃないか。そんなことを思ったりしたら、思ったほうが先に死ぬんだ」

「怖いこと言うなよ。俺は、女房が死んでくれたらいいなんて、露ほども思ってないよ」

　内海は言いながら、両手を合わせて、何かを拝む格好をした。

「何を拝んでるんだい」

　と良介は訊いた。

「たとえ一瞬にせよ、女房が死んでくれたらいい、なんて決して思いませんから、どうか私を病気にしたり、不幸にしたりしないで下さいって、ありとあらゆる神仏に祈ったんだ」

　良介は、かつおとアジの刺身を、内海は、イカとアワビの刺身を注文した。

「焼けぼっくいに火がついたって、それは、あの宝石デザイナーか？」

と内海は訊いた。良介はうなずき、

「俺のことよりも、お前のほうはどうなった？　彼女、どうするか決めたのか？」

その良介の問いに、

「きのう、逢ってゆっくり話をしたよ。どうしても産みたいってさ。俺に迷惑はかけない……。そう言ってるけど、こういう場合、女の決まり文句だろう？」

と内海は言った。

「たぶんね。たいていの女は、子供を産む前は、そう言うだろうな」

良介は、このあいだの電話は、どんな用事だったのかと訊いた。

「例の件、本気で考えてくれたかなァと思ってね」

「考えたよ。でも、これは、容易ならざることだぜ。法的な問題なんて、たいしたことはないんだ。そんな問題とは違う次元のところで、容易ならざることだっていう結論は出た。そういう結論に達しただけで、そこから先には進んでないよ。だって、生まれてきた子は、理解できる年齢に達するまでは、自分の父親が江波良介であるとして育ちつづけるんだ。そして、あるとき、じつはそれは嘘だと教えられる」

良介は、一呼吸置いてから、つづけた。

「これは、ひとりの人間に対する冒瀆だ。つまり、江波良介という隠れミノを必要としてるのは、子供じゃなくて親のほうだってことさ。それは、世間体だとか、制度だとか、自己保身の次元であって、その子が人間として生まれ、人間として、ちゃんと育っていくこととは無関係な事柄だよ」

「そりゃそうだよ。そんなこと、俺にだってわかってるさ」

と内海は怒ったように言って、手酌で酒を飲んだ。

「じゃあ、世間にうじゃうじゃいる自称、進歩的知識人みたいに、制度をこわせ、価値観を変革せよ、なんてのたまわって、何がどう解決するんだよ。江波、俺は、お前のお説教を聞くために、一緒に寿司屋で酒を飲んでるんじゃねェんだ」

ひどく機嫌を悪くして、内海修次郎は、酒ばかりあおり、カウンターに置かれた刺身に手をつけようとはしなかった。

「女房に手をついて謝って、女に子供ができたから、俺の子として認知させてくれ、なんて言えるくらいなら、初めからお前に相談なんかするもんか」

「そんなに怒るなよ。お前が、このことで怒るなんて、理不尽だよ」

そう言って、内海の肩を、なだめるように叩き、

「たぶん、彼女のほうが、お前よりもはるかに潔いと思うよ。産むと覚悟したら、潔

いと思うよ」

「産んじまうと、潔《いさぎ》が悪くなるんだよ、女ってやつは。あなたに迷惑をかけませんなんて言葉を自分が決然と言い放ったことを、きれいさっぱり忘れちまうのが、女ってもんなんだ」

「彼女が、産むと決めたのなら、もう、なりゆきにまかせるしかないよ。彼女も、お前とおんなじように、この江波良介の子だというふうにしてくれって言うなら、そのとき、俺はまた改めて考える。なっ、そうしよう」

良介は、もう一度、内海の肩を叩き、自分の猪口を内海の眼前に差しだした。内海は、肩を落としたまま、無言で、良介に酌をした。

「いま、妊娠何ヵ月くらいなんだ？」

と良介は訊いた。

「三ヵ月とちょっとだ。まだ軽いけど、つわりが始まったよ。きょうは、気分が悪くて、まったく食欲がなくて、家で休んでる」

自分は、十月一日からイタリアへ二週間ばかり行くので、その前に一度、彼女も交えて食事でもしようと、良介は提案した。

「イタリア？　十月一日って、もうすぐじゃないか。何しに行くんだよ」

内海の、何やら憮然とした訊き方に、良介はどう答えようか、一瞬迷ったが、自分の一番の親友にだけは隠し事をしないでおこうと思い、

「日出子と一緒なんだ」

と答えた。

「ローマにいる兄貴とも、ゆっくり話をしたいしね。たったひとりの兄貴と、ケンカしたまま、遠く離れて暮らしつづけるのは、やっぱり、よくないことだって思うんだ。俺も兄貴も、もうガキじゃないんだから、腹を割って話をしたら、わかり合えるだろう。兄貴は、俺たちにひとことも言わないで、外国へ行っちまって、音信不通で、お袋が死んだことも知らなかった。俺にしてみれば、いったい何を考えてるのか見当もつかない兄貴だけど、小さいころは、俺とは仲がよかったんだ。兄貴は、内向的で、人見知りをする性格で……。俺のほうが、はるかに腕白だったよ。兄貴は、高校生になったころに、がらっと変わっちまって、親父やお袋に、ことごとく反抗して、勝手に学校を辞めちまって……」

「俺も、外国へ姿をくらましたいよ」

と内海は言い、やっと、アワビの刺身に箸をつけた。

「こないだ、テントウ虫が交尾してる写真を週刊誌で見たんだ。なんだか、ひたむき

よむーく

講談社文庫

で、ユーモラスで、気高くて、崇高だったよ。その点、人間は駄目だな。一瞬の快楽のためにセックスに励んで……。あーあ、まったく、罪つくりだよ」

内海は、アワビの刺身をつまんだ箸を、口の近くで止めたまま言った。そのアワビにつけた醬油が、内海のズボンにしたたり落ちた。良介は、おしぼりで、ズボンを拭いてやり、

「あした、彼女と逢おうか？」

と言った。

「彼女って、どっちの彼女だよ。俺のほうか、お前のほうか？」

「内海修次郎さんの彼女に決まってるだろう。彼女の体調次第だけど、俺は、あした、また銀座に出る用事があるんだ」

良介の言葉に、内海は、あしたの昼ごろ、どうするか決めて、連絡をすると答えた。

「きのう、得意先のえらいさんとゴルフだったんだ」

と内海は言った。

「コースを廻りながら、溜息ばっかりついてたよ。このバンカーからグリーンへ乗せたら、子供を堕ろしてくれって頼もうと思ったら、飛びすぎて、別のバンカーに入っ

ちまった」

内海は、冗談めかして言ったが、子供を堕ろしたいという気持が、まったくなければ、そのような言葉は出ないはずだと良介は思った。

「ゴルフは、イタリアから帰ってから始めるよ。何もかも、それからだ」

良介はそう言ったが、〈何もかも〉とは、いったい何なのか、自分でもよくわからなかった。

内海は、言い忘れていたといった表情で、箸を置き、

「この前、俺のゴルフ仲間に、八十一歳になるおじいさんがいるって言ったろう？」

と話題を変えた。

「お前のことを話したら、いつでもコーチを引き受けるって言ってたぜ」

「コーチ？　わざわざ、俺のために、時間をさいてくれるのかい？」

「昔は、シングルプレーヤーだったんだ。いまは、もう高齢だから、平均で、九十二、三ってとこだな。一番よかったときは、ハンデは二だった。でも、八十一のじいさまが、十八ホールを九十二、三で廻るってのは、じつに凄いことなんだぜ。お前、一度でもコースを廻ってみたら、そのことの凄さがわかるよ」

良介は、内海のゴルフ談義を聞きながら、旅行中、娘と息子の二人きりにしておく

わけにはいかないなと思った。十月一日までに、お手伝いさんがみつかる可能性は少ないので、さしあたって留守中に家に泊まり込んで面倒をみてくれる人といえば、死んだ妻の母親しか思いつかないのである。

義母は、七十二歳だが、月に一度の割合いで良介の家を訪れ、手の込んだ料理を作ってくれる。頼めば、二つ返事で来てくれることはわかっていたが、良介は、どこか気が咎められるのである。まして、良介は義母に、会社を辞めたことは報告していない。娘の真紀も、言わないほうがいいと考えているらしく、祖母が家に遊びに来ても、父親の仕事の件は口にしないのだった。

義母は、良介の家を訪ねる前日に、必ず、そのことを電話でしらせるので、良介は用もないのに外出し、いかにも会社から戻って来たようなふりをして帰宅する。

しかし、もうそろそろ、義母に、本当のことを話したほうがいいだろうと良介は思った。どのように受け止められようとも、それはそれで仕方がない。隠しつづけることのほうがよくない。良介は、今夜にでも、義母に話してしまおうと決めた。

翌日、内海からは何の連絡もなかった。良介は、午前中に旅行代理店への支払いを済ませ、銀座に出かける時間まで、内海からの電話を待った。電話がないということは、内海の愛人が、第三者の介入を拒否しているのであろうと推測し、良介は、航空券やホテルのバウチャを受け取るために出かけた。

旅行代理店で、必要なものをすべて受け取り、係員の説明を訊いたあと、良介はやはり気になって、内海の会社に電話をかけた。電話に出てきた女子社員は、内海が三時ごろに早退したと告げた。

何かがあったのであろう。しかし、内海の家に電話をかけるわけにはいかない。

「あいつ、大変だなァ。まったく同情するよ」

そうつぶやいて、今夜は、娘と息子に、親父の下手な料理を作ってやろうと思い、早々に帰宅すると、寝室の電話が鳴っていた。その電話番号を知っているのは、娘と息子、それに日出子だけだった。

てっきり日出子だと思い、電話に出ると、真紀であった。

「今夜、友だちの家に泊まってもいい？」

「かまわんけど、居場所は明らかにしておきなさい」

真紀は、友だちの名と電話番号を言い、

「この電話、私からだとは思わなかったでしょう」

とひやかすように言った。

「だって、電話帳にも載せてないんだものね。でも、朝の十時くらいに、二回、ベルが鳴ったわよ。変な電話だったわ」

「変て、どう変なんだ？」

「一回目は、私が出ると同時に切れたの。二回目は、山田さんのお宅ですかって。女の人だったわ」

「間違い電話の何が変なんだ」

「理由はないけど、変な気がしたんだもの」

「お前、恋人はいないのか？　恋人でもいたら、そういう余計な神経を親父に集中させたりはしないだろう。まあ、つまらん恋人は困るけどね」

「ボーイフレンドは、いっぱいいるわよ。腐るほど。なにしろ、この美貌だもの。あたくし、父親似ですもの」

親父を相手に、電話で何をふざけてやがる。良介は、なんだかあきれて、くすっと笑った。

「お前みたいなのを女房にしたら、亭主は、神経がもたないだろうな。四六時中、挙動を監視されて。じゃあ、俺は亮一と、どこかへ晩飯を食いに行くよ」

良介は、電話を切り、一息ついてから、日出子に電話をかけた。

旅行の手配をすべて終えたことを日出子に伝え、

「飛行機のチケットと、東京駅から成田への電車のチケットを、あした、そっちへ書留の速達で送るよ」

と言った。

「もしかしたら、娘が空港まで送って行くなんて言いだしかねないからね。もし、そうなったら、別々にチェック・インして、待ち合わせは、税関の向こうのラウンジってことになるよ」

「ねえ、費用は、全部で幾らなの？　私、飛行機のファースト・クラスなんて、乗ったことがないから、見当もつかないわ」

と日出子は訊いた。良介が、旅行代理店に支払った金額を言うと、日出子は、しばらく黙り込んだが、やがて、受話器から大きく吐き出される息の音が聞こえた。

「そんなにたくさんのお金、リョウに使わせたのね」

「大贅沢旅行をさせろって言ったのは、そっちだぜ。ローマのホテルも、ポジターノのホテルも五つ星。ローマのほうは、スウィート・ルームだけど、ポジターノのほうは、一ランク下の部屋なんだ。俺がけちったんじゃない。すでに予約が入ってたんだ。空港とホテルの送り迎えは、通訳ガイド付きのリムジン。ナポリからポジターノまでもリムジン。まあ、一生に一度、こんな贅沢をしてもいいさ」

しかし、その費用は、妻がかけていた生命保険か……。良介の心に一抹の罪悪感がよぎったが、

「九月三十日は、どこに泊まる？　その日のホテルの予約だけがまだなんだ。都内にする？　それとも成田空港の近くにする？」

と努めて楽しそうに訊くことで気分を変えた。

「どうせ、その日は一緒に泊まれないんだから、成田に泊まるわ。私は、九月三十日の午前中の電車で東京へ行くから、もうその足で成田まで行っちゃう」

じゃあ、早速、ホテルを予約しよう。良介はそう言って電話を切った。

成田空港の近くのホテルを予約し、日出子にそのことを伝えてから、良介は、旅行に持っていくものをメモに控えた。

――とにかく、それで気持が切り換わって、また新しい生活へ入っていけるのなら、良介さんの考えどおりになさいよ――

昨夜、会社を辞めたことを電話で報告した際の、義母の言葉が甦った。義母は、良介の旅行中、この家に泊まってくれることもこころよく承諾したのだった。

新しい生活……。自分にとって、新しい生活とは何だろう。新しい生活を、社会からドロップ・アウトすることで始めた自分とは何だろう。自分は、いったい、何を、

どうしようと思っているのだろう。

ふと、そんなことを考えて、良介はベッドの隅に腰を降ろした。そして、腕組みをし、舌打ちをした。そうであることを拒否し、嫌悪しながらも、自分が、やはり骨の髄まで、企業という機構のなかで働いてきた人間だと認めざるを得なかったからである。

「まあ、いいや。自堕落に生きた時期もあっていいさ。自堕落、自堕落。俺は、当分は自堕落に生きさせていただこう」

良介は、声に出して、自分にそう言い聞かせ、居間へ行くと、息子の亮一に手紙を書いた。

――お父さんは、二週間ほどイタリアへ行って来ます。こんな時期を逃がしたら、外国を気ままに旅行することもできないし、ローマの兄貴とゆっくり話をする機会も持てないと思ったからです。

先日、能登で話し合ったことを、亮一は亮一なりによく考えて、その瞬間の感情に支配されず、頑張りなさい。

〈心の師とはなるとも、心を師とせざれ〉という言葉が、経典のなかにあるそうです。お父さんが大学生のとき、博学な友人がいて、そいつに教えられた言葉です。

じつにいい言葉だなと思いつつも、人間は、なかなか、そのようにはなれない。こんなふうに、えらそうに書いているお父さんも、日々、自分の心を師として生きているようです。〈学ばずは、卑し〉という言葉もある。本当にそのとおりだなと思う。自分の敗北を、自分以外のせいにする生き方だけは、お互い、やめよう。

亮一は、最も多感な、大切な年頃に、大切なお母さんを亡くし、人間として、口に尽くせない寂しさや哀しさに耐えていることだろう。でも、そのことが、亮一という人間を、人の苦しみや哀しみを理解できる優しい男にしていくだろうと、お父さんは信じている。

お父さんの旅行中、どうか体に気をつけて、ぼんやりしてて交通事故なんかに遭わないように――

良介は、便箋を封筒に入れ、亮一の部屋へ行くと、勉強机の上にそれを置いた。机の上には、能登で撮った写真が小さな額に納められて飾ってあった。それは能登へ引っ越していった友だちと、神社の境内で写したものであった。

イタリア旅行へ出発する前日まで、娘の真紀は何かにつけて、良介に嫌味を言ったり、文句を言ったりしたが、出発の当日になると、女性雑誌の切り抜きを五枚、良介に手渡し、これをローマで捜して買ってきてくれとねだった。

どれも、イタリアの有名なブランドの、ハンドバッグであったり、靴であったり、アクセサリーであったりした。

「冗談じゃないよ。こんな高い物を、まだ二十歳にもならない学生が身につけてどうするんだ。欲しかったら、自分がアルバイトをした金で買いなさい」

「そんなことを、お父さんが私に言う資格なんてないわ」

真紀は口を尖らせて言った。

「資格？」

「だったら、お父さんのイタリア旅行の費用は、どこから出てるの？　お母さんがかけてた生命保険じゃないの」

またなんて痛いとこを突いてくる娘だろうと、良介は思わず、かっとなりかけたが、そう言われると返す言葉がなく、

「よし、じゃあ、この靴と指輪を買ってきてやる。でも、これを買ってもらったら、お前には、二度と、お母さんがかけてた生命保険なんてセリフを言う資格はなくなるんだぞ」

と言った。

「うん、絶対に口にしません。ねェ、二つしか駄目なんだったら、靴よりも、こっち

のハンドバッグにして。靴だと、もし足に合わなかったら、使い物にならないんだもの」

「ハンドバッグも指輪も、ローマのどこを捜したらいいんだ？」

「お父さんが泊まるホテルのすぐ近くよ。だって、ホテル・ハスラーって、スペイン広場の階段をのぼったところにあるんだもの。スペイン広場の前に、有名なお店はほとんど並んでるの」

「ローマに行ったこともないのに、よく知ってるんだなァ」

「だって、あのあたりのことは、いろんな雑誌に載ってるわ」

「おばあちゃんに厄介をかけるんじゃないぞ」

良介はそう言って、あらかじめ呼んであったタクシーに乗った。荷物は、二日前に空港に送ってあったので、肩からも下げられる鞄だけだった。

「いってらっしゃいませ」

真紀は、笑顔で手を振った。

「お父さんも、ちゃんと生命保険に入ってるし、海外旅行用の保険にも入っといたから、安心しろ」

良介は、タクシーが家から十分ほど走ったあたりで、運転手に、

「公衆電話のあるところで停めて下さい」

と頼んだ。真紀が空港まで見送りにこないのなら、日出子との待ち合わせ場所を、航空会社のカウンターのところに変えようと思ったのだった。

成田のホテルに電話をすると、日出子は、まったく眠れなくて、六時に朝食をとったのだと言った。良介は、待ち合わせ場所を指示し、

「兄貴には、今夜しか時間がとれないそうなんだ。きのう、やっと兄貴と連絡がついてね。だから、申し訳ないけど、今夜だけは、日出子ひとりで食事をしてもらうことになるよ」

と言った。

「いいわよ。それより、急がないと、電車に乗り遅れるわよ」

月始めのせいか、車の数が多かった。余裕をもって家を出たのに、日出子の言葉どおり、東京駅の地下から成田への電車に乗ったのは、発車一分前であった。

良介が席に坐り、一息ついたとき、うしろから肩を叩かれた。内海が車輛の通路に立っていた。

「駅のホームで待ってたら、お前が慌てて電車に乗ったから、俺も慌てて乗っちまった。入場券しか持ってないんだ」

と内海は言った。

「この電車、全席指定だぜ」

「いいよ、立ってるよ」

良介は、いやに厳粛な顔つきで立っている内海に、

「きのうも、おとといも、お前の会社に電話したんだ。出張だったんだろう？　お前からは、あれっきり何の連絡もないし、例の件のことで、家に電話をかけるわけにもいかないし、どうしようかと思ってたんだ」

と言った。

「あいつ、産むって決めたよ。じつに迅速に、そのための態勢を整え始めやがった。俺は、ただ茫然とうろたえるばかりだ」

「態勢？」

「うん。二年間は働けないだろうからって、もう一軒、新しい店を出すって計画を白紙に戻して、自分が一番信頼できる社員に、何もかもを打ち明けて、当分、そいつに店をまかせるための手筈を整え、自分の親にも、打ち明けた。ああ、俺も、このまま、飛行機に乗って、どこかへ行っちまいたいよ。北極でもアマゾンでもいい。どこかへ身を隠したいよ」

だが、内海の表情は、その言葉とは裏腹に平穏で、目には光があった。

「俺への頼み事は、いまのところ保留ってわけか？」

と良介は訊いた。

「うん、保留ってことにしといてくれよ。彼女にも、それについて話はしたんだ」

内海は、検札に来た車掌に理由を話し、成田までの切符を買ってから、

「彼女、ただ考え込むだけで、何の意思表示もないんだ。そんな必要はないとも言わないし、もし江波さんが承諾してくれるなら、そうしてほしいとも言わない」

と言った。

「まあ、子供が生まれるまで、まだまだ時間があるよ。どうするかは、子供が生まれてからでもいいんだ。俺にも、そのくらいの考える時間は必要だ」

良介の言葉に、内海は微笑を浮かべ、

「すまんな」

と言った。

「俺も、よくもこんな勝手なことを、お前に頼めたもんだと思うよ。我ながら、あきれるけど、とっさに思いついた苦肉の策じゃなかったんだ。考えに考えて、お前にあんなことを頼み込んだんだ」

「わかってるよ。逆の立場だったら、俺もそうしたかもしれないな」

内海は、朝刊に世界各地のきのうの天気が載っていたが、ローマは晴れだったと言い、

「近松門左衛門の心中物ってのは、おもしろいな」

と言った。

「なんだよ。急に、近松の心中物の話なんかするなよ。まあ、内海修次郎が、彼女と心中するなんて、俺は思ってないけどね」

「どうして、近松は、心中ってものを書いたんだろうって考えたんだ。江戸時代、不義密通は死罪だったから、もうどうにもこうにも、心中するしかなかったっていうんなら、近松は、そんなテーマを、あれほど追求したりはしないだろう」

「じゃあ、なぜなんだ?」

「つまり、……人は、必ずひとりで死ぬ。親も子も女房も、一緒につき合って死んでくれたりはしない。つまり、一緒に死ぬってことが、ぎりぎりの、究極の愛の証しだっていうふうに煩悩がひとり歩きを始める。心中ってのは、究極の煩悩さ。何の知恵も生みだせなかった煩悩の末路なんだ。俺は、近松はそのことを書きたかったんだと思うんだ。でも、人間は、煩悩があるから、とんでもない知恵へと到達する。煩悩が

知恵へと変わる。なんだか、そんな気がするんだ」

内海は言ってから、照れ臭そうに笑った。

それは、内海の自己弁護のようにも受け取れたが、内海が、自分のしわざから何かを深く思考し、内海らしい折れ曲がり方をして、内海らしい発見をし、その発見、あるいは思弁を信じたということを、良介に感じさせた。

「俺が、これからやろうとしてる旅行も、煩悩の末路ってことになるのかな」

と良介は、笑みを浮かべて言った。

「まあ、煩悩は煩悩だろうな。煩悩であることに間違いはなさそうだな。でも、その煩悩を、とんでもない知恵に転換してきてくれよ。その知恵を、俺に伝授してくれ」

内海は言って、それきり黙り込んだ。

成田に着くと、内海は、そのまま東京行きの電車に乗らず、良介と一緒に改札口を出て、エスカレーターに乗り、成田空港の南ウィングまでついてきた。

「えーと、彼女の名前は、何て言ったっけ。小森……」

と内海は、混雑して、どこにも腰を降ろす場所のない空港ロビーで言った。

「小森日出子だよ」

そう言いながら、良介は日出子の姿を捜した。日出子は、これから自分たちが乗る航空会社のカウンターの近くにいた。

「俺は、その小森日出子さんに謝まらなきゃいけないんだ」

と内海は言った。

そんな必要はないんだと言いかけたが、内海は、雑踏のなかでこちらを見つめている日出子に目をやって、

「彼女か？」

と訊いた。良介が、そうだと答えると、

「ちぇっ、いい女じゃねェか」

と内海は言い、いやに胸を張って、日出子に近づいて行った。まるで、これからケンカを売りに行くような歩き方であった。

「小森さんですか？」

と内海は日出子に言った。

日出子は、当惑顔で、内海のうしろにいる良介を見つめた。

「ぼくは、内海修次郎といいます。江波とは、大学時代からの友だちで、四年前に、ついうっかりと、あの異常性格者に、あなたと江波とのことを喋っちまった男です。まさか、あんなことになるなんて、思いも寄らなかったんですが、秘密事を、他人に

喋ったってことは、許しがたいことです。本当に申し訳ありませんでした」

日出子は、良介と内海とに、交互に視線を送り、

「あのことでは、誰も悪くはなかったんです」

と言った。

「いや、ぼくが悪いんです。他人の大切なことを酒の肴にしたんですから」

内海は、本当に申し訳ありませんでしたと言って、頭を下げた。そして、

「どうか楽しいご旅行を。イタリアの男ってのは、女には無茶苦茶優しくて、女に優しくするのが下手な日本人の男がつまらなく見えてくるそうですから、そこのところは、ひとつ、お国柄ということで大目に見ていただいて」

と言った。

「大目に見ていただいて、どうなんだよ」

良介は苦笑しながら、内海に訊いた。

「まあ、旅行中、ケンカをしないでってことだよ。外国で二人がケンカをしちまったら、他に持って行き場所がなくて、あとあと、こじれるっていうからね。小さなケンカも大きくなるんだろうな」

内海は、良介と日出子に手を振って、空港の人混みのなかに消えて行った。

「さあ、二人きりだぜ」

と良介は言い、荷物の検査台のところに並び、それが済むと、航空会社のカウンターでチェック・インの手続きをした。

ファースト・クラスには、三組の客しか乗っていなくて、日本人は、良介と日出子だけだった。

機内に入り、席に座ると、日出子が、

「英語はまかせたわよ。私は、まるで駄目だから」

と言った。日出子は、自分がはしゃいでいるのを隠すためなのか、ファースト・クラス用のラウンジにいるときから、あえて笑みを浮かべないようにしているみたいだったので、

「ねエ、笑ったら？　どうして機嫌が悪いんだろうって、詮索しちまうじゃないか」

と良介は笑顔で言った。

「だって、ファースト・クラスなんて初めてだから、緊張してるんだもの。それに、なんだか不安だし」

「不安？　何が不安なんだ？」

「わからないけど、なんだか不安なの」

「これから飛行機が飛び立つってときに、縁起の悪いこと言うなよ」

「そんな意味じゃないの。私たちの乗った飛行機は、翼が両方取れても、落ちないわ」

「そうそう、そういう言葉は心強いね。明るくいこう。旅行中、お互い、理由もなく機嫌を悪くして、暗い顔をしたら、罰金を払うことにしようよ」

日出子は、良介の言葉に同意し、罰金は、そのつど一万円だと決めた。


ミラノ経由でローマに着いたのは、同じ日の夜の八時前だった。

良介と日出子は、空港まで迎えに来ているはずのリムジンを捜して、空港ロビーを行ったり来たりした。

「さすが、イタリア。時間どおりに迎えにこないわね」

日出子は、なんだか楽しそうに言った。そのあいだにも、

「どこへ行くのか。私のリムジンなら市内まで八万リラだ」

と話しかけてくる連中が途切れなかった。

良介が、リムジン会社に電話をかけようと思い、両替をするために歩きだしたとき、その両替所の近くに、兄が立っているのに気づいた。

「わざわざ、迎えに来てくれたの？」

良介は、兄の傍へ行くと、そう言って、我知らず手を差しだした。兄は、良介の手を握り、

「お前、歳を取ったな」

と言って、かすかに微笑んだ。

兄は、髪を短かく切り、眼鏡をかけ、糊のきいたワイシャツの上に、夏物のジャケットを着ていた。白髪が多くて、実際の歳よりも四、五歳老けてみえたが、元来の、気弱そうな目には、安寧な光があった。

「さっきから、お前が車を捜して、うろうろしてるんで、声をかけようかと思ったんだけど……」

兄はそうつぶやいて、良介のかなりうしろで、立ちつくしたまま、こちらを見ている日出子に、ちらっと目をやった。

「女性が一緒だとは知らなかったから」

「うん、言いにくくてね」

良介は、日出子を手招きし、

「兄貴だよ」

と言った。

日出子と兄は、なんだか気まずそうに自己紹介をしあった。

「迎えの車を予約してあるのか？」

と兄は訊いた。

「そうなんだけど、来てないんだ」

「俺は車で来たから、それに乗れよ。車の会社、わかるか？　俺がキャンセルしてやるよ。ちゃんと言っとかないと、料金だけは、しっかり取られるからな」

良介が、リムジンの会社の電話番号を見せると、兄は、公衆電話のボックスに入って行った。電話をかける前に、ドアをあけ、

「今夜は、俺のところで食事を用意してるんだ。小森さんもご一緒にいかがですか」

と兄は言った。

兄が電話しているあいだに、良介は両替所へ行き、円をリラに替えた。

戻ってくると、兄と日出子が何か喋っていた。なんとなく、和気藹々とした雰囲気で、日出子が屈託なく笑い、兄も、子供のころと少しも変わらない、笑うと垂れ目になる照れ臭そうに見える目を細めていた。

「迎えのリムジンは、もうとっくに空港へ行ったたって言うんだ。まあ、半分嘘だろ

う。だから、約束の時間にこなかったんだから、そっちのミスであって、こちらにはキャンセルして、前もって支払ってある料金を返してもらうって言っといたよ。きちんと言っとかないと、この国の連中は、平気で料金を要求してくるからね」

　別の飛行機が着いたのか、ロビーは、にわかに旅行客で混雑してきた。

「先に俺の家に来てくれ」

　そう言って、兄は先に立って歩きだした。旅行鞄をカートに載せて、兄のあとをついていきながら、

「リョウのお兄さまって、ぜんぜん、リョウが言ってたような人じゃないみたい。物静かで、すごく、人に気を遣う人……」

　と日出子は言った。

「うん、高校に入るまでは、そうだったんだ。それが、高校生になったとたんに、変わっちまった。さっき、兄貴と何を話してたの？」

「兄弟水いらずで、ゆっくりとお話をなさったほうがいいでしょうから、私は、ホテルにいますって言ったの」

「そしたら？」

「話なんて、十分もあれば終わってしまいますって」

「それだけ？」

「十分でいいんですかって訊き返したら、ぼくと一緒に暮らしてる女と、彼女の娘も、今夜の日本からのお客さんを楽しみに待ってるんですっておっしゃったわ。私、もしかのときにと思って、きのう、東京駅で、お兄さまへのおみやげを買っといてよかったわ」

「おみやげなんて用意してくれてたの？　俺も、海苔や梅干しを買っといたんだ」

「上等の扇子とスリッパを三組、買ったの。スリッパって、外人には、とても喜ばれるって、誰かが言ってたのを思い出して」

駐車場には、ほとんど新車に近いフィアットが停めてあり、兄は、自分で、良介と日出子の鞄を積んでくれた。

兄の伸介の運転は慎重だった。車が市街地に入ったころ、良介は、伸介のフィアットの後部座席にクッキーのかけらとか、小さなロバのぬいぐるみがあるのに気づき、

「兄さん、この持主は、兄さんの子供かい？」

と訊きながら、ぬいぐるみを伸介の顔の横に突き出した。

「俺の子じゃないよ。一緒に暮らしてる女の娘なんだ。ことし、五歳だ」

と伸介は答えた。

「一緒に暮らしてるってのは、結婚はしてないってことかい？」

「うん、結婚はしてないよ」

「その人と、もうどのくらい、一緒に暮らしてるんだ？」

「三年かな……。俺は、あいつと結婚してもいいと思っててんだけど、あいつは別れた亭主のことが忘れられないんだ」

その伸介の何気ない言い方で、良介は次の言葉に詰まり、ちらっと日出子を見やった。

「女ができて、行方をくらました亭主のことが忘れられないんだ。俺は、忘れられるようになるまで待とうと思って……。でも、あいつの娘は、俺によくなついてくれてね。俺のことを、シンて呼ぶんだよ」

「どうして、その人は、三年も兄貴と一緒に暮らしてるのに、女ができて、自分を捨てちまった亭主のことを忘れられないんだ？　兄貴が、勝手にそう思ってるだけじゃないのか？」

と良介は訊いた。

「いや、俺の思いすごしじゃないんだ。あいつ、月に一、二度、その亭主に宛て手紙を書いて、亭主のお袋さんの家に出してる。でも、亭主のお袋さんも、本当に息子の居場所がわからないらしくて、もう四十通ほど溜まったその手紙を、返しに来たよ。一通だけ、封筒の糊がうまくくっついてない手紙があったから、こんなことは絶対にしちゃあいけないことだとわかってたんだけど、内緒で読んじまったんだ。なんだか、切ない手紙だったよ。帰って来てくれたら、自分はあなたの理想の妻になってみせる……。そんなことが書いてあってね。俺は、知らんふりをして、四十通ほどの手紙が入ってる袋を、そのまま玄関に置いといた。先週の日曜日にも、手紙を書いていた。誰に出すんだって訊いたら、コモ湖の近くに住む、子供のころの友だちにだって……。でも、それが、また、亭主のお袋さんのところへ出す手紙だってことは、すぐにわかった。亭主のお袋さんも困ってるだろうな」

伸介は言って、いま走っているのはトラステーベレ通りだと教えてくれた。石の城壁の跡のようなものが並木のうしろにつづき、それが終わると、小高い丘が見えた。

良介は、兄の、饒舌な人のそれとは異なる話し方のなかに、もう自分たち兄弟はすでに仲直りをしたのだという信号を感じた。兄は、昔から、自分のことについて積極的に語る人間ではなかったから、訊かれてもいないことを自分で喋りつづけたりはしないはずだった。しかも、男として決して誇れることでもなく、一緒に暮らしている女にとっても、あまり名誉なことでもない個人的問題を、感情を混入しないで話している兄が不思議だったのである。

「その人が、亭主のことを忘れるまで、兄貴は待ってあげるのかい？」

と良介は訊いた。

「うん、そうしようと思ってるんだ」

伸介は、明るくもなければ暗くもない口調で言い、教会を通り過ぎるとテベレ川の橋を渡り、

「さっき右手に見えてた丘が、カンピドリオの丘だよ。俺のアパートは、もうすぐだ。博物館の近くで、夜は静かなとこなんだ」

と言った。

古い石の建物が並ぶ路地を進み、靴屋の隣に車を停めると、伸介は、

「着いたよ」

と言って、先に車から降りた。良介も日出子も、石畳の道に立ち、五階建ての建物を見上げた。

「ここかい？」

と良介は訊いた。兄は、二人の荷物をトランクから出し、

「うん、ここの四階だ。ああ、日本流に言うと五階だな。日本流の一階は、こっちではグラウンド・フロアで、数字はつかないからね」

「荷物は、俺が運ぶよ」

そう言ってから、良介は、なにも大きな旅行鞄を兄の部屋まで運ぶ必要はないのだと思った。兄へのおみやげは、ショルダーバッグのなかに入れてある。

良介がそのことを言うと、日出子は、

「私からのおみやげは、この大きいほうに入ってるの」

と小声で耳打ちした。

「彼女のだけでいいよ。ホテルまで送ってくれるんだったら、このまま載せといてくれよ」

「じゃあ、そうしよう」

伸介は、建物の入口にある幾つかのボタンを押した。ドアをあける暗証番号だった。

ソフィア・カグノーロと、娘のマリアは、とてもよく似た母子だった。ソフィアは、三十六歳で、日出子と同じくらいの身長だったが、下腹のむだ肉が少し目につく、茶色の目の、笑うと目尻に細かな皺が刻まれる、勝気なのか気弱なのかわからない顔つきだった。

マリアは、五歳なのに、母の夕食の用意を骨身を惜しまず手伝う、表情の豊かな少女で、良介や日出子と目が合うたびに、慌てて目をそらしながら、いたずらっぽい笑みを浮かべた。

「アパートといっても、広いわねェ」

日本式に言えば二十畳くらいの居間と、十二畳ほどの寝室が三つと、台所と、それもまた広いバスルームと納戸があり、

「これで、お家賃は幾らくらいなのかしら」

と日出子は良介に言いながら、自分の旅行鞄をあけ、扇子と、三組のスリッパが入っている包みを出した。

兄の伸介は、居間の、通りとは反対側の窓をあけ、遠くの幾つかの灯を指差すと、

「あれが、カンピドリオの丘だよ。右にアパートがなかったら、もっとよく見えるんだけど」

と言った。

ソフィアは、笑顔でシェリー酒と赤ワインの壜を持って来て、どっちにするかと良介と日出子に訊いた。

赤ワインを頼むと、娘のマリアが、生ハムを載せた皿とフォークを運んで来て、居間のテーブルに置いた。

「とにかく、俺も彼女も、生まれて初めてファースト・クラスになんか乗ったもんだから、飲んで食わなきゃ損だと思って、もうブロイラーみたいになったよ」

そう良介が言うと、

「生まれて初めてで、この世で最後ですもの」

と日出子は伸介に言って笑った。

「まだ、帰りの飛行機があるじゃないですか。でも、飛行機に乗るのに、この世で最後って言い方はよくないですね」

伸介は言って、良介と日出子のグラスに、赤ワインをついだ。

「これは、トスカーナのワインで、あっさりしたやつだから、生ハムに合うんだ。この生ハムは、ソフィアの知り合いの手造りなんだ。塩気が少なくて、うまいよ」

良介は、兄との、あらたまった話の糸口に困って、何をどう切り出そうかと考えながら、グラスをかかげ、

「兄貴と逢えてよかった」

と言い、三人で乾杯した。

そうだ、息子の亮一の話をしよう。良介は名案を思いついた気分で、

「俺の息子に、登校拒否の兆しがあってね。かつての経験者に、そんな場合、父親はどうすればいいのかをご教示願いたいんだけど」

と言った。日出子は、ソフィアのいる台所へ行ったが、どうか坐って、くつろいでいてくれというソフィアに背を押されて戻ってきた。

「登校拒否か……。難しい問題だなァ。学校へ行かなきゃいけないってことくらいは、よほどの馬鹿でないかぎりわかってんだよ。でも、俺はやめちまった……。親父やお袋を哀しませて、俺は、あのころ、何を考えてたんだろう」

仲介は、視線を落としたが、顔には微笑があった。

「たぶん、俺は自分の考えを持ってて、これからおとなになるんだぞっていう信号を送ってるんだよ。だから、俺を抑えつけないでくれ、俺の考え方をちゃんと聞いて、それを尊重して、対等に話をしてくれよっていう信号だ。親父やお袋や教師に対してだけじゃなくて、自分に対しても、そういう信号を送ってんだ」

と仲介は、考えて言葉を選んでいるといった顔つきで言った。

「それに、おとなの欺瞞に腹が立って仕方のない年頃だしね」

仲介は、さらに何か言おうとしたが、軽く顔を左右に振って、口を閉じた。

「おとなの欺瞞か……。俺は、勝手に会社を辞めちまって、しばらく遊んで暮らすなんて宣言した。まさしく、おとなの欺瞞だな」

と良介は言い、台所から顔だけ出して、日本人の二人の客を盗み見ているマリアに微笑みかけた。マリアは目を丸くさせて、顔を引っ込めた。

「俺、兄貴の顔に怪我をさせたことだけは、ちゃんと謝りたくて……」

その良介の言葉に、仲介は強く手を左右に振りながら、

「そんなこと、いいんだ。俺は、あのくらいのことをされてもまだ足りないくらい、自分勝手なことをしたんだ。俺は、親不孝だったよ」

と言った。

「仕事はうまくいってるんだね」

「ああ、やっと、このローマで、革をなめす職人として、みんなに認めてもらえるようになったよ」

仲介はソファから立ちあがり、リボンで結んだ大きな箱を持って来た。

「ポジターノから、いつローマへ帰って来るんだ?」

と仲介は訊いた。

「十月の十三日だよ」

良介は、十三日にローマに一泊し、翌日の飛行機で日本へ帰るのだと説明した。

「十三日に、小森さんへのプレゼントをホテルに届けるよ。最初から、小森さんと一緒だって言ってくれてたら、用意しといたのに」

仲介はそう言いながら、大きな箱を良介の前に置いた。

「俺がなめした革で作ってあるんだ。一生使えるよ」

あけてみろと促されて、良介はリボンをほどき、箱の中味を見た。男物の革の手下げ鞄が入っていた。

「これは野生の豚の革でね、滅多に手に入らない。軽くて丈夫で、使うほどに味が出てくるよ。この革は、なめす技術も難しいんだ」

「ありがとう。嬉しいな。このくらいの大きさの鞄が欲しかったんだけど、手頃なのが、なかなかなくてね。こんどの旅行用に買ったやつは、ちょっと小さくて。さっそく、使わせてもらおうかな」

良介は、持って来た自分の鞄に入っているものを、仲介から貰った鞄に移し替えた。

ソフィアが、食事の準備ができたと呼びに来たので、三人は食卓についた。仲介は、イタリア語で、ソフィアに何か説明し、ソフィアは、笑顔で良介を見て、何か言った。それを伸介が日本語に訳した。

「シンは、とても今夜を楽しみにしていた。二人が仲直りできて、私も嬉しい。今夜は、疲れているだろうけど、ゆっくりとくつろいでくれって言ってるよ」

自分も、兄と逢えてよかったと思っている。長いわだかまりも、あえて話し合う必要もなく氷解した。何事も、年月というものが必要だということがわかった……。

良介は、ソフィアに、そんな意味のことを言ってから、

「兄が、あなたのような優しい人と、こんなに可愛いお嬢さんと暮らしていることも、ぼくはとても嬉しいですよ」

とつけくわえた。

ソフィアは、ほんのいっとき、何か考え込んだが、自分は優しい女ではないが、あなたのお兄さんの優しさに触れて、少しずつ変わってきている。マリアも、シンのことが大好きで、本当の親子みたいだと近所の人にも言われるほどなのだと言った。

良介は、兄の、かつての両親への反抗や、突然の失踪などが、何に起因していたのかといった事柄について、兄に問いただすことは、もはや無意味なのだと思った。

まだ、おとなになっていないころ、兄には、受けとめてもらいたい何らかの信号があったが、誰もそれを理解できなかった。そのために、家族との生活を拒否して家を

出たが、それによって、取り返しのつかない過去を負ったのは、他ならぬ兄自身だったのだ。

けれども、いかなる経緯があったのかはわからないが、兄はローマで、革をなめす職人の道に進み、ちゃんと仕事をして認められ、イタリア人の子持ちの同居人と暮らしている。それでいいではないか……。

もし、兄が、空港から自宅までの車のなかで、ソフィアについて語らなかったら、何も話し合わないまま和解することはできなかったであろう。

愛して、一緒に暮らしている女が、自分を捨てた亭主に手紙を出しつづけている……。それを見て見ぬふりをして、女がいつか亭主のことをあきらめてしまうときを待っている……。そのときが来れば、結婚したいと思っているが、そんな自分の気持を口にしないまま、じっと待っている……。

到底、俺には真似のできないことだなと良介は思いながら、伸介に教えられて、いまはソフィアの得意な料理になったというギョーザを食べた。ギョーザは、皮が少し厚かったが、いい味だった。

「ギョーザの皮は、どうやって作るんですか？」

日出子がソフィアに訊いた。近くに、中華料理屋があり、そこのコックに教えてもらって、自分で作るのだと、ソフィアは言った。

「具のなかに、鷹の爪が少し刻んで入れてあるのね。これ、いいアイデアね。私も、日本に帰ったら、試してみよう」

「でも、こっちじゃあ、ゴマ油が手に入らなくて、中華料理屋のコックに頼んで、少し売ってもらうんですよ。あんまり上等のゴマ油じゃないから、香りがもうひとつでしょう？」

「日本に帰ったら、いいゴマ油をお送りしますわ」

日出子は、伸介とソフィアに、そう約束した。

「今夜も寝ない。あしたも、絶対に昼寝をしない。そうしたら、時差ボケにかかりませんよ。あしたの夜に熟睡して、あさって、元気にポジターノへ行って、海で泳げます」

と伸介は言った。

「ガイドブックには、十月いっぱいは海で泳げるって書いてあったから、いちおう水着を持って来たんですけど、本当に泳げるんですか？」

日出子は、ソフィアの作った八個のギョーザをたいらげながら訊いた。

「いいホテルは、みんなプライベート・ビーチを持ってるんです。ぼくは、ポジターノへは行ったことがないけど、その先のアマルフィーには一度行きました。一流のホテルには、プライベート・ビーチがありましたよ」

そう答える兄を見て、良介は、日出子に関する質問を、兄が何ひとつ投げかけてこないのはなぜだろうと思った。

まだ一度も、兄と自分とが二人きりになっていないからだろうかと考えたが、かりに食事のあと、二人だけで話をする機会があっても、兄は、弟と日出子の関係とか、日出子がいかなる女なのかを問いかけてはこないような気がした。

「おいしいものは、ちゃんとお腹に入っちゃうもんなのね」

マッシュルームをイカのスミであえたソースがかかったスパゲッティーを食べながら日出子が言った。

ソフィアが、このあとは、仔羊の背肉のグリルを用意していると言ったので、良介は、せっかくのおもてなしだが、いくらなんでも、そこまでは胃に入らないだろうと思ったが、日出子の言葉どおり、結局、すべてたいらげてしまった。

「よし、兄貴の言葉を実行してみるぞ。俺は、今夜は寝ないし、あしたも昼寝をしない。どんなに眠くても頑張って起きてる」

と良介は言った。

「私は、自信がないわ。でも、あしたは、ローマの街をせっせと歩き廻ってみる。一日、絶食して歩き廻るの。そうしないと、ポジターノに着いたら、四キロくらい肥ってると思う」

日出子は、悲愴な覚悟を宣言するみたいに言い、エスプレッソに砂糖を入れないで飲むと、あとかたづけを手伝うために、ソフィアと台所へ行った。マリアも、食器を運ぶのを手伝った。

「おととい、親父から手紙をもらったよ」

二人きりになると、伸介はそう言った。

「お前が、ローマで俺と逢うことを聞いて、手紙を書いたんだと思うよ。良介は、一緒に暮らそうと言ってくれるけど、自分は、いまのところ元気だし、別段、不自由も感じないからって書いてあったよ」

「親父は頑固だからね。他にどんなことが書いてあった？」

と良介は訊いた。

「お前は、母親の死に目に逢えなかった。これで父親の死に目にも逢えなかったら、天罰があたるぞって……。俺には、もうそんなに時間がないんだ……。そうも書いてあったよ」

私をどうか許して下さいと言って土下座して、ひれ伏している自分を、親父は冷たい目で見おろしながら、遠ざかっていく。そんな夢を、ときおり見るのだ。

仲介はそう言って、自分の右手の爪に見入った。

「夢でだけじゃなくて、ほんとにそうしてみたらどうかなァ」

「うん、近々、そうするために、日本へ帰ろうと思ったよ。俺は、謝るってことができない人間だったけど、いまは、それができるようになった。歳のせいかな。でも、俺みたいな人間がたくさんいるな。謝ることができないとか、人の好意を好意として受けとめられないとか、感謝する心がないとか……。そんな人間がたくさんいるよ。自分の言いぶんはたくさんかかえてるけど、人の言いぶんは拒絶するとか、自分は嫉妬するが、相手の嫉妬は軽蔑するとか、自分は自由に気ままに生きたいが、自分の愛する人間には干渉するとか……」

仲介は、長いあいだ、自分はそんな人間だったのだと言った。

「もっとあるな。自分が必要とするときだけ、愛する人を受け入れられるが、自分がわずらわしいときは口もききたくないとか……。自分のつまらない冗談が相手を怒らせても、それは相手が悪いのだって言うくせに、相手の冗談で自分が傷ついたら、烈火のごとく怒るとか……。俺は、そんな人間だったよ。つまり、すなおじゃなくて、謙虚でもないんだ。こういう人間は、いつも、つっぱってて、ちょっとしたことで、しょっちゅう頭に血がのぼって、より良くするための妥協がなくて、公私を混同して、臨機応変に気持の切り換えができなくて、人を許せなくて、自分はいつも、おお、よしよしって頭を撫でてもらいたくて、身びいきで、気位と誇りは高いくせに、自分の実際の生活は何程のものでもないどころか、まっとうな人生からちょっと外れたところで生きてる……。俺は、そんな人間だったよ」

そして、仲介は、ふいに屈託のない笑みを良介に注いで言った。

「お前のいいところは、すなおで、自分が悪かったと思ったら、すぐに謝れるところだ」

「すなおばっかりでも、歯ごたえがないよ。世の中、謝って済むってもんでもないしね」

良介は言って、仲介と顔を見合わせ笑った。

「俺は、四十五にもなって、目的もなしに会社を辞めちまった。兄貴の言葉を借りれば、まっとうな人生からちょっと外れたところに行きたくなったってとこかな」

「いいじゃないか。ストイックに生きる時代もあれば、ちょっとそこから外れてみたくなる時代もある。日本人は、社会に出ると、長期休暇ってのがないからね。ヨーロッパ人なんか、二ヵ月ほど夏休みがある。日本の社会とか会社が長期休暇をくれないから、自分でとったんだって思ったらいいさ」

「でも、休暇を終えても、帰る会社がないってのは、やっぱり、よるべないもんだぜ」

「まあ、なんとかなるもんだよ」

兄が日本へ帰って来るとき、一緒に来たらどうか。良介は、兄のアパートを辞す際、ソフィアに言った。

ぜひ、そうしたいとソフィアは答えた。所帯やつれといったものではなく、もっと異質の、つねに一歩退いたところがあるのを感じさせるソフィアの立ち居振る舞いが気になったが、日出子に貰った扇子を大事そうに持っているマリアに手を振り、良介は、エレベーターで階下に降り、伸介の車に乗った。

「エスプレッソを三杯もいただいたの。あしたの晩まで起きてられるようになって」

と日出子は言い、来たときよりも人通りの多くなっている石畳の道を見ながら、

「これからが、おとなの時間なのね」

と誰に言うともなくつぶやいた。

「ゆっくり、食事をしようかって出かけるのは、九時を過ぎてからで、みんな十二時

近くまで遊んでますよ。でも、朝は、ちゃんと早く起きて仕事に行くんです。だから、シエスタが必要です。昼一時ごろから三時くらいまでは昼寝の時間で、たいていの店は閉めるから、その時間に買い物に行かないほうがいいですよ」

伸介はそう言って、自分は、あすの朝早くに、パリへ行き、あさっての昼の便でローマへ帰って来るのだと説明した。

「帰ってから、小森さんへのプレゼントを届けます。気にいってもらえるかどうかわからないけど、良介のと同じ革で作った女性用のショルダーバッグです」

伸介のアパートから車で十五分のところにホテルはあった。長い坂をのぼり、ホテルに着くと、伸介は、チェック・インの手続きをしてくれて、帰って行った。

最上階の、スウィート・ルームに案内され、ボーイが去ると、三部屋もあって、トイレと洗面所が三つあり、十畳ほどの広さのバスルームと、さらに、螺旋階段をのぼってガラス張りのドアをあけると、日光浴用の長椅子が並べてある屋上のテラスを、まるで探検するみたいに、良介と日出子は見て廻った。

屋上のテラスからは、小高い丘で明滅する灯りが見え、スペイン広場への階段に坐り込んでいる若者たちの暗い影が見えた。

「あのダブルベッドを見た？」

と日出子が笑いながら言った。

「十人くらいが寝られるね」

「プロレスのリングみたい」

「プロレスをしようか」

と良介は言った。

「こんなお部屋に三泊もするなんて、勿体ないわ。贅沢すぎるわよ。ねェ、あした、もう少し小さな部屋に変えてもらわない？」

「だって、もう部屋代は、日本で払っちまったんだぜ」

と良介は笑った。

「でも、三つのお部屋を、二人でどうやって使うの？」

「あしたの夜まで寝ないんだろう？　寝室ではセックスを、居間みたいな部屋では花札かトランプを、もうひとつの、とんでもなくでかいソファと花が飾ってある部屋では……」

「何をするの？」

「いまだ人類が考えついていないセックスの体位を考案するってのはどうかな」

「関節でも外れたら、ポジターノへ行けなくなっちゃう……」

良介は、眼下から聞こえてくるクラクションの音や、人声に耳を澄ませ、夜空の月と雲を見あげ、それから、日出子の腰に腕をまわして引き寄せると、

「ねェ、日出子は、四年前と別人みたいだな。四年前は、セックスの話題なんかに、断固、のってこなかったよ」

とささやいた。

「四年間で、おとなになったの」

「俺と別れてから、誰かと恋をした？」

日出子は、顔を左右に振り、

「とんちんかんなことばっかり言うおばあちゃんの世話をしてるうちに、おとなになったの。だって、おばあちゃんは、赤ん坊とおんなじだったんだもん。でも、その前に、いい歳をした赤ん坊とつきあってたわ。奥さんと二人の子供のある四十一歳の赤ん坊と」

「俺のどこが、赤ん坊だった？　ここ？」

良介は、日出子の指を導いた。

「赤ん坊だったのは、ここよ」

日出子は、もう片方の手で、良介の胸をつつき、

「いま、日本は何時かしら」

と訊いた。

「もう冬時間だから、八時間向こうだ。ということは、十月二日の午前七時二十分だな」

「私、無事にローマに着いたってこと、家に電話しとく」

日出子は、ぶあついガラスのドアをあけ、屋上のテラスから螺旋階段を降りて、広い居間のような部屋へ行った。

良介は、機内手荷物に入れたまま、まだ一度も使っていない八ミリビデオを出すと、何気なくバスルームに入り、そこの窓をあけた。窓からは、ホテルの裏側の夜景がひろがり、遠くの遺跡みたいな石の壁がサーチライトで照らされていた。

「へえ、いかにもローマの夜って感じだよ」

バスルームのドアはあけたままだったので、良介は、電話機の前に坐っている日出子にそう言って、八ミリビデオで夜景を録った。ズームのボタンがどれなのかわからなかった。それで、彼は、八ミリビデオを廻しながら、自分でうしろへ下がったり、前へ進んだりした。

「この電話機、プッシュホン式なのに、回線はダイヤル式だわ」

という日出子の声で、良介は、八ミリビデオを停めると、日出子の横に坐った。

「日本でも、そんな旅館やホテルがあるね。このホテルも古いから、部屋に置いてあるのはプッシュホン電話だけど、オペレーションの装置は、ダイヤル式なんだろう」

日出子は、直通で国際電話をかけ、さっき、無事にローマに着いた、お母さんの具合はどうか、などと話をして電話を切った。

「俺も、電話をかけるよ」

良介が、プッシュホンのボタンを押し始めると、日出子は、旅行鞄から、ヘアドライヤーや着換を出し、バスルームに入った。

電話には義母が出てきて、亮一は、サッカーの早朝練習で、もう出かけて行き、真紀はまだ眠っていると言った。

「お義母さんひとりで何もかもしないで、亮一と真紀にも、家のことを手伝わせて下さいよ」

良介は、そう言って電話を切り、さっき録った八ミリビデオを再生してみた。使い方を充分に把握していなかったので、ちゃんと録れているかどうかを確認したかったのだった。ローマの夜景は、きれいに録れていた。そして、バスルームの鏡に映る日出子の姿も映像のなかにあった。

八ミリビデオのファインダーをのぞきながら、ねェ、日出子も映ってるよと言いかけて、良介は、口を閉ざした。そのビデオには、日出子が、プッシュホンのボタンを押している指の動きも鮮明に映っていたのだった。

バスルームの鏡に映っているので、日出子の姿も、電話機のダイヤルボタンも、すべてさかさまなのだ。良介はそう思い、目の前の電話機を見つめた。左右を逆にしてみると、日出子の指は、〇、〇〇八一、三と押している。三は、東京だった。七尾市ではなく、日出子は、まず先に、東京へかけている。

――〇、〇〇八三、一××××、××××――

しかし、さらにビデオを再生すると、日出子は、東京の誰かの電話番号を廻したあと、しばらくしてから、またプッシュホン電話のボタンを押したのだった。それは、留守番電話の内容を外から聴くための暗証番号だった。

おそらく、日出子は、その番号を押して、やっと、ホテルの電話が、実際にはダイヤル式なのだと気づいたのであろう。ダイヤル式の電話では、外から留守番電話の内容を聴くことはできない……。

良介は、電話機の横に置いてある、ホテルにそなえつけのメモ用紙とボールペンを持ち、八ミリビデオを巻き戻しながら、トイレに入って鍵をかけた。

便座に腰かけ、スローにして、もう一度再生し、日出子の押したボタンの数字や#をすべて書き写した。右手が震えて良介の書く数字は、とんでもなく大きかったり、小さかったりした。

良介は、しばらく、便座に腰かけたまま、日出子は東京に自分の電話を持っているのだろうかと考えた。そんなことは、日出子からはまったく聞かされていなかった。

目の前にも、大きな鏡があり、ズボンをはいたまま便座に腰かけている自分の姿が映っていた。良介は、八ミリビデオを巻き戻し、鏡に映っている自分を録った。ビデオテープの最初に録った映像を消してしまうために、そうしたのである。

トイレから出ると、日出子は、旅行鞄から服やパジャマを出している最中だった。

「このホテルには、三泊だけだから、必要な物だけ出しといたらいいわね。リョウの鞄もあけて」

良介は、もう一件、電話をかけなければいけないのでと言い、寝室へ行くと、ベッドテーブルの上の電話機で、日出子の押した番号を自分も押した。

通話音が二回聞こえてから、

「はい、市川です。ただいま留守にしております。メッセージをお願いします」

という少しくぐもった男の声が聞こえた。

良介は、そのまま電話を切り、服を箪笥に吊るしている日出子のところへ戻り、

「話し中だったよ」

と言った。

「お風呂に入りたいわ。リョウの髪の毛を洗ってあげる」

そう言って、日出子は良介を見つめ、

「どうしたの？」

と訊いた。

「どうしたって、何が？」

「何か、考え込んでる顔をしてる」

「そんなことないよ。兄貴と逢って、やっぱり、どこか神経を使ったから、いっぺんに疲れが出たんじゃないかな」

「ゆっくりお風呂に入ったら、神経もほぐれるわ」

「でも、あんまりほぐれたら、寝ちまいそうだな」

良介の胸のあたりに重くつかえたようなものがあって、それが彼の声を掠れさせた。

「あしたの夜のレストランをどこにするか、ホテルのコンサージュに教えてもらってくるよ」

「そんなの、あしたでもいいじゃない」

「うん、でも、ちょっと動かないと、腹ごなしができないよ。兄貴のとこでも、相当食べたぜ」

良介は部屋から出ると、ロビーへ降り、フロント係に、国際電話がかけられるプッシュホン式の公衆電話はないかと訊いた。

広場への階段を降りて、右のほうへ一、二分歩いたところに、クレジットカードでかけられる電話ボックスがあると、初老のフロント係は教えてくれた。

スペイン広場の階段を降りて行きながら、自分が傍にいるところで電話をかけたということは、日出子は相手と話をするつもりではなく、留守番電話を聴こうとしたのだと思った。つまり、日本が朝の八時前のとき、その市川という男が電話に出ないことを知っているのだ、と。

リュックサックを背負ったアメリカ人の旅行者らしい若者の群れに巻き込まれたまま、良介は、公衆電話のボックスを捜した。彼は、動転して、自分がこれから他人の留守番電話を盗聴するという、犯罪ともいえる行為にでようとしていることすら考えなかった。

国際電話もかけられる公衆電話のボックスに入ったとき、良介は、二度、深呼吸をし、広場の階段に腰かけている若者たちや、似顔絵描きの男たちに目をやった。

彼は、なにもこのような無様な、卑劣な真似をしなくても、日出子に正直に話をして、本当のことを訊いてみればいいのだと思った。市川という男は、日出子のいったい何なのか。なぜ、その男の留守番電話の暗証番号を知っているのか。

日出子は、市川という男に嘘をついてまで、江波良介とつき合う必要などないではないか。江波良介とは、四年前に終わった。そのあとで、日出子に好きな男ができても、それは自然なことで、正直にそう言ってくれれば、自分は何のこだわりもなく、二度と日出子の前に姿をあらわさなかっただろうし、こうやって、二人でイタリア旅行に出発することもなかった……。

良介は、受話器を手にしたまま、市川という男の留守番電話を盗み聴きすることなんかやめて、日出子に直接訊いてみようと思った。それで、彼は公衆電話のボックスから出たのだが、自分が、市川という男について質問すれば、せっかくの旅が、その瞬間に台なしになってしまうと思った。

しかし、この件にまったく触れないまま、知らんふりをして、旅をつづけるほど、自分はお人好しでもない。そんな我慢を、二週間も己に課してまでつづけなければならない旅ではないし、自分には、そこまで我慢する義務もない。

良介は、広場と公衆電話のボックスのあいだを、行ったり来たりし、男がいかなるメッセージを日出子に吹き込んだのかを、一度だけ聴いて、それによって判断しようと決めたのであった。

良介は、電話のボタンを押しながら、一度だけだと自分に言いきかせた。この公衆電話のボックスから出たら、電話番号と暗証番号を書いたメモ用紙を破って捨てよう、と。

——もしもし、ぼくです。パリに着いたら電話を下さい。気をつけてね——

その男の声のあと、コンピューターの声が、吹き込まれた日と時刻を告げた。

「十月一日、午前五時五十三分です」

——ああ、日出子です。いまから、空港へ行きます。パリに着いたら、電話をします。そっちこそ気をつけて——

それは、十月一日の午前九時に吹き込まれていた。そのあと、日出子の声が聞こえた。

——もしもし、さっき、パリに着きました。疲れてるけど、元気よ。この電話、ダイヤル式だから、いまは、あなたのメッセージを聴けないの。でも、ちゃんと吹き込んどいてね。プッシュホンの電話で、必ず聴きますから——

コンピューターの声は、

「十月二日、午前八時二十二分です」

と告げ、

「再生が終わりました」

とつづいて、何も聞こえなくなった。良介は電話を切り、腕時計を見た。日出子は、良介が部屋から出てすぐに、再び市川という男に電話をかけ直し、自分のメッセージを吹き込んだことになるのだった。

良介は、広場へと戻り、石の階段をのぼり、途中で歩を停めると、階段に腰を降ろした。彼が考えられることは、二つだけであった。

日出子は、男に、パリへ行くと嘘をついて出発した。留守番電話の暗証番号を知っていて、それによって連絡をとり合わなければならないのは、二人が、いつでも好きなときに電話で話ができるという状況におかれていないからだ。

良介にわかったのは、その二点だけだったが、それに付随して、男が一人暮らしだという極めて確率の高い推論も成り立つのである。

同居人がいるならば、男も日出子も、その人間に伝言を託せばいい。二人が、同居人に対して隠す必要のない関係ならば、そうするだろう。そして、男の同居人は、留守番電話に吹き込まれたメッセージを、その電話機によって、いつでも再生することができるので、日出子と男とは、誰にも聴かれたくない内容の言葉を吹き込むことはできないのだから……。

日出子が、男に、パリへ行くと嘘をついたのはなぜだろう。それは、日出子が、江波良介とのことを、男に気づかれたくないからだ。

自分は、もう今夜にも、日出子と別れて、別のところへ行こう。日出子が、ポジターノですごしたければ、そうすればいい。しかし、自分は同行しない。自分の航空券は、いつでも日程を変更できるから、あしたにでも、日本へ帰ってしまえばいいのだ。男とどんな関係かを問いただすことなんかせずに、自分は、日出子の前から消えていってしまおう。それが、一番いい方法だ……。

良介は、そう決心し、広場の階段をのぼると、ホテルに帰り、エレベーターに乗りかけたが、なんだか、わけがわからなくなって、誰もいない広いロビーの隅のソファに坐った。

自分は、人間として、日出子に冒瀆された。それは、あまりにもひどい仕打ちだ。良介は、ふいに、全身から火が噴き出すかと思えるほどの怒りに襲われながら、そう何度も、胸の内でつぶやいた。

いや、冒瀆されているのは、俺だけではない。あの市川という男をも、日出子は冒潰している。何のために……。

けれども、少し心を鎮めて考えてみると、良介は、四年前に自分がやったことは、何の罪もない妻への冒瀆だったのだと気づいた。いま、日出子がやっていることを、俺は、四年前に、妻に対してやっていたのだ、と。

「あのときの罰《ばち》が、いまごろ当たったかな……」

彼は、自嘲の笑みを浮かべて、つぶやいた。何気なく横に目をやると、日出子が、怪訝そうな、それでいて怒りを抑えた表情で良介を見ていた。

「どうしたの？」

と日出子が、ロビーに立ったまま訊いた。

「急に気分が悪くなってね。飲み過ぎに食べ過ぎだな。あんまり心配させてもいけないと思って、ここに坐ってたんだ」

「嘘……。ここに、ずっと坐ってたなんて、嘘よ。いつまでたっても、部屋に帰ってこないから、私、ロビーに降りて、リョウを捜したのよ。フロントの人に訊いたら、国際電話をかけられる公衆電話がある場所へ行ったと思うって……」

日出子は、二、三歩、良介の傍に近づくと、

「電話なんて、部屋からかければいいじゃないの。私に聞かれたくない電話なんて、

もうないはずよ」

「このホテルの電話はダイヤル式だから、留守番電話が聴けないんだよ」

良介はそう言って、日出子を見つめた。日出子の表情に変化はなかった。

「家には、お嬢さんも息子さんもいるんでしょう？　どうして、留守番電話を聴かなきゃいけないの？」

「俺の家庭のことは、日出子には喋りたくなかったんだ。日出子にとったら、楽しい話題じゃないだろうからね」

「なんだか、変だわ」

「どうして？」

「リョウは、飛行機のなかで、息子さんが学校へ行きたがらないこととか、お嬢さんが、亡くなった奥さまよりも、口うるさくなったって、喋ってたわ。もう充分に、自分の家庭のことを私に喋ってるわ」

日出子は、そう言うと、背を向けて、速足でエレベーターのなかに入って、ドアを閉めた。

ロビーの入口に飾られているブロンズの、ライオンなのか虎なのか狼なのか、あるいはそれらを混ぜ合わせた架空の産物なのか判別しかねる動物のしっぽのあたりを見つめながら、良介は、自分の気持を不思議に思った。

自分は、なぜ、日出子に問いただそうとはしないのだろう。それは、とても簡単なことなのだ。なにも、市川という男の電話に公衆電話でかけてみたことを喋る必要はないのだった。

日出子が、市川という男を好きならば、自分は去ればいい。確かに、自分は日出子を好きだが、愛しているわけではない。妻にしたいという気持は、いまのところ、まったくない。自分は、日出子に騙されてまで、つき合う気はないのだ。

ローマに着いた最初の夜に、このような争いを起こしたら、日出子の性格から考えても、これから先、なごやかな旅の続行はありえない。それならば、正直に今夜のことを話して、別れてしまえばいい。しかし、自分が、そうしようと思わないのは、なぜだろう。自分は、何を失ないたくないのだろう……。

良介は、妻の病気を医者から告知された日以来、きょうまでやめてきた煙草を吸いたくなった。自分が煙草をやめたからといって、妻の病気が治るわけではなかったが、妻のために、自分も何かをしなければと思い、好きだった煙草をやめたのである。

ロビーの奥の、レストランにつづく階段の横にバーがあったので、良介はそこへ行って、ウィスキーを注文し、煙草も二箱頼んだ。バーテンは、大きな木箱を持ってきて、それをあけた。幾種類かの紙巻き煙草の他に、上等の葉巻も入っていた。

良介は、アメリカ製の煙草を買い、飲みたくもないのに、ウィスキーを生《き》のままであおった。

「ふたまたをかけて、どうしようっていうんだい」

良介は、煙草に火をつけ、煙を胸に吸い込んでから、小声で言った。

「俺は、日出子に、そんなに悪いことをしたか？　内海に喋ったのは悪かったけど、これほどの仕返しをされるような落度じゃないよ。だって、あの性格異常者の宝石屋に喋ったのは、俺じゃなくて、内海のやつで、そのことは、日出子も、ちゃんと知ってんだから」

久しぶりの煙草が、頭をくらくらさせるかと思ったが、そうはならなかった。寡黙そうな初老のバーテンが、仄かに微笑んで、ローマは初めてかと話しかけてきた。

良介が、ほとんど、うわのそらで、初めてだと答えると、バーテンは、申し訳なさそうに自分の腕時計を指差し、ラストオーダーの時間だと言った。

一時半だった。バーから出たあと、ずっとロビーに坐っているわけにもいかず、良介は、肚が決まらないまま、エレベーターに乗った。

ふいに、兄の伸介の顔と、ソフィアの、のびやかではない笑顔が浮かんだ。良介は、エレベーターの壁を靴の先で蹴り、

「まあ、やるだけやってみろよ」

と言った。自分は、日出子にあざむかれることも、裏切られる筋合もないが、日出子の真意を知るには、おそらく時間がかかるだろう。そんな時間につき合ってやる筋合もないが、俺は、日出子の嘘につき合ってやる。その嘘から、いったい何が飛び出してくるか、見届けてやる。嘘をついて、日出子がいったい何を得るか、見届けてやる……。

「他人によって傷つけられるものは、自分の自意識だけだって名言があるな。誰の言葉だったかな……」

良介は、他人によって傷つけられるものは自分の自意識だけだと、何度も胸の内で繰り返しながら、エレベーターから出ると、長い静かな廊下を歩いて、自分の部屋の前に立ち、ドアをノックした。

日出子の応答はなかったが、よく見ると、ドアは内側からロックするための金具によって、細くあけられていた。

日出子は、部屋にはいなかった。螺旋階段の上から、風が入り込んでいて、良介

は、日出子が屋上のテラスにいるのを知った。

「何を怒っててんだ？　余計な気を遣って、怒られるなんて、割に合わないよ」

良介は、屋上のテラスにあがり、木の椅子に坐っている日出子に言った。

「公衆電話から、クレジットカードを使って、本当に日本へ電話をかけられるのかどうか試してみたかったんだ。それで、腹ごなしも兼ねて、ちょっと行って来た……。日出子が、そんなに怒るとは思ってなかったんだ。俺は、怒られるようなことをしたかい？　自分の家の留守番電話を、自分で外から聴いてみたんだ。だって、このホテルの電話は、ダイヤル式だからね。そう教えてくれたのは、日出子だろう？」

「どうして、私に気を遣わなきゃいけないの？　三つのルールに、全部、違反してるわ」

と日出子は、夜空を見あげたまま言った。

三つのルールなんて知ったことか。そのすべてを踏みにじってるのは、そっちなんだぜ――。

良介は、そう思いながら、日出子に謝り、なだめ、彼女を立ちあがらせると、手を引いて螺旋階段を降り、ベッドに腰かけて、

「禁煙をやめたよ」

と言った。

憮然とした表情のまま、日出子は良介が買ってきた煙草の箱に目をやった。

「禁煙をしてたの？　気がつかなかったわ」

「四年前は吸ってたよ」

「どうして、やめたの？」

「女房のために、何かできることはないかと思ってね。何かを期して、たとえば、酒を絶つとか、煙草を絶つとかって、あるだろう？　べつに、そうしたからって、女房の病気が治るってわけじゃないんだけど、仕事上、酒を絶つのは難しいから、煙草を絶ったんだ」

「どうして、せっかくやめてた煙草を、今夜、吸いだしたの？」

「吸いたくなったから。ただ、それだけ」

「なんだか、変ね」

日出子は、そう言って、バスルームに行き、バスローブを持ってくると、服を脱いだ。良介も着ているものをすべて脱ぎ、バスローブを身にまとい、バスタブに湯を溜めた。

この女、何を考えてやがる。俺と、市川という男をふたまたにかけて、どうしようっていうんだ。俺とは、大贅沢旅行だけ楽しもうってのか？　市川って男にはパリへ行くと嘘をついて、俺とイタリアで大贅沢旅行か……。

良介は、ベッドにあお向けに横たわり、

「あのソフィアって女は、兄貴が何にも知らないって思ってるのかな」

と言った。

「女と行方をくらました亭主に、自分がせっせと手紙を書いてることを、江波伸介という日本人は、まったく気がついてないって思ってるのかな……。俺は、そんなはずはないような気がするんだ」

日出子は、それには答えず、

「お月さまがとてもきれいなのに、どこかで雷が光ってたわ」

と言った。

「雷の音も聞こえないの。稲光も見えない。それなのに、空が急に明るくなったり、真っ暗になったりしてる。ポジターノで、お天気が悪かったらいやね」

良介は、目を閉じて、手足を思いきり伸ばしながら、日出子が風呂に入っているあいだに、荷物をまとめて、この部屋から出て行きたいと思った。

日出子は、いやに丹念に、良介の髪を洗い、リンスまでしたあと、大きなバスタオルをターバンみたいに巻きつけてから、自分の髪を洗い始めた。

バスローブを着て、良介は、いったんバスルームから出たが、木の椅子をバスタブの横に運んで、そこに腰を降ろし、髪を洗っている裸の日出子を見つめた。

それに気づいた日出子がシャワーカーテンを閉めようとしたが、良介はそうさせなかった。

「四年前よりも体の線がきれいになってるよ」

「東京でも、おんなじことを言ったわ。四年前は、若すぎたのかしら」

「体の輪郭に曖昧なところがあったのかな。女性が年齢を経ていくってのは、いいことなんだよ」

「でも、四十を過ぎたら、そうは言ってられないわね。男性は、その点、得ね」

「得かなァ……。筋肉は落ちてくるし、腹は出てくるし、髪の毛は薄くなるし、目は遠くなるし」

「目が遠くなったの？」

「うん、去年、老眼鏡を買ったよ。新聞を読んでたら、持つ手が無意識に伸びてるんだ。娘に言われて、愕然としたけど、眼鏡屋の主人は、歳相応ですよって笑ってたよ」

日出子は、自分も同じように、バスタオルをターバンみたいに頭に巻きつけ、もう一度、湯を溜めて、そこに体を沈めた。

「旅行中、ケンカはいやだわ」

と日出子は言った。

湯気が充満して、良介の体から汗が噴き出てきた。

「ちょっと、のぼせたかな。屋上のテラスで涼んでくるよ」

良介は、椅子を元の場所に戻し、頭に巻いたバスタオルを外して首に掛け、螺旋階段をのぼった。

確かに、月がかかっているのに、夜空は断続的に雷光によって明るくなったり暗くなったりした。雷が、どこで炸裂しているのかわからなかった。

良介は、広場を見おろせるところに立ち、バスタオルで額の汗をぬぐった。広場には、まだ何人かの若者たちがいたが、人通りは、ほとんどなかった。

階段の中程に、髪の長い女が、膝をかかえるようにして、ひとりで坐っていた。薄明かりが、その女の横顔を仄かに浮かびあがらせていた。欧米人ではなかったが、日本人なのかどうかはわからなかった。女の横には、大きな旅行鞄があった。

ときおり、冷たい風が吹き、雷は光りつづけた。

良介のいるところからは、若い女が、どうやら東洋人であるということと、セーターの、大きなひまわりの柄と、白いコットンパンツが判別できるだけであった。それなのに、良介は、その若い女が、ひどく憔悴した、行くあてのない人のように感じられた。誰かを待っているといった風情ではなかったのである。

「あんなとこで、旅行鞄を置いて、こんな時間に坐り込んでたら危ないな……」

良介は、小声で言い、しばらく、その女を見ていたが、寒くなってきたので、寝室に戻った。日出子は、ベッドに横たわっていた。

「私も、のぼせちゃったけど、汗が出るのが気持がいい」

部屋はホテルの最上階で、カーテンをあけていても、外から見られる心配はなかったので、良介は、ベッドサイドのランプだけつけて、カーテンをあけた。そこから、月が見えた。厚い雲が、左から右へと速い速度で動いている。

良介は、日出子を抱きたくなかった。それで、そうしなくてもいい口実を考え始めたとき、日出子が上半身を良介の胸に覆いかぶせてきた。

「楽しそうじゃないわね。どうして？」

と日出子は訊いた。

「楽しいよ。ただ……」

「ただ、何？」

「四年間て、ずいぶん長いからね。その四年間に、日出子に好きな人がひとりもあらわれなかったなんて本当かなと思ってね。日出子に好きな人がいたとしても、俺はそれをどうこう言える立場じゃない」

「だって、いなかったんだもん。じゃあ、いたけど、別れたわって嘘をついてもらったほうがいいの？」

日出子の表情や口調には、ひとかけらも翳《かげ》がなかった。そのために、良介は、思わず、市川という男のことや、留守番電話の件を口にしかけたが、かろうじて思いとどまり、

「これだけいい女を、男どもは四年間も指をくわえて見てたんだ」

と言った。

「変な人ね。大事な奥さまに先立たれたのに、変なところは、少しも変わってない……」

妙に濃密な交わりの終わり近くに、雷光が途絶えた。良介は、シャワーを浴びて、再び屋上のテラスにあがった。若い東洋人の女は、誰もいなくなった広場の階段で、月光を浴びながら、膝をかかえてうずくまっていた。

第四章　渚と洞窟

　ポジターノへ行く前に、娘の真紀にねだられた買物を済ませておこうと思い、良介は、朝昼兼用の食事をとると、日出子と一緒にホテルを出た。

　小雨が降ったりやんだりしていた。広場の階段を降りながら、

「結局、寝ちゃったわね。ああ、よく寝たと思って時計を見たら、三時間しか寝てないの。それなのに、それっきり眠れなくなって、七時まで、ベッドのなかで目をあけてたの。これが、時差ボケってやつなのね。昔、ニューヨークへ行ったとき、時差ボケなんて、ぜんぜんかからなかったのに」

と日出子は言った。

「幾つのとき？」

「二十二のとき」

「若かったんだよ」

「十三年も昔なのよね」

良介は、下手な絵を並べて売っている男たちや、無数の若者たちや、観光客たちでひしめき合う広場の階段に、黄色いひまわりの絵柄のセーターをみつけて、歩を停めた。

坐っている場所は違っていたが、夜更けに見た若い女は、あいかわらず、スペイン広場の石の階段に腰を降ろしたままだったのである。

女の布製の旅行鞄には、航空会社のシールが貼られ、そこに、日本字が書いてあったので、良介はその若い娘が日本人であることを確認できた。

あれから、どこへも行かず、ここに坐りつづけていたのであろうか……。良介は、二十二、三歳と思われる女の、血の気のない、悄然としていながらも、どこか品の良い顔立ちを盗み見た。

あの子、きのうの夜から、ずっと、ここに坐ったままなんだと日出子に言おうとし

たとき、

「きのう、公衆電話をかけるために、どこまで行ったの？」

と日出子が訊いた。

「すぐそこだよ」

良介は、広場の前の通りを指差し、腕時計を見た。午前十一時だった。日本は、同じ日の午後七時ということになる。

「クレジットカードでかけられるの？」

「ああ、値段まで出るんだ。あんな便利な公衆電話ができてるんだなァ」

きっと、日出子は、市川という男の留守番電話を聴きたいのだ。そう思って、良介は、

「試してみたら？」

と日出子に言った。

そんな良介の心は、自虐的ではなく、むしろ、加虐的でさえあった。

「いま、日本は夜の七時だよ」

俺は、この二週間の旅が終わるまで、騙されつづけてやるさ……。彼は、目が醒めてから、もう何回、胸のなかで言いつづけたかわからない言葉を、また繰り返した。

日出子、そうやって、お前が何を得るのか、見届けてやるさ、と。

「完全看護の病院のベッドがあくかもしれないの。もしそうなったら、お母さんをそこの病院に入院させようってことになってるの。じゃあ、家に電話をかけてみようかしら」

「俺は、ここで待ってるよ」

良介は、似顔絵描きの男の近くに腰を降ろし、日出子が人混みのなかに消えていくのを見つめた。

振り向いて、女の様子をさぐると、女は腕時計を見、それから、小さなショルダーバッグから、飛行機のチケットらしいものを出した。そして、それをバッグにしまい、寒そうに身をすくめて、両の掌で、こめかみのあたりを押さえた。女の髪は、雨で濡れていた。

風変わりな旅人なんて、たくさんいる。最近の若い娘なんて、何を考えているのかわからない。スペイン広場の石の階段に、一晩坐り込むことを、旅の目的にしてたって、べつにおかしなことでもない。

良介はそう思ったが、女の顔色の悪さが気になってきて、腰をあげた。

「ねエ、きのうの夜から、ずっとここに坐ってるんじゃないの?」

階段を五、六段のぼり、良介は、女の横に行くと、声をかけた。女は、驚いたように顔をあげた。

良介は、そこからだと半分だけ見えるホテルの、自分の部屋のあたりを指差し、

「ぼくは、あそこに泊まってるんだけど、屋上から、きみの姿が見えるんだよ。夜中にも、きみはひとりで坐ってた。朝から雨が降ってるのに、濡れながら、こうやって、まだここに坐ってる。余計なお世話かもしれないけど、風邪、ひくよ」

女は、怪しむような目で良介を見てから、体をねじって、階段の上のホテルに目をやり、

「ええ、でも、ここが一番、安全だから」

と言った。

「安全？」

「人通りが多いし、ここに坐ってても、おまわりさんは何にも言わないし」

良介は、自分の娘とほとんど年齢の変わらない女が、小刻みに震えているのに気づいた。

「ひったくりに遭ったとか、サギ師にひっかかって、文無しになっちまったとか、そんなんじゃないのかい？」

もしそうであるなら、日本大使館へ行くのが一番いいのではないかと、良介は言った。

女は、ハンカチで、濡れた髪を拭き、

「飛行機のチケットとパスポートだけはありますから」

と言って、視線を足元に落とした。

「え？　じゃあ、やっぱり、ひったくりに遭ったのかい？」

女は、そうではないのだと言ってから、

「もう少し、ここで待ってみます」

と照れ笑いを浮かべて言った。

誰かと待ち合わせをしているといった口ぶりだったが、女が文無しであることは間違いないようだった。

良介は、見も知らぬ他人の事情に介入する気はなかったが、おそらく、空腹と、雨に濡れたために震えているのであろう同邦の若い娘を放っておくこともできなくなった。それに、待ち合わせの相手がこなければ、一文無しのままだという外国旅行などありえないと考え、

「その待ち合わせの相手は、いつ来ることになってるの？」

と訊いた。

「きのうの夜の九時だったんです」

「いま、もうお昼の十二時だよ。いくらなんでも遅すぎるねェ」

こんなことをするのは、とても失礼かもしれないが、あとで返してくれればいいから、とりあえず何か食べたらどうか。良介はそう言って、何枚かのリラ紙幣を出した。

「ぼくは、江波といいます。もう二泊、あのホテルに泊まるから、待ち合わせてる人が来たら、ホテルに返しに来てくれたらいいよ」

女は、首を横に振り、ご好意はありがたいが、見も知らない人からお金を借りるわけにはいかないと、断固とした口調で言ったくせに、目に涙を滲ませ、それを隠そうとして、顔を伏せた。格別、美人とは言えなかったが、気性のしっかりした、清潔感を漂わせている女の掌に、良介はリラ紙幣を無理矢理握らせ、

「ぼくは、べつに怪しい者じゃないよ。外国で、一文無しのまま、何にも食べないで、もう十五時間も、待ち合わせの相手を待ってる人を放っとけないからね。こういう場合、遠慮したり、意地を張っても、何ひとつ得はしないよ」

と笑顔で言い、公衆電話のボックスへ歩きだした。

「江波さんでしたね？」

女が、うしろから訊いた。

「そう、江波だ」

「じゃあ、ほんの少しのあいだ、お借りしておきます」

「とにかく、あったかい物でも食べて、安物の傘でも買ったら？」

広場のあちこちには、通行人に傘を売ろうとしているアラブ人の青年たちがいた。

良介が近づいてくるのが見えたのか、日出子は笑顔で電話ボックスから出てきて、

「ねェ、お買物が済んだら、バチカンの、システィーナ礼拝堂へ行かない？　ミケランジェロの壁画の修復も、かなり終わったらしいの。私、観たいわ」

と言った。

「お母さんは入院できそうなの？」

と良介は訊いた。

「まだ、はっきりしないみたい」

娘の真紀に頼まれたハンドバッグの店で買物を済ませ、次の店を捜したが、その店はすでに閉めていた。一時から三時半までは閉店すると書かれた札が、入口に掛かっている。

「これから、昼食とシエスタなんだな。商売よりも、そっちのほうが大事だってことさ」

「システィーナの礼拝堂も、お昼寝かしら」

良介は、観光客でごったがえす場所には行きたくなかったが、ミケランジェロの壁画だけは観ておきたかったので、広場へ戻って、タクシーを捜した。

女の姿はなかった。良介は、なにやら、ほっとして、タクシーに乗った。

システィーナ礼拝堂は、外国の観光客だけでなく、イタリア人の学生の団体客が列をなして、ほとんど一寸刻みでしか歩けなかったので、見学を終えて道に出ると、

「人に酔って、何を観たのか覚えてないわ」

と日出子は言った。

「ゆっくりと、壁画を鑑賞するなんて雰囲気じゃないな。俺も、頭がくらくらしてるよ」

「これからホテルへ帰って、私たちもシエスタをしたら、日本へ帰るまで時差ボケの連続かしら」

「寝る寝ないは別にして、とにかく、人のいないところへ行きたいな」

タクシーに乗ってすぐに、日出子は、七尾湾の〈ぼら待ちやぐら〉で再会したの

は、偶然ではないのだと言った。

「私、あなたが、いつか、あそこに来そうな気がしてたの。ほんとは、あそこで、リヨウを待ち伏せてたっていうほうが正しいわ」

女が、こんな、自分の精神的な内輪話を、時をあけずに打ち明けるのは、気楽になった心を見せつけるための戯れだ……。

良介は、もう、日出子の何もかもに鼻白んで、そう思いつつ、

「へえ、うれしいなァ。待ち伏せてくれてたの？」

と言って、日出子の指を握った。そんなことを、良介は日出子にしたことはなかった。他人に隠れて、愛情をあらわす常套的な動作をすることを、良介は、いつも恥しく思っていたのだった。

だから、そのようなことは、結婚前の妻にもしたことがなかったのだった。

しかし、女というものには、この〈常套的〉なことが、絶えず必要だという気がしたのは、妻が、病気になったときであった。

「うれしいなァ。待ち伏せてくれてたの？」

日出子の返事がないので、良介は、ここがローマなのか、バンコクなのか、社会人になってから、初めて外国に出張したフランクフルトなのか、あるいは、それらの混

じり合った、日本的ではないのかわからない、古い石の建物と、そこに貼られた夥しいポスターを見ながら、おなじ言葉を繰り返した。

そんな良介の脳裏には、スペイン広場の階段に坐りつづけていた、大きなひまわりの絵柄のセーターを着た、空腹と寒さで震えていた若い日本人の女の香りがあった。香りは、まるで発散していない女みたいだったのに、良介にはあったためてやれば、柑橘類の香りが、むせかえってきそうな気がしてきたのである。

もしかしたら、あの女は、もうどこかへ行って、帰ってこないかもしれない。いや、その確率は、予想以上に高い。

けれども、また、あの階段に戻ってくるかもしれない。もし、戻っていたとすれば、それは、俺に、金を返すためでもあるし、待ち合わせをしている人が、やっと来たことの幸福感であるかもしれないし、人間の好意に、自分が、いま、できうる最大の好意を返すための、演技であるかもしれない。

いずれにしても、あの女は、必ず、スペイン広場の階段に戻ってくる……。それが、彼女の、いかなる理由であるにしても、もう一度、あそこに坐るだろう。もし、それが、俺という中年男の、甘い人間観だとしたら、俺は、日出子に、騙されつづけることをやめよう。俺は、何を求めたか。シンプルであること？　それは、少し、違うな。

日出子に何を求めて再会したのかさえ、良介にはわからなくなっていた。まさか、日出子との関係に、濃密な性が待ち受けていようとは考えてもいなかったからである。

四年前にはなかった濃密な性は、お互いの成熟を意味しているのではなく、双方が、不自由な立場ではなくなったせいでもないと良介は思った。お互いが、ある種の狷介《けんかい》さと貪婪さを身につけてしまったからだ。不自由であったことが、欲望に枷《かせ》をはめて、わがままも、心の行き違いも、一定の幼稚さを保つことができたのに、枷が外れて、何かが部分的に発達した。しかも、俺も日出子も、自分の何が部分的に発達したのか、まるで気づかないでいる……。

「これを、堕落っていうのかな」

と良介は小声で言った。

「堕落って、何が？」

日出子が訊き返した。

勘のいい日出子が、また機嫌を悪くしたら、不愉快なのは俺のほうだ。良介はそう思い、

「こうやって、タクシーのなかで、日出子の手を握ることが」

と誤魔化した。

「私のことを言われてるみたいな気がしたわ」

「どうして？」

「奥さまを亡くしたあなたが、きっと、私に逢いに来るって思ってたこと」

「でも、本当に、俺は逢いに行ったんだ。あの前の夜も、雷が鳴ってた。すごい雷だったよ」

道は混んでいて、タクシーの運転手は、裏道を通ったので、スペイン広場の反対側からホテルに着いた。

ロビーで、ライムジュースを飲み、部屋に戻ると、日出子は、

「私、眠くて、我慢できない」

と言った。

「ずっと時差ボケがつづいてもいいから、いまは眠りたいわ」

「寝たらいいよ。俺は、屋上のテラスで、日光浴でもしてる」

「でも、いざ寝ようとしたら眠れないんだと思うわ。それが、時差ボケってもんなんでしょう？」

日出子は、シャワーを浴びると、バスローブを着たまま、ベッドに入った。良介は、カーテンを閉めてやり、屋上のテラスへ行った。そして、ひまわりの絵柄のセーターを捜した。それは、すぐにみつかった。若い女は、ホテルの屋上にいる良介に気づいて、立ちあがり、小さく会釈をした。知り合いらしき人間は、彼女の周辺にはいなかった。

ふいに太陽が照り、十月のローマの街に、眩ゆい部分と、墨汁の色に似た部分とが拡がった。

良介は、ホテルの屋上から、若い女に向かって、いまそこへ行くと身振りで示した。良介の身振りの意味を理解したのかどうかわからなかったが、女は、うなじのあたりに手をやって、また小さく会釈した。

日出子は、ベッドで目を閉じていた。眠っているようでもあったし、そうではないようにも見えた。

部屋を出て、良介は、ホテルの玄関の前の道を渡り、広場の階段を降りた。女は、立ちつくしたまま、良介を見ていた。

「待ち合わせをしてる人は、まだこないの？」

「もう、こないと思います。だって、十八時間も遅れるなんてことは、有り得ないんですから」

「その人、どうしたんだろうね。事故に遭ったとか、厄介な事件に巻き込まれたとか……。もし、そうだったりしたら、大変だよ」

「いえ、そんなんじゃないと思います」

「でも、その人、きみのお金を全部持ってんだろう？」

「私のお金が、自分の鞄のなかに入ったままだってことに気がついてないんだと思うんです。気がつかないまま、日本へ帰る飛行機に乗ってるんだと思うんです」

女は、そう言ったとき、髪をかきあげ、晴れ渡った空を見あげ、それから、なんだか決然とした表情で、

「さっき、一万四千リラで、ピザを食べて、エスプレッソを飲みました。もう一万リラをお借りしてていいでしょうか。空港までのバス代もないので」

と言い、ボールペンと紙を出すと、自分の名前と住所を書いた。

木内さつきというのが、女の名で、住まいは、東京都目黒区となっている。良介は、自分の住所を教え、

「お金は、いつでもいいけど、せっかくのイタリア旅行が、何かの行き違いで台無しになったって感じだね」

と言った。

「いつ、イタリアに着いたの？」

木内さつきは、残りのリラ紙幣を良介に手渡し、一万リラだけを、大事そうに、コットンパンツのポケットにしまった。

「おととい の夜にローマに着いたんです」

「おととい？　どこから？」

「日本から」

良介は、首をかしげて、木内さつきを見つめた。

ということは、外国旅行に旅立って、たった一泊ローマに泊まり、その翌日からは、ずっと、このスペイン広場の階段に、空腹のまま坐って、誰かを待ちつづけていたわけか……。

それにしても、どんな相手なのかも、いかなる事情なのかもしらないが、待ち合わせの場所にあらわれることなく、この子の金を自分の鞄に入れたまま、帰ってしまうなんて、不注意を通り越して、無責任というしかない……。

良介は、財布から一万円札を出すと、

「成田空港に着いてから、都内までの交通費が要るよ」

と言った。

「その人、日本へ帰る飛行機に乗ってると思うって言ったけど、どうしてそう思うの？　もう少し待ったら、息せき切って、走ってくるかもしれないだろう？」

「お借りしたお金で、航空会社に電話をかけて、問い合わせたんです。その人、きょうのお昼の飛行機に乗ってました」

と木内さつきは言って、微笑んだ。

「ひどい話だなァ。ここはローマなんだぜ。人を何だと思ってるんだろうね。ぼくとは無関係なことだし、ぼくが口出しすることじゃないけど、きみは、そのために、無一文になって、おととい、ローマに着いたばっかりなのに、もう日本へ帰らなきゃいけない。スペイン広場で、腹をすかせて、雨に濡れて、坐ってただけだなんて、人ごととはいえ、腹が立ってくるよ」

するとと、木内さつきは、うなだれて、石の階段を見つめてから、笑顔を良介に注いだ。

「ありがとうございます。あのホテルの屋上から私を見てた人が、江波さんのようなかたで、私、助かりました。ローマへは、お仕事ですか？」

その、わざと陽気に振る舞おうとしている若い女の笑顔が、良介には、ひどくいじらしく感じられた。

「さっき、何を食べたって？」

「ピザと、エスプレッソです」

「この、広場の階段にもあきただろう。せっかく、ローマへ来て、何を観たの？」

「石の階段ばっかり……」

「可哀そうに。どんなやつか知らないけど、東京へ帰ったら、ぶっころしてやりゃあいいよ。その人、男？　女？」

「男です。女みたいな男……」

「このあたりに、おいしいケーキを出す喫茶店があるそうなんだ。知ってる？　そこで、ケーキをご馳走するよ」

しかし、考えてみれば、女がきょうの飛行機に乗って、日本へ帰る気ならば、ケーキを食べている時間などないのかもしれない。

良介は、そう考えて、飛行機の時間を訊いた。木内さつきは、至極あっさりと、

「もう間に合いません」

と言った。

「でも、航空会社へ行けば、別の飛行機会社に変更してくれるそうです。夕方の便

で、パリかフランクフルトへ行って、そのまま、成田行きに乗れる時間はあるって」

「今夜の便かい？」

「さあ、航空会社へ行ってみないとわかりません」

「じゃあ、先に、航空会社へ行こうよ。だって、パリへ着いても、フランクフルトへ着いても、結局、成田行きの便に間に合わなかったら、空港で一晩明かさなきゃならないよ。それだったら、なにも、わざわざ、そんな面倒なことをしなくても、今夜、ローマに一泊すればいいんだからね」

良介が、広場に停まっていたタクシーに手を振ると、木内さつきは、荷物を持ったまま、元気のない足取りで追って来て、

「どっちにしても、私、パリかフランクフルトへ行きます。だって、ローマに泊まるお金はないんですもの」

と言った。

「空港のなかだったら、夜を明かせますわ。あくる日の飛行機を待って、空港で夜を明かす人は、たくさんいますから」

「そりゃあそうだけど、きみは、きのうも、この広場で夜を明かして、そのうえ、今夜は、パリかフランクフルトの空港で夜を明かすの？　そんなの、あんまりだよ。そ

りゃあ、あんまり理不尽で可哀そうだよ。そのいいかげんな男のお陰で、そんな目に遭うなんて、あんまりだと思わないか?」

なにも、俺が腹を立てることでもない。俺は、頼まれもしないのに、お節介を焼いているが、女にしてみれば、内心、もう放っておいてくれといったところかもしれないのだから……。

良介は、そう考えながらも、タクシーに乗り、女を手招きした。

「まあ、どうするかは別にして、とにかく、航空会社へ行くことが先決だな」

木内さつきは、小さくうなずき、タクシーの運転手にトランクをあけてもらうと、自分で旅行鞄を入れた。

「航空会社のオフィスはどこ?」

ガイドブックを出すと、木内さつきは、運転手に行先を示した。

航空会社のオフィスへ向かう道すがら、木内さつきは、タクシーの窓に頭を凭せて、ぼんやり考え込んだり、ふいに良介に何か言おうとして顔を向け、口を開きかけたりした。

良介は、乗りかかった船だといった心持で、どんなにお節介と思われようが、航空会社までつれて行ってやるしかなかったのだが、そのうち、彼女の服装や持ち物などを、仔細に観察しはじめた。気楽な服装ではあったが、同行者がいなくなってしまえば一文無しになるような貧乏旅行者とは思えなかった。

自分の娘ほどの年齢だという気やすさもあって、良介は、

「他人の事情に立ち入る気はないけど、どんな理由で、こんなはめになったんだい？」

と訊いてみた。

「相手は男性だって言ったけど、恋人？」

「もうじき、結婚する予定だったんです」

と木内さつきは、わるびれたふうもなく答えた。その目には、幾分かの怒りと達観とが混じり合っていた。

「結婚？　婚約者かい？　へえ、痴話ゲンカなんて珍しくはないけど、自分の婚約者を、外国に置いてけぼりにして帰っちまうなんて、犬も食わないケンカにしては、少々、乱暴だね」

「新婚旅行を兼ねてたんです。彼は、来月から、仕事でロンドンへ行くことになってて、どうしても時間がとれないので、式をあげる前に、新婚旅行をやってしまおうって……」

「そりゃまた、ひどいもんだね。一生に一度の思い出の旅行だってのに」

「でも、まだ結婚式の前でよかったんです。もし、式をあげたあとにこうなってたら、私の家も、彼の家も、みんなが恥をかきますから。私、こうなって、よかったって思ってます。ほんとに、そう思ってるんです」

その言葉には、男との、間近に迫った結婚を取りやめるという意志が込められていた。

「私、予定どおり、十月二十五日の飛行機に乗ります。ミュンヘンに友だちが留学してるから、とりあえず、ミュンヘンへ行って、お金を借りて……。だって、私がひとりで帰ってきたら、母が、びっくりして、哀しんで……。私はかまわないんですけど、母が、あんまり可哀そうですから。それに、外国へなんか、一生に、そう何回も旅行できないですし」

「でも、そのミュンヘンにいる友だちが、お金を都合してくれる保証はあるのかい？ミュンヘンへ行く前に、その人に電話をしたほうがいいと思うけどね」

良介は、並木道のところに、公衆電話ボックスをみつけ、車を停めてもらった。

いったん、タクシーから降りたくせに、木内さつきは、困惑の表情で電話ボックスの前に立ち、住所録も、男の旅行鞄に入っていて、ミュンヘンの友人の電話番号はわからないのだと言った。

「困ったもんだな」

良介は苦笑し、気持はよく理解できるが、こうなってしまったのだから、やはり、家へ帰るのが一番いいのではないかと言った。

「だって、彼がひとりで日本へ帰ってきたことは、すぐに、きみのご家族にもわかるよ。それなのに、きみは、いつまでたっても、帰ってこないとなったら、かえって大騒ぎになると思うよ。イタリアの警察に捜査願いが出されるかもしれない。ぼくが親だったら、そうするね」

「でも、なんて言ったらいいのか……、つまり、私にだって、誇りがありますから」

「そりゃまあ、そうだろうけど、時を経たら、たかがいっときの恥だよ」

良介は、公衆電話に、自分のクレジットカードの磁気の部分を通し、受話器を無理矢理、女の手に握らせた。

「いま、日本は夜の十二時を廻ったところだ。彼が日本に着くまでに、おうちの人に事情を説明しといたほうがいいと思うんだ」

良介は、ためらいながらも、女がダイヤルのボタンを押し始めたのを確認してから、待っているタクシーのところへ行った。

木内さつきが、誰かと喋っている顔が、電話ボックスのガラス越しに見えていた。タクシーの運転手は、ハンドルを指先で叩いてリズムをとりながら、鼻歌をうたい、ときおり、良介を見て肩をすくめた。

突然、良介のなかで、奇妙な思考と衝動が膨れあがった。この女を、ポジターノへつれて行けるだろうか。別段、この女と何をしようという気はない。ただ、俺も、日出子をこけにしてやる。俺は、ポジターノで日出子とすごしながら、日出子に内緒で、この女と食事をしたり、海で泳いだり、酒を飲んだりするのだ。何のために、そうするのかはわからない。第一、この木内さつきが、俺の誘いに応じるかどうかもわからないが……。

ゆっくりとシエスタを楽しんで、やっといまから店をあけようかといった陽気そうな大柄な男が、バールのシャッターをあげていた。

良介は、タクシー代を払い、運転手に少し多目にチップを渡した。タクシーが去っていくのと、木内さつきが電話ボックスから出てくるのとは、ほとんど同時だった。

「ちゃんと、家に電話した？」

と良介は訊いた。

走り去っていくタクシーを、いぶかしげに見やってから、さつきは、

「はい、詳しくは説明できませんでしたけど、要点だけは、母に言いました」

良介は、店をあけたばかりのバールを指差し、

「あそこで、コーヒーでも飲もうか」

と誘った。

店に入り、良介はカプチーノを、さつきはミネラルウォーターを注文した。

「ぼくは、あさってから、ポジターノで十日ほどすごすんだ。ぼくは一人旅じゃなくて、女性が一緒だ。いま、ホテルで、たぶん眠ってると思う。女房じゃなくて、恋人だ。ぼくには、女房はいない。女房は、ことしの二月に死んじまった」

さつきの目が、幾分、警戒するみたいに動いた。

「きみに、ポジターノの旅をプレゼントするよ。で、ぼくは、きみに変なことはしない。でも、きみが、ポジターノのどこかのホテルに滞在してるってことは、ぼくの恋人には内緒だ。きみは、ポジターノを拠点にして、南イタリアの旅を気ままに楽しんだらいい。ぼくは怪しい者じゃないよ。その点に関しては、いっさい心配する必要はないと思うよ」

そう言ってから、良介は思わず苦笑した。このような話を持ちかける男が、怪しくないはずはないと思ったのだった。

「何がおかしいんですか？」

とさつきが訊いた。

「おかしくないかい？　ぼくの言ってることは、おかしいと思うよ」

「そりゃあ、おかしいですけど……」

「ホテルの宿泊代も、必要な費用も、先に、きみに渡しとくよ。ぼくが、きみの婚約者みたいに、勝手に帰っちまったら大変だからね。でも、トラベラーズチェックは、ホテルに置いてある。もし、きみが、南イタリアを旅して帰ろうと思うんなら、いまから、旅行代理店へ行って、ポジターノのホテルの予約をしよう。宿泊代は、その場で、カードで支払ったらいい。ぼくたちと同じホテルは困るから、別のホテルを捜そう。ハイシーズンじゃないから、部屋は、きっと取れると思うよ」

さつきは、長いこと、良介から目をそらさなかった。

「恋人と一緒なのに、どうして、そんなことをなさるんですか？」
三、四分の沈黙のあと、さつきは、そう質問した。
「そうしたいから」

「そうしたいから？」

良介は、そうしたいからと、もう一度言った。

小首をかしげて、良介の持つカプチーノのカップに目をやっているさつきの表情をさぐっているうちに、良介は、婚約者に置き去りにされてしまった若い女の怒りや失意や哀しみなどを、自分がまったく度外視していることに気づいた。

するとと、自分の心の別の部分も、冷静になってきて、日出子について、第三者的な考えをめぐらしてみようという気持になったのだった。

日出子は、江波良介の妻の死を知っていた。いつか、きっと、能登にやってきそうな気がして、そのときはおそらく〈ぼら待ちやぐら〉のところに来るだろうと考え、しょっちゅう、あの前を車で通った。

こんどの旅行のことを持ちだしたのも日出子のほうからだ。もし、日出子に好きな男がいるなら、どうして〈ぼら待ちやぐら〉のところで車を停めたのか。どうして、上京することを自分のほうからしらせてきて、一緒に夜をすごしたのか。それも、四年前とはまるで違う、解き放たれたような濃密な夜を……。

そうしながら、市川という男と、留守番電話で絶えず連絡を取り合っている。市川には、いまパリにいると嘘をついている。

良介は、首を振り、

「わからんな」

とつぶやいた。わからないのは、自分の四十五歳という年齢のせいであろうか。それとも、自分は、じつはとんでもなく幼稚な男なのであろうか。自分は、どうして、日出子に問いただそうとしないのだろう。

「わからんな。俺には、なんにもわからん」

「何が、わからないんですか？」

とさつきが訊いた。

「わからないのは、私のほうなんです」

「ああ、そうだね。ぼくは、おかしな話を持ちかけてるよね。理由を訊かれたら、ただ、そうしたいからなんて、いいかげんな返事をしてる。きみの、いまの心境なんか無視して。いや、そうじゃないな。きみの、いまの心境を利用しようとしてるんだな」

さつきの表情に、柔らかいものがあらわれた。

「ポジターノって、ソレントから、海沿いに南へ行ったところですね」

「うん、すごく、きれいなところらしいよ」

「ソレントの近くには、ポンペイの遺跡があるんですね。私たちは、フィレンツェからコモ湖へ行く予定だったんです」

　さつきは、そう言ってから、

「私は、ポジターノで、どうしてたらいいんですか？」

　と訊いた。

「ポジターノで遊んでたらいいんだよ」

　と良介は答えた。

「ときどき、泳ごうって誘いに行くかもしれないし、ワインかシャンペンでも飲もうって、訪ねて行くかもしれない」

「いつ、私の泊まってるホテルに来るかわからないんだったら、私は、ずっとホテルにいなきゃいけないんですか？」

　さつきは、かすかに微笑んでいた。

「いや、ぼくは、必ず電話をかけてからきみのホテルへ行くよ。きみがいなかったら、ああ、バスに乗って、どこかへ観光に行ったんだなァって思う。きみは自由にしてたらいいんだ」

　また、長いこと、良介を見つめてから、さつきは、自分のパスポートを出した。

「江波さんのパスポートを見せて下さい」

　良介は、自分のパスポートをさつきに見せたが、さつきのは見ようという気はなかった。

「私のパスポート、見ないんですか？」

「どうして？　ぼくは、税関の役人じゃないよ」

さつきは、良介のパスポートを返し、

「私が、ポジターノで守らなきゃいけないことは何ですか？」

と訊いた。

「操《みさお》かな……。ぼくからだけじゃなく、口八丁手八丁のイタリア野郎からも」

その良介の言葉で、さつきは笑った。

「ナポリまでの飛行機のチケットと、ポジターノのホテルの予約をしなきゃいけない。ああ、それに、今夜とあしたの夜の、ローマのホテルの予約もね」

良介が立ちあがりかけると、

「私、ナポリまで同じ飛行機でいいんですか？」

とさつきは訊いた。そうしたくないという気持を、はっきりと顔に出していたので、良介はうなずき返して、

「じゃあ、あした、先に、ポジターノへ行ってもらおうかな。今夜のホテルが決まったら、ぼくは、あしたの午前中に銀行へ行って、トラベラーズチェックを現金に換え

て、きみに届けるよ」

「わざわざ届けて下さらなくても、江波さんの泊まってるホテルのフロントに預けておいて下さい。私が、いただきに行きます」

「じゃあ、そうしよう」

ローマの旅行代理店でなくても、日本の航空会社で予約できるはずだというさつきの言葉で、良介は、バールを出ると歩きだした。さつきは、良介に関して、何も質問してこなかった。


ローマから飛行機でナポリ空港に着くと、迎えに来ていたリムジンに乗って、良介と日出子はポジターノへ向かった。運転手は、ゆっくり行けば、約二時間ほどだと言った。

途中、ポンペイの遺跡の近くで、六十歳ほどの、わし鼻の運転手はリムジンのスピードを落とし、遺跡を観るかと訊いた。

「どうする？　約二千年前に一大文化を築いて、たった二日か三日で消えちまったポンペイだ。せっかく来たんだから、ちょっと見学していこうか？」

良介は、十月なのに、冷房を切るとたちまち汗ばんでくる、はるか右手にナポリ湾がかすんでいるハイウェイの右車線に停まったリムジンのなかで、日出子に訊いた。

「私は、早くポジターノへ行きたいわ」

日出子は、前方を見やったまま、いかにも、どうでもいいといった口調で言った。

「機嫌が悪いんだな。腹が立ったら、なぜ腹を立ててるのかを正直に言うってのは、俺たちのルールだったはずだぜ。何を怒ってるのか、ちゃんと言えよ。旅行先でケンカだけはしたくないって言ったのは、日出子のほうなんだからね」

「リョウは、何かおかしいわ。ローマに着いてから、私と二人きりでいるって感じがしないの。何があったの？　おうちに、心配事でも持ちあがったの？　それだったら、私に隠すことはないでしょう？」

良介は、運転手に、このままポジターノへ行ってくれと言ってから、

「隠し事なんて何にもないよ」

「私を馬鹿だと思ってるの？」

「もういいかげんにしてくれないか。何のために、こんな遠くまで旅行に来たんだ？　そっちこそ、おかしいんじゃないのか？　どうして、ホテルの電話を使わないで、わざわざ公衆電話のボックスにまで足を伸ばすんだ？　そのほうが、よっぽど変だよ。俺に聞かれたくない電話だったら、電話をかけるから部屋の外へ行ってくれって、俺

に言えばいいじゃないか」

　日出子は、おととい も、きのうの夜も、なにやかやと口実を作って、ホテルから出て行ったのだった。十五分ほどで帰って来るのだが、その十五分という時間は、日出子が、市川という男の留守番電話を聴きに行ったことを如実にものがたるものであった。

「私が外へ出るたびに、あとをつけてたの？　どうして、そんなことをするの？」

　良介は、あとをつけたのではないと言った。一緒に行こうと思って追いかけたら、日出子は公衆電話のボックスにいたのだ、と。

　良介は、ある意味での自分からの刃を突きつけるのは、これが最後だと思った。あとは、日出子がどんなに機嫌が悪くとも、日本へ帰る飛行機に乗るまでは、よそよそしさも極力隠して、いかにも楽しそうに、日出子に接しつづけてみせる。

「みんなで、お母さんを車に乗せて、金沢の病院へ行ってるの。何かあったら、留守番電話に吹き込んどいてって伯母に頼んだから、何か吹き込んであるかなと思って、それで、あそこの公衆電話へ行ったの」

　と日出子は言った。

「そしたら、そう言えばいいじゃないか。俺に隠すことじゃないよ」

「何かを勘ぐって、やきもちを焼いたの？」

日出子は、肩の力を抜き、歳下の男をからかうみたいに言った。

「まあね。だって、内緒で電話をかけてるんだぜ。俺でなくったって、勘ぐってみるさ」

「子供ね。いつまでたっても子供……」

「でも、好きだろう？　だって、毎晩、俺のを握って寝るよ」

「気持がいいんだもん」

「マシュマロみたいで、可愛い？」

「可愛くなったり獰猛になったりするのね。どうしてかなァって、好奇心でさわってるの」

「じゃあ、いまも握ってみたら？」

「他の人がいても、獰猛になれる？」

「旅の恥はかき捨てって言うからね」

運転手は、車が長いトンネルを抜けて、切りたった海沿いの道に出たところで、前方を指差し、

「ソレント」

と言った。海とは反対側の丘陵には、レモンやオレンジの木がはえていた。

このあたりは、年中、太陽があたるので、レモンもオレンジも、年に二回、実をつけるのだと運転手は教えた。

山と海のあいだに、色彩に富んだ町が見えた。朱色や肌色の建物が、素朴な形で並んでいて、幾つかの入江には、ヨットが浮かんでいる。ソレントの町は半島の北側であり、半島の南側に、ポジターノの町がある。しかし、ソレントの海の色と、ポジターノの海の色は異なっている。自分は、ポジターノの海のほうが好きだ。ソレントの海よりも、もっと澄んだ緑色だ。

リムジンの運転手は、片手を振り廻し、熱を帯びて、そう言い、カンツォーネの曲を歌いだした。太いが、よく通る、いい声だった。

日出子は、昔、来たときよりも、建物の数が増えたみたいだとつぶやいた。

ハイビスカスが、まだ咲いていて、海では、泳いでいる人たちの姿が、小さい点のようではあったが、たしかに良介の視界に入っていた。

ソレントの町に近づくにつれ、車の数が増した。道のあちこちに、キャンプ場や、キャンピングカーのための施設や、レストランの看板があった。

「どこから撮っても、そのまま絵葉書になりそうだな」

良介は、海辺の町を眺めながら言った。しかし、ソレントの町に入ると、そこは、人と車の多い、幾分、下町ふうの賑やかな、おそらく観光客用に仕立てすぎたために俗化したと思われる猥雑さがあった。

リムジンは、ソレントの中心街の手前で左に曲がり、オリーブ畑に挟まれた道をのぼった。海沿いに進むと予想していたが、丘陵地帯を抜けるほうが近道で、運転手は、その道を選んだのだった。

「ちゃんとうまくいってる奥さんがいて、それでも他の女を好きになるとき、男の人には、その他の女にどんな種類の愛情を感じてるの？」

と日出子が訊いた。

「愛情がある場合と、ない場合があるだろうな」

と良介は答えた。

「だって、愛情ってのは、自然に、だんだんと育っていくものだからね。それも、一ヵ月や二ヵ月で育つもんじゃないさ」

良介は、〈罪悪感という鎧〉は、たしかに存在したが、それは、結局、何の役にもたたなかったのだと日出子に言った。

「勝手な言い草だけど、四年前、俺が日出子と逢うためには、俺のほうにも、そのときどきで、いろんな工夫や戦略が必要だったんだ。日出子は、いつも俺に言っただろう？　こんな関係で、リスクを負ってるのは自分だけだって。どうして、自分だけが、こんな不自由なめに遭わなくちゃいけないんだって……。俺は、そう言われるたびに、俺もリスクを負ってるよって言い返しかけたよ。それは、女房への罪悪感とは、別の種類のものだけど」

「私に、どんな愛情を持ってたの？」

「そんなものは、なかったかもしれないな。愛情らしいものが生まれかけたころに別れたし、ひょっとしたら、そのことが、別れる決心をつけさせたのかもしれないしね」

曲がりくねった丘陵地帯がすぎると、ふいに海沿いの道に出た。たしかに、海の色は変化していた。

リムジンの運転手は、ときおり、車を停めて、あの巨大な岩は、海から見ると、人間の顔にそっくりなので、昔から、この半島を守る神だと言われてきた、とか、あの島は個人の持ち物で、有名なバレー・ダンサーの別荘があるとか説明した。

アメリカの国旗をかかげた大型のヨットに、全裸の若い女があお向けに寝ていた。ニューヨークの大金持で、毎年、あのヨットで大西洋を渡ってきて、ポジターノに三ヵ月滞在するのだが、つれてくる女は、この三年間変わらないと運転手は言った。

「その前の二年間は、違う女でしたよ。ヨットには、コックとメイドがいるんですが、泊まるのは、あなたたちがこれから行くホテルのスウィート・ルームです」

「そうか、あの大金持のお陰で、スウィート・ルームがふさがってたんだ」

と良介は言った。

岩肌がむきだしになり、オリーブの木や刺のある名のわからない木がはえている山側に民家が点在していた。みんな、漁師の家らしく、修理中の小船が並んでいたり、屋根に網が干してあったりした。それらは、家の半分が山の中にうずまっている。山の岩を掘り、そこを住居にして、さらに岩を利用して、テラスや玄関を作っているのだった。

ポジターノの町に近づくにつれて、道は狭くなり、急な曲がり角が多くなり、バスやトラックとすれちがうたびに、どちらかが道をゆずらなければならなかった。

日出子の言葉どおり、海に面した断崖に、ポジターノの町はあった。断崖に、ホテルや民家がひしめいていた。ハイビスカスとブーゲンビリアは、ソレントの町よりも鮮かな色で咲き、太陽の光も強かった。

二人の泊まるホテルは、ポジターノの町の中心部から、さらに南へ十分ほど行ったところにあった。ホテルの門は、道と同じ高さの場所にあったが、ホテルそのものは、切り立った断崖にうずめこまれるように、はるか彼方の海岸へと下る形で作られていた。

船員帽をかぶった、鼻の頭の赤い、笑うと顔中がゴムのように動くポーターが、一瞬、奇異に感じるほどの陽気さで、

「ボンジョルノ」

と両手をかかげ、大声で言って迎えた。別の従業員が、てぎわよく、二人の荷物を車のトランクから降ろし、軽々と肩にかついで、断崖に沿った石の階段を下った。階段の周りには、ハイビスカスやブーゲンビリアの花々に混じって、朝顔に似た花が咲き、何匹かのトカゲが岩の割れめに身を隠した。

階段からは、百メートル近い断崖の下の海と、ホテルのプライベート・ビーチが見え、浜辺に寄せる白い波をのぞむことができた。

そして、そこからは、ポジターノの中心部の、どれもこれも断崖に建つ、大小さまざまな民家や民宿やホテルなどの、おびただしい建物も眺められた。

あの建物のどこかに、さつきが泊まっているのだと良介は思い、心の一角に痛みを感じた。誰に対しての痛みなのか、彼にはわからなかった。

階段は、そのまま海にもつづいていたが、途中に、ホテルのロビーへ降りられるエレベーターの扉が、それもまた蔦に覆われた岩板に掘り込まれる格好で設けられていた。

ポーターは、エレベーターが動きだすと、このエレベーターでプールにも行けるが、プライベート・ビーチへ降りるには、ロビーにある別のエレベーターを使うのだと説明した。

広くて、すべてが海に面しているロビーの、大理石の床に、ボクサー種の犬が寝そべり、テラスにはえている数十本のブーゲンビリアの老木の枝が、壁をくり抜いた穴から、ロビーの天井にまで延びて、天井の半分を緑色の葉で隠している。ロビーに置いてあるカード台で、一組の中年の男女が、セブンブリッジに興じ、ボーイの何人かが、樹木に水をやり、九官鳥の鳥籠を洗っている。

チェック・インの手続きを済ませると、ロビーの中央にあるなだらかな階段を降り、狭くて涼しい、曲がりくねった廊下の中程にある部屋に案内された。広い部屋には、年代物の箪笥とベッドがあり、その部屋とほとんど同じ広さのバスルーム、それに、海側に、日光浴用の木の長椅子を並べたテラスがあった。

ボーイが去ると、日出子は、テラスに出て、左側の、そこだけ抜きん出て高い岩山を見やった。

「あの家よ。あの家に、あの子がいるの」

と日出子は言った。

家は、岩山の断崖に何軒か建っていたし、傾きかけた太陽の光が当たって、良介には、よく見えなかった。

点在する民家の、一番上のほうにある、小さな緑色の壁の家が、日出子の目指す家だった。海に沿った道から、急な坂道が曲がりながらその小さな民家へとつづいていたが、途中に、オリーブの樹や、何かの巨木があって、坂道がどこでどう曲がっているのかわからなかった。

「またポジターノにこられるなんて思わなかったわ」

と日出子は言った。

昔は、海から襲ってくる敵を監視したり迎え撃つための要塞の町だったのかもしれないと考えてしまうくらい、ポジターノの町は、あえて建築の難しい断崖絶壁に、どの家も、海と対峙して建っていた。

あるいは、嵐のときなど、ティレニア海からの強風から家屋を守るためには、その大半を岩石に没した形にしなければ、ひとたまりもなく吹き飛ばされてしまったのかもしれないと良介は、テラスのてすりに凭れながら思った。

日出子は、さっそく、旅行鞄をあけて、服や下着を簞笥にしまい始めた。てぎわよく、良介の衣類も出して、それぞれの引き出しにしまうと、

「何にもしないで、海を見るだけで充分て感じね」

と言いながら、視線を電話機に向けた。このホテルの電話もダイヤル式だった。近くに、国際電話をかけられるプッシュ式の公衆電話がなければ、どうするつもりだろう。良介は、かなり意地悪な感情を隠して、日出子の表情をうかがった。

「ここは、海辺のリゾート地なんだから、昼間は、どこへ行くにも、Tシャツと半ズボンでいいんだ。靴下をはく必要もない」

そう言いながら、良介は、Tシャツと薄手のコットンパンツに着換えた。

「夕方になると、急に寒くなるわよ。セーターを出しといたほうがいいわ」

と日出子は言い、自分も、Tシャツと、水色のショートパンツに着換えた。それは、とてもよく似合った。

「ロビーのバーで、とりあえず乾杯しようか。今夜は、ホテルのダイニング・ルームで食事をしよう。八時からだよ」

良介は言って、日出子と一緒に部屋を出たが、ロビーでシャンペンとキャビアを注

文してから、忘れ物をしたと嘘をついて、部屋に戻ると、さつきがきのうから泊まっているホテルに電話をかけた。

良介と日出子が泊まっているホテルは、ポジターノに二軒しかない五つ星だったが、さつきのそれは三つ星で、部屋数も十二しかなかった。しかし、航空会社の係り員は、ポジターノの町すべてが眼下に見下ろせて、家族的で、いいホテルだし、海まで相当歩かなければならないが、ちゃんとプライベート・ビーチを持っているのだと勧めてくれたのだった。

さつきは部屋ではなく、そのホテルのロビーにいた。フロントからさつきの姿が見えたらしく、電話に出た男は、そのまま、さつきの名を呼んだのだった。

「無事に着いたみたいだな。ぼくは、三十分ほど前に着いたよ」

と良介は、さつきに言った。

「さっき、泳いで来たんです。泳ぐ予定なんかなかったから、水着も持ってこなくて、町で買いました。江波さんのお金を勝手に使っていいのかなって思ったけど……」

日が落ちると急激に温度が下がるから、気をつけたほうがいいと、さつきは言った。

「午前中は、ホテルのロビーで、海ばっかり見てたんです。いろんなことを考えながら」

「今夜は、訪ねていかないと思うよ」

と良介は言った。

「でも、あしたの朝はどうかな？　もし、きみに予定がないんならね」

「朝の何時ごろですか？」

「九時はどうかな」

さつきは、海岸に近いところにあるという教会の名を言い、そこの前で逢うほうがいいのではないかと、遠慮ぎみに言った。

「私のホテルの玄関までは、四十段ほどの急な階段があるんです。十時からは、別の道をのぼってくれるオートバイの運転手が来るんですけど、九時だと、自分で歩いてのぼらないと……」

じゃあ、教会の前で逢おう。良介は約束して電話を切り、ロビーに戻った。まだシャンペンもキャビアも運ばれていなかった。

「忘れ物って、何なの？」

と日出子は訊いた。その日出子の足元に、ボクサー種の犬が坐っていた。

「ここのオーナーの飼い犬なんですって」

「八ミリビデオを持って来たんだけど、充電式のバッテリーが故障してるんだ。あした、町へ行って、乾電池を買ってくるよ」

ウェイターが、シャンペンの栓を、慣れた手つきで、音を立てずにあけた。このホテルは、毎年、四月一日から十月三十一日まで営業している。従業員たちは、ホテルが閉まっている期間は、それぞれ違う場所で働くのだと、黒いちぢれ髪の、若いウェイターは言った。

「違う場所って?」

と良介は訊いた。ある者は、ナポリに出稼ぎに行くし、ある者は漁に出る。ある者は、女房の代わりに炊事や洗濯や子供の世話に精を出す。ウェイターはそう言って笑った。

「このキャビアの量を見て。コレステロール値が上がりそう」

カスピ海産のキャビアにレモンを絞りながら、日出子は言った。そして、シャンペングラスをかかげ、乾杯の仕草をした。

朱色の光が、ロビーのなかに延びてきて、水着の上にガウンを羽織った客たちが、浜辺からエレベーターで戻ってきた。みんな、これからシャワーを浴び、ゆっくりとフォーマルな服に着換えて、晩餐までの時間をすごすのであろう。

良介と日出子が、シャンペンを飲み終えたころには、ポジターノの町に明かりが灯り、漁船やヨットにも点滅灯がついて、夕日は、海を赤黒く揺らした。

「ねっ、蛇の目よ」

と日出子は、町とは反対側の、海沿いの山を指差して言った。

断崖に建つ遠くの民家に、明かりが灯り始め、それは、たしかに、見ようによっては、暗闇のなかの蛇の目に似ていた。けれども、日出子が逢いたがっている青年の家に、明かりは灯らなかった。

「誰も住んでないのかしら」

日出子は、そうつぶやき、空になったシャンペングラスを持ったまま、花々の咲くメイン・テラスに出た。

ボーイたちは、ロビーの大きなガラス窓を閉める作業を始め、ダイニング・ルームでは、ウェイターたちが、晩餐の準備のために、テーブルクロスを運んでいる。

良介も、日出子のあとから、テラスに出て、日出子が見つめるところに目をやった。

「急に温度が下がるんだなァ。セーターを持ってこようか」

と良介が言うと、日出子は、断崖に建つ民家に視線を注いだまま、

「まだ、明かりがつかない……」

と心配そうにつぶやいた。そんな日出子の手からシャンペングラスを取り、それをロビーのテーブルに戻して、良介は、自分たちの部屋に戻った。

部屋係が閉めてくれたのか、部屋とテラスのあいだのガラス戸には鍵がかかっていた。

良介は、自分と日出子のセーターを手に持ち、鍵をあけて、テラスに出た。隣の客室のテラスとは、石で積まれた低い壁があり、その気になれば、隣室のテラスも寝室ものぞき見ることができた。

右隣りの部屋から、男と女の言い争う声が聞こえた。フランス語だということしかわからなかったが、二人のあいだで飛び交う言葉が、いさかいのそれであることは、声の調子でわかった。

海のほうから吹いてくる風は静かで、百メートルほど下の渚に打ち寄せる波音が、意外なくらいに大きく聞こえた。

カヌーに乗った青年が、入江状になっている断崖の陰からやって来て、良介の眼下の海を横切り、隣接するホテルのプライベート・ビーチに降りると、カヌーを浜辺に

ひきずりあげた。

毛の長い犬が、下半身を海にひたしながら、尾を振って、その青年を迎えた。

それらは、良介の目に、見慣れた日常の光景のように映った。何もかもは、単純な美しさのなかにあった。

隣室の男女の言い争いは、いっそう烈しくなっていたが、それすらも、良介には、聞き慣れたいつもの夕暮れの儀式のように感じられたのである。

彼は、死んだ妻のことを、いっとき思い浮かべ、このホテルのメイン・テラスでセーターを待っているのが、妻であったら、どんなに幸福であろうかと思った。もし、妻が生きていたら、それを幸福とは思わないであろう。見慣れた日常の光景が、ひとつ、自分の前から消えていった……。そのひとつは、かけがえのないものだったのだ。

良介は、黄昏の海を凝視し、そんな感慨にひたり、この旅行が、無数のかけがえのないものに傷をつける発端になりはしまいかと不安になった。

自分に、そんな不安をもたらせたのは、日出子の隠し事だ。日出子の隠し事は、この俺の未来に対する凶兆だ。

辻褄の合わない、八つ当たりみたいな論法は、日出子への憎悪をかきたてたが、それでもなお、良介は、日出子に、電話の件を打ち明ける気にはならなかった。知らぬふりをしていることが、最大の仕返しであるような気がしたからだった。知らぬふりをして、日出子の体で遊んでやる。彼は、ポジターノの町のほうに顔を向けて、ほくそ笑んだ。

もしかしたら、知らぬふりをすることが、日常化するかもしれない。それが、見慣れた日常の光景と化したとしたら、いったい、誰が勝者で、誰が敗者なのだろう。

彼は、どこか虚ろな頭で、そんなことを考えながら、部屋から出て、ロビーに戻った。日出子は、テラスの、さっきと同じ場所に立ち、寒そうに、掌で肩をさすっていた。

良介がうしろからセーターを日出子の体に巻きつけてやると、日出子は微笑みながら、足元を指差した。良介は、眉根を寄せて、日出子の足に目をやった。

「そこじゃないわ」

日出子は、テラスの石のてすりの下側を指差した。そこには、二人の部屋のテラスがあった。

「びっくりしちゃった。突然、目の下に、リョウが出て来たから」

「へえ、俺たちの部屋は、ちょうど、この真下なんだな」

「私、リョウの真上に立ってたのよ」

と日出子は言い、セーターをかぶった。

「よっぽど、声をかけようかと思ったけど、なんだか真剣に海を見てたから……」

「まさか、真上から見られてるとは思わなかったな」

「海を見ながら、何を考えてたの？」

「カヌーが、浜辺に辿り着くのを見てたんだ。カヌーって、速く進むもんなんだな。ミズスマシみたいだ」

「すごく寂しそうに、物思いにひたってるって感じだったわ」

良介もセーターを着た。そして、煙草に火をつけた。

「女房のことを思いだしてたんだ」

と良介は言い、妻が息をひきとる数日前に、痩せさらばえた体で、執拗に抱いてもらいたがったことを話して聞かせた。

「腹膜に水が溜まってて、そこだけが、大きな西瓜が三つくらい詰まってるみたいに固く膨れてるんだ。死期が近いから、俺の体が役に立たなかったんじゃないんだ。女房の体が、あまりにも醜悪だったから、俺は女房を抱けなかったんだ」

「そんなことを考えてたの？」

「うん。でも、死に顔は、とてもきれいで、笑いながら寝てるみたいだったよ」

「でも、リョウは、一瞬、笑ったわ」

と日出子は言った。

「笑った？　俺が？」

「真上から見てても、はっきりわかるくらいに、たしかにリョウは笑ったわ。何て言ったらいいのかしら、そう、ほくそ笑むみたいに」

「ここからだと、そんなふうに見えたんだろう。俺は、笑ってないよ」

「無意識に、ほくそ笑んだ……。そんな笑い方に見えたわ」

「頭上から、俺を観察してたってわけかい？　学者が、地面の虫を観察するみたいに」

「顕微鏡をのぞくみたいに、観察してたの」

日出子は、そう言って、声をあげて笑った。それは、良介には嘲笑に聞こえた。

「笑ったかもしれないな。息子は、ちゃんと学校へ行ってるかな、なんてことも、ちらっと考えて、こんなところにまで来て、そんなことを心配して、どうするんだって思ったからね。毎日、留守番電話に必ず何か吹き込んどくようにって約束させたんだけど、このホテルの電話も、ダイヤル式だ」

と良介は日出子を見つめて言った。

「どうして、息子さんと直接話さないの？　直接話せるのに、わざわざ留守番電話に吹き込むなんて、そんな面倒なことをしなくてもいいのに……」

日出子は、海からの風になびく髪に手をやりながら訊いた。

「直接だと、言いにくいことでも、留守番電話だと言えるらしいんだ。親父を、けむたく思う年頃なんだろう。思い出してみると、俺も、高校生の時はそうだったよ」

良介は、そう言ってから、プッシュホン式の電話を、町まで捜しに行かねばならないと、困ったような顔で言った。

「町まで行かなきゃ駄目かしら」

「あとで、ホテルの人に訊いてみるよ」

良介は、ロビーからつづくメイン・テラスの上から、自分たちの部屋のテラスを見おろした。蔦の絡むすだれのようなものが、テラスの四分の三ほどを隠していたが、てすりのあたりは見えるので、そこに凭れて海を眺めていた自分は、上から日出子に見られる格好になったのかと思った。

その、真上から見おろす日出子の目のほうが、断崖に点在する民家の灯りよりも、はるかに蛇の目に似ていたのではないかという気がした。

「さっきの、俺の説明は充分じゃなかったよ」

日出子の肩に自分の腕をまわしてロビーへ戻って行きながら、良介は言った。

「あのとき、女房を抱けなかったのは、女房の体が醜悪だったからじゃなくて、そんな女房の心に、俺がついていけなかったからなんだ。どうして死を前にして、こんな体で、こいつは求めてるんだろう……。人間の奥深さに、俺はうろたえたんだと思うよ。だって、女房は、どっちかっていうと、夫婦のことには淡白だったからね」

日出子は、良介の言葉には、何の反応も示さず、フロント係に、国際電話をかけられるプッシュホン式の電話はないかと訊いたが、日出子の英語は、たどたどしくて、相手には理解できなかった。良介の英語も、堪能とはいえなかったが、日出子よりもわずかに上手だったので、良介は、同じ意味の質問をした。

町の入口のバス停の前に、プッシュホン式の公衆電話がある。たしか、その電話は、国際電話がかけられるはずだ。端整な顔立ちの若いフロント係はそう言った。彼だけが、制服を着ていなかった。良介は、青年の雰囲気で、おそらくオーナーの息子であろうと思い、そのことを訊いた。青年は微笑んで、そうだと答えた。

「ねェ、服を着換えてから、トランプでもやらない？」

と日出子が言った。ロビーには、背広を着てネクタイをしめた男や、カクテルドレスとまではいかないものの、それに近いお洒落な服を身につけた女が、それぞれの部屋から姿をあらわして、カクテルを飲んだり、カードをしたり、ソファに坐って、本を読んだりしていた。

日出子は、いつもより濃いめの化粧をして、先に服を着換えてロビーで待っている良介のところにやって来た。化粧映えする日出子の顔は、衿や袖を金糸の刺繍で縁取りした真紅の服によって、いっそう華やかさに満ちていた。

「きれいだな」

と良介は、思わず言った。

「この服、友だちの結婚式で一度だけ着たきりなの」

「服だけじゃなくて、日出子そのものもきれいだよ。ロビーにいる女のなかで、日出子が一番きれいだ」

「そんなことないわ。バーの近くに坐ってる人、すごく美人よ。彼女、幾つくらいかしら。二十一、二歳くらいね」

「でも、一緒にいる相手は、どう見ても、六十歳を超えてるな。あの陽の灼け方は、金がかかってるな」

やがて、その二人の周りに、数組の男女が集まり、そこだけ賑やかになった。途切れ途切れに耳に入ってくる会話で、その二人が、ヨットでアメリカからやって来た客だとわかった。

ヨットのエンジンの調子が悪いので、あした、ナポリから技術者が来るのだ。男は、女の肩をさすりながら、周りの人々に、そう言っていた。

「あの娘が、ヨットの上で裸になって、日光浴してたんだな」

と良介は言い、カード台に坐ると、トランプをきった。日出子は、友だちに教えてもらったゲームのやり方を良介に説明した。

単純なゲームだったが、何度やっても、良介は日出子に勝てなかった。

「うまい下手の問題じゃなくて、つまり、勝負強いんだな。そういうのって、持って生まれたもんなんだ。俺は、トランプでも将棋でも麻雀でも、勝負弱いんだ」

「私、将棋も強いのよ。小さいとき、父の相手をさせられたの」

しかし、ひとつだけ、自分が良介に絶対に勝てないものがあると、日出子は微笑みながら言った。

「俺に勝てないもの？　日出子に、そんなものなんてないよ」

良介は、皮肉な言葉が返ってくるのではないかと思って言った。

「私が自覚してるもののなかでは、ひとつだけあるわ。自覚してないものだったら、もっとたくさんあるかもしれない……」

「現在の経済力？　そんな皮肉は言わないでくれよ」

日出子は、かぶりを振り、カード台から、少し上半身を良介のほうに突き出すようにしながら、セックスでは、いつも自分はリョウに負けつづけているとささやいた。

日出子の目は、ささやきながら、たしかにうるんでいた。

「セックス？　セックスに、勝ち負けなんてあるの？」

「私も、そんなことは、考えたことがなかったわ。四年前には、リョウとのセックスが苦痛だったときもあるの。でも、いまは、いつも、完全に降参してる。降参して、頭が変になりそうになって、底なし沼のなかで、ぼんやりしてる」

「へえ、豚もおだてると木に登るって言い方があるけど、俺は何に登ろうか」

「おだててなんかいないわ。本当のことを言ってるんだもの」

いったい、また何を言いだすのだろう……。良介は、微笑を日出子に注いだまま、その腹の奥をさぐろうとした。性的な話題は、日出子のもっとも苦手とするところだったのに、自分のほうから口にするのは、何か魂胆があるのではないかと思ったのだった。

「だって、私、夜になると、リョウに抱いてもらいたくて、待ちきれなくなるんだもの」

と日出子は、良介を見つめたまま言った。その顔には、羞恥が見え隠れした。

「俺は、四十五歳のおっさんだぜ。毎晩なんて言われると、それだけで臆するな。でも、賞めてくれて、ありがとう」

「あら、私、賞めたのかしら」

「そういうのを、カマトトっていうんだぜ」

日出子は笑い、シャンペンがすごくいい気持に廻ってきたと言った。

ダイニング・ルームの準備が整うまで、二人は、トランプをつづけた。それから、すべてのテーブルに贅沢に花が盛られたダイニング・ルームに移った。

「ちゃんと、人が住んでるよ」

椅子に坐って、良介は、完全に夜のなかにある断崖を指差した。断崖の、一番高い場所に建つ小さな家に、明かりが灯っていたのである。

明かりは、ひとつだけだったので、それは、日出子の表現した〈蛇の目〉ではなかった。もし、いつまでも、片方の目しか光らなければ、日出子が逢いたがっている青年は、あの家にはいないということになるのかもしれない。

良介は、そう思いながら、オードブルには魚のシュリンプを選び、白ワインを、まず注文し、それから幾種類かのパスタを少量ずつと赤ワイン、それに、仔羊のあばら肉を頼んだ。

ウェイターは、海亀のスープを、ぜひ試してみるようにと声をひそめて勧めた。海亀は、公けには食してならないことになっているが、今夜は、あるところから内緒で手に入れたのだとのことだった。

「最高においしいスープですよ」

とウェイターは言った。

「じゃあ、それも頼もう」

月光が、海に長い光を落としていた。その光の筋は、どこか疲弊した精力の残骸みたいに見えたので、

「俺も、あと二、三年で、あんなふうになるよ」

と言いながら、白ワインの入っているグラスをかかげた。日出子は、海に映る月光に目をやって、

「あんなふうに、穏やかになるってこと？」

と訊いた。

良介は、それには答えず、

「俺には、到底、兄貴の真似はできないな」

と言った。日出子も、それには、何の反応も示さず、

「私、やっぱり、死んだ奥さまの話は、もうしてほしくないわ」

と言った。

あの家には、あすの夕刻、訪ねて行く。そのときは一緒に行ってくれ。日出子が、そう言って、暗い断崖を見やったとき、家の明かりが、もうひとつ灯った。

「闇のなかの、蛇の目になったね」

「左の部屋が、彼の部屋なの。昔は、その奥に、おじいさんの寝室があったけど、あのころ八十歳くらいだったから、いくらなんでも、もう、おじいさんはいないわよね」

食事を終えて、部屋に戻ったのは、十時過ぎだった。パジャマに着換え、ベッドに横になっているうちに、良介はまどろんだ。日出子が、バスタブの湯で体を洗っている音が、どこか遠くから途切れ途切れに聞こえた。

やがて、湿り気を帯びた、風呂あがりの熱い裸体がのしかかってきて、良介のパジャマのボタンを外した。

翌朝、夜明け近くに目を醒まし、毛布をはだけて眠っている日出子の乳房を夢うつつでまさぐり、日出子も同じように良介のものを握ってきて、また眠りに落ち、再び、夢うつつに同じことをして、また眠った。

その次に目を醒ましたとき、濃い緑色の木の扉から洩れてくる光の強さに驚き、良介は、サイド・テーブルに置いてある腕時計を見た。

ひょっとして、さつきとの待ち合わせの時間を過ぎたのではと慌てたが、まだ七時半であった。

「いま何時?」

寝返りを打ちながら、日出子が訊いた。

「七時半。真夏みたいな太陽だよ」

「じゃあ、きょうは泳げるわね」

良介は、バスローブを着て、光をさえぎるための扉をあけ、それからガラス戸をあけて、テラスに出た。すでに、小さな漁船は、あらかた出航してしまい、何艘かのヨットの周りで泳いでいる人たちの姿が見えた。

眩しそうに、毛布を頭からかぶって、日出子は、また、まどろんでいる様子だったので、良介は、ブラインドを降ろし、シャワーを浴びた。

「ねェ、腹は空いてないか？　朝食は七時から十時半までだぜ」

「朝ごはんなんて、まだ食べられない。私、もっと寝てる」

「じゃあ、俺、先に食べるよ。食べたら、町へ行ってくるよ。留守番電話の、息子のメッセージを聴かなきゃいけない」

日出子は、毛布をかぶったまま、首を縦に振り、腕だけ突き出すと、それを良介に向かって振った。

「私は、勝手に泳いでるわ」

良介は、服を着て、部屋から出ると、ロビーで、しばらく時間をつぶしてから、ホテルの玄関へのエレベーターに乗った。

来たときは気づかなかったのだが、階段から門へとつづく花と樹々に囲まれた場所に、礼拝堂のようなものがあり、ステンドグラス越しに、十字架にかけられたキリストの像が見えた。

あるいは、このホテルは、かつて僧院か教会だったのかもしれないと思いながら、門を出て町へ歩きだすと、オーナーの息子が、どこへ行くのかと訊いた。

「町まで」

「歩きたいんですか？」

「タクシーがないからね」

客を町まで送り迎えするホテル専用の車があると言い、青年は、オープンカーに改造した水色のフィアットのエンジンをかけた。

良介は、客のために、おもちゃに改造したフィアットのオープンカーに、落ち着かなく大きく揺られつづけた。

おもちゃに作り変えられた、座席が籐で編まれた車で、さっきとの約束の場所に行きながら、まるで清潔以外の魅力は何物も持ちあわせていないような、けれども、やはり、美しいというしかない青年に話しかけた。

「きみは、とっても、清潔だね。そんなふうに見えるよ」

「あなたは、もっと、私よりも、清潔のように見えますよ」

青年は、慣れた手つきで、ギア・チェンジを、忙しく作動させながら、曲がりくねった海沿いの道を、町に向かって、おもちゃみたいな車のエンジンの音を大きくさせた。

良介は、ホテルからポジターノの町への道のりが、思いのほか険難であることを、断崖と海を左右に交互に見ているうちにわかってきた。

良介は、フィアットを改造した、目立ちすぎる車に乗っていると、自分が、ホテルのために道化を演じてやっているような気になったが、さつきの指定した教会の場所を青年に訊いた。

　ポジターノの町の急な坂道は、下ればすべて海へとつながる。教会は、ポジターノの浜辺の近くなので、すぐにわかる。青年は、そう教え、町の入口にあたるバス停のところで車を停め、公衆電話ボックスを指差して、

「帰るときは、ホテルに電話をかけて下さい。誰かが、ここまで迎えに来ます」

と言って、来た道を戻っていった。

　観光客とおぼしき人々が、海を見ながら、バスを待っていた。良介は、みやげ物屋が並ぶ坂道を下り、海のほうへと曲がっている日の当たらない、急な坂道を、教会を捜して歩いていった。

　坂道の途中に、店をあけたばかりの惣菜屋があり、小さな蛸を酢とオリーブ油であえたものや、パイ皮でマグロの身を包んだものや、幾種類かのリゾットやサラダが、ガラスケースのなかで並んでいた。

　良介は、もし、さつきがまだ朝食をとっていなかったら、どこかのレストランに入るよりも、この惣菜屋で何かを買って、それを浜辺で食べたいと思った。

　建物と、長い壁に挟まれた路地の頭上は、すだれで覆われて、太陽の光をさえぎっ

ていた。

坂道が終わるところに、階段があった。良介は、そこで立ち停まり、周囲を見渡した。その階段は、教会と町の最も低いところとをつないでいて、教会の入口へは、別の階段をのぼるのだった。さつきは、まだ来ていなかった。

良介は、教会への階段の中途に腰を降ろし、さつきを待った。

ローマの夜ふけのスペイン広場で、婚約者を待っていたさつきの姿が心に浮かんだ。そして、石の階段というのは、人を待つのに適しているなと思った。

日本には、そのような階段はない。日本に彫刻の文化がなかったように、人々を集わせる階段というものもない。それは、木の文化と石の文化との違いなのかもしれない……。

そんな、とりとめのないことを考え、おそらく、浜辺へとつづく坂道が無数にあるのであろうと思いながらも、良介は、惣菜屋の軒先ばかり見つめた。

けれども、さつきは、浜辺のほうから、ふいにあらわれ、良介を見て、いっとき立ち停まってから、階段をのぼってきた。

木内さつきは、大きな青い魚が胸のところに描かれたTシャツと、青いコットンパンツ、そして、素足にスニーカーという服装で、ある瞬間はよそよそしく、ある瞬間

は歓びをたたえ、ある瞬間はそのどちらをも消そうとする険しさを表情に閃めかせて、

「また先に来て、人を待つのはいやだなと思って、あそこに隠れて、江波さんが来るのを待ってたんです」

と言った。

「あそこって？」

と良介は、階段に坐ったまま訊いた。さつきは、うしろを振り返り、小さなレストランを指差した。

「じゃあ、あの店で何か食べたの？」

「いいえ。ミネラルウォーターを飲んでました」

「朝食は？」

「まだです。ホテルで、カプチーノだけを飲んできました」

「ぼくは、きみを、さつきって呼んでいいかな」

「はい、そう呼んで下さい」

さつきは、良介と並んで、石の階段に腰を降ろした。

「元気そうだよ。顔色が、すごくいいし、全身が、いきいきしてるよ」

「だって、こんなにいいお天気で、海がこんなにきれいで、朝の六時に、ホテルのご主人の信じられないくらい上手な歌で目を醒ましたんですもの」

「朝の六時に、歌いながら、さつきを起こしに来たのかい？」

「廊下で歌ってるんですけど、すごい声量なんです」

「よく眠れる？」

と良介は訊いた。

「おとといの夜は、眠れませんでした。でもきのうは眠れました。ああ、それから、きのうの夜、国際電話をかけて、母と十五分ほど話しました。ほんとは、国際電話をかけてもいいかどうかを江波さんに訊いてからにしなきゃいけないんですけど……」

最近の二十歳過ぎの娘にしては律儀だなと思い、

「そんなこと、いいよ。自由に、好きなようにしたらいいんだ」

と江波は言った。

「きょうは、ホテルで一日、ゆっくりしています。何にも考えないで、町と海を見おろしてます」

そして、さつきは、あした、ポンペイの遺跡を見学してきてもいいかと訊いた。

バスでソレントの町まで行き、そこから電車に乗り換えて、ポンペイ駅で降りるつもりだと、さつきは言った。

「溶岩に埋まって死んだ人の形を復元してあるんですって。どうやって復元したと思います？　だって、溶岩とか、熱い火山灰に埋まって、二千年以上もたつんだから、骨のかけらくらいは残ってても、人間の痕跡なんて、ほとんどないんですもの」

復元というのが、いかなる状態をさしているのか良介にはわからなかった。良介は、笑顔をさつきに注いでいると、

「溶岩や火山灰がつもってるところに、たくさん穴を掘って、そこから石膏を流し込むんです。そしたら、いろんな形の空洞にそれが溜まるでしょう。その空洞の形に固まった石膏を掘り出したら、人間の形のものも幾つかあったんです」

さつきは、照れ臭そうに笑い、

「ガイドブックに、そう書いてあったんです。私、その人間の形をした石膏の固まりを写真に撮って、あの人に送ろうって決めました。これは、あなただ。写真の裏に、そう書いて、私、必ず、あの人に送るんです」

と言った。

「きのう、彼から、私の母に電話があったそうなんです。うっかりして、さつきさんの財布を持って帰って来た、彼女は一文無しで、どうしてるんだろうって。母は、あ

きれて、腹も立たなかったって言ってました」

そう言ってから、さつきは、良介の笑顔を不思議そうに見やり、

「何がおかしいんですか？」

と訊いた。

「そんな写真を自分で撮りに行って、写真の裏に、これはあなただなんて書いて送ろうって決めたのは、何もかも、ふっきれたからかな。〈これはあなただ〉の次に、〈もぬけの殻だ〉って書いてやったらいいよ」

良介は、そう言ってから、あの惣菜屋で何か買って、浜辺で朝食をとらないかと提案した。さつきは賛成し、

「私、買って来ます。江波さんに、嫌いなものはありますか？」

「肉の脂身だけは苦手だな。あとは、たいてい食べられるよ」

「ミネラルウォーターは？」

「でかい壜を二本。ノン・ガスのやつを」

素足に革のサンダルを履いた中年の男が、二匹の犬を散歩させながら、階段を降りて来た。そのあとから、三十五、六歳の女が、ソフトクリームを舐めながらついて来た。女は、自分のカメラを良介に渡し、自分たちを写してくれと頼んだ。

海を背景に、良介は、二人をカメラで撮ろうとすると、女のほうが、犬も一緒に写してくれと言った。

男が、二匹の犬を呼んだ。よくしつけられたラブラドール犬は、そうすることが決められているかのように、片方は男の左側に、片方は女の右側に坐った。

良介が、写真を撮り終えると、二人はきさくに礼を述べ、良介に、

「ポジターノへは、お仕事ですか？」

と訊いた。日本人は、仕事でしか外国へこないと思ってるのかな……。良介は、苦笑し、

「こんなところで、日本人は何を売ると思います？」

と訊いた。

「日本人は、何でも売る。ひょっとしたら、この海を買って、それを十倍の値段で売るかもしれませんからね」

男は、悪意のない笑顔で言った。すると、女も、

「アフリカの砂漠で傘を売った日本人の話は有名よ」

と言って笑った。

「私は、遊びに来たんです。あなたがたは？」

良介がそう訊くと、男が、自分たちはカリフォルニアからハネムーンで、ポジターノへ来て、あさって、シシリーへ行くのだと答えた。

「ハネムーン？　それは、おめでとうございます。二匹の犬も一緒に？」

そのときになって、やっと、良介は、男がなぜ濃いサングラスをかけているのかに気づいた。男は目が見えなかったのだが、動作に不自由さを感じさせるところがなかったので、良介にはわからなかったのだった。二匹の犬は、盲導犬だった。

「私もハネムーンです」

冗談のつもりで、惣菜屋から戻って来たさつきの肩に腕を廻すと、女のほうが、一瞬、怪訝な表情をして、曖昧に微笑んだ。さつきは、当惑顔で、二人のアメリカ人に、親しそうに片手をあげた。かなり年齢の離れた新婚夫婦とさつきとは、同じホテルに泊まっていたのだった。

さつきに、そのことを教えられて、良介は、まずい冗談を言ったなと後悔したが、そのまま手を振って、さつきと一緒に階段を降り、ビーチ・パラソルの並ぶ砂浜へ歩いた。

「まずかったたな。ハネムーンに来てるのに、花婿と花嫁は、同じホテルに泊まってないなんて、いったい、どういうハネムーンなんだろうと思っただろうね」

と良介は言った。

「私、誰とハネムーンに来ても、ひとりぼっちにされちゃうんですね」

さつきは、おかしそうに笑い、惣菜屋で買った食べ物を袋から出して、砂浜に並べた。

「これは、たぶん、スズキの一種だと思うんです。それを焼いて、一晩、オリーブ油につけ込んだんだと思います。それから、これは、朝鮮アザミとポテトのサラダ、それから、焼きたてのパン。焼きたてだって、お店のご主人が言ってました」

「うまそうだな。唾が出てきたよ」

良介は、魚とサラダをプラスチックの皿に盛ってくれているさつきが、ふいに、おとなびた、上品な主婦のような風情を湧きあがらせたことに驚きながら言った。

さつきは、映画や芝居を制作するプロダクションに勤めているのだと言った。

「帰ったら、すぐに札幌に行かなきゃいけないんです。札幌で五日間、お芝居の公演があるから……」

まだ駆けだしで、させてもらえる仕事といっても、雑用ばかりだが、いつか、一本の映画や、芝居の公演をプロデュースできるようになりたいと、さつきは言った。

「雑用って、たとえば、どんなこと？」

「役者さんやスタッフの人たちの泊まるところの手配だとか、お弁当の手配だとか……。でも、たったそんなことでも、へまばっかりしてます」

さつきの口からは、三、四人の有名な役者の名が出た。ブロードウェイでヒットした舞台劇を、日本人が初めて手がけるのだが、東京公演は七割ほどしか客が入らなかった。札幌公演が、それと同じ数字だったら、会社は大損するかもしれない。

そう言ってから、

「江波さんは、お芝居は、よくご覧になりますか？」

と訊いた。

「映画は好きだけど、舞台は、ほとんど観ないな。女房が生きてたとき、一度、ミュージカルを観に行ったけど、あんまり面白いとは思わなかったね」

うっかり、女房が生きてたときと言ってしまったので、それについて、さつきが何かを質問してくるかと思ったが、さつきは何も問いかけてこなかった。

五、六歳の男の子が、真っ裸で走り廻っていた。それを小さな犬が追いかけて遊んでいる。こわれたボートの横で、若い男と女が、腕をお互いの体に絡めて、何かささやき合っていた。ときおり、風がその女のスカートをめくりあげたが、女は気にもしていなかった。

「あれくらい、堂々と、あけっぴろげに、いちゃいちゃされると、見てるほうも気恥かしくなくて、なんだか、ほほえましいもんだね」

良介は、スカートが腰の上にまでめくりあがって、小さな薄い下着や大腿部を太陽に照らしている女を見やって言った。

さつきは、微笑みながら、

「私は、見るのは、気恥かしいですわ」

と言い、最近観た何本かの映画の話を始めた。そのどれも、良介は観ていなかったので、それぞれのあらすじを説明してくれと頼んだ。

この二、三年に観た映画の、さつきにおけるベスト5を、さつきは、簡略に、しかし、じつに臨場感を伝えながら、熱を帯びた口調で語った。アメリカ映画が二本、イタリア映画が二本、フランス映画が一本だった。

「でも、みんな、男と女のことばっかりなんです。男と女のことしか、世の中にはないんだろうかって、きのうの夜、この浜辺を散歩しながら考えました」

「映画だけじゃないよ。文学だって、名作の大半は，男と女のことだね。どうしてなのかな……。どうして、恋ってものから、人間は自由になれないのかな。大昔も、いまも、恋はいつも新しいってことかな。それとも、人間てやつは、まったく進歩も成長もしないのかな。生涯、恋をしなかったって人間がいたら面白いだろうな」

「あっ、そんな人を主人公にした映画をつくったら、面白いでしょうね」

自分は、シナリオの勉強もしているので、いつか、そんな映画のシナリオを書いてみたいと、さつきは、新しい課題に挑戦するかのように言った。

さつきは、良介について、まったく何も質問してこなかった。良介も、自分のほうからは、いっさい、さつきのことを訊かなかった。

けれども、さつきとの会話によって、良介は、さつきが父を大学生になった年に亡くしたことや、弟がひとりいて、亮一と同じ高校一年生であることを知った。

「ぼくにも、さつきの弟さんと同じ歳の息子がいるよ」

と良介は、浜辺に寝そべって言った。

「そろそろ、電話をかけてみなけりゃいけないな。旅行に出る前、息子に、えらそうな手紙を書いて残してきたけど、親父は、このざまだ。心の師とはなるとも、心を師とせざれ、なんて、よくもえらそうに言えたもんだ」

さつきは、その言葉を書いてくれと言って、手帳とボールペンを出した。

良介は、――心の師とはなるとも、心を師とせざれ――と書きながら、あのローマの夜に、日出子の、思いもかけなかった秘密事を知ることがなければ、スペイン広場の階段に坐っている女を気にもかけなかったであろうと思った。

風変わりな日本人の若い女がいるなといった程度にしか思わなかったに違いない。その若い女が、いま、ポジターノの浜辺で、俺と一緒に寝そべっている……。俺は、自分の心を師として、一寸先は闇みたいな日々を、なりゆきまかせに生きている……。日出子は、もう起きただろうか。起きて、水着に着換えて、断崖の下の、プライベート・ビーチへ行っただろうか……。

「女って、こういう格言とか箴言に心をうたれることって少ないんです」

とさつきは言った。

「二十二歳のくせに、女のすべてがわかってるみたいな言い方ですけど、たぶん、女って、そういうもんだろうなって思うんです」

そういえば、古今東西、女性の遺した箴言の類は少ないような気がして、

「女性には、言葉よりも、もっと強いものが必要なんだろうな」

と良介は言った。

「女って、たとえば、何か失敗したとか、自分のやったことが間違ってるって気がついても、絶対にそれを口に出して認めたがらないんですって。ひとこと、心を込めて、素直に謝れば、その場で解決してしまうのに、自分の間違いを、ちゃんと認めよ

うとしない……。そして、そういう特質は、歳を経るごとに強くなる……。これは、母のお友だちが、私に言った言葉なんです。女が、自分の失敗や間違いを認めて、素直に謝れるようになるには、よほどの社会的訓練とか苦労とかを経験するか、それとも五十歳の後半くらいになるしかないって……」

良介は、さつきと話をしていることが、ここちよかった。

「どんなに歳だけとっても、駄目な女は駄目だけどって、その人は言ってましたけど……。だって、いまの私の上司は、持病が胃潰瘍なんです。胃が痛いと、私に当たりちらすんです。でも、冷静に考えてみたら、やっぱり、私が、叱られることを結果的にやってしまってるんです。でも、すぐには、すみませんて言えなくて……。仕方がないですよね、私、ことし、大学を卒業して、社会人になって、まだ六ヵ月なんですもの」

さつきは、婚約者に置いてけぼりにされたのは、自分にも悪いところがあったのだと思うと言った。

「カミュの〈異邦人〉に、こんな言葉があるよ。——人は多かれ少なかれ、過ちを犯すものだ——。ぼくなんか、過ちばっかりだ。そんな気がするよ」

良介は、熱い砂のなかに、自分の手首から先を埋めながら、

「さつきに、どんな落度があろうと、一文無しのまま、ローマに置いてけぼりにして、自分だけ、さっさと日本へ帰っちまうなんて、普通の神経じゃないよ」

「でも、彼は、自分の旅行鞄に、私の財布が入ってるなんて気がつかなかったんです。わざと、一文無しにして、置いてけぼりにしたんじゃないから……」

「あれ？　彼を許しかけてるの？」

良介は、上半身を起こし、ひやかすように、さつきに微笑みかけた。

「許しません。私と彼とは、もう終わったんです。ただ、私は、私にも悪いところがあったとしたら、それは何だろうって考えて、反省しようと思ったんです」

「さつきは、すてきだね」

良介は、本当にそう思ったのだった。二十二歳の女性にしては、内省的過ぎる気もしたが、異国の広場の階段で、一文無しのまま、婚約者を待ちつづけた長い時間は、さつきを否応なく、内省的にならざるを得なくさせたのかもしれないと、良介は思った。

「東京へ帰っても、また、ときどき逢って、食事でもしようか」

と良介は言った。

「はい。札幌にお越しになれるんだったら、お芝居のチケットを送ります」

「暇な身だから、札幌まで芝居を観に行くよ」

浜辺で絡み合っている男と女が顔をあげた。その二人と目と目が合ったので、良介は、両手の指を丸めて、それを自分の両目にあてがい、双眼鏡でのぞいている仕草をした。

二人は、笑いながら、おどけて、さらに熱っぽく絡み合ってから、立ちあがり、良介に手を振ると、町のほうへ戻って行った。

「ぼくたちも、そろそろ行こうか」

良介が言うと、さつきは、うなずき返し、プラスチックの皿やフォークを紙袋にしまった。

さつきは、スポーツ用品店の前で立ち停まり、水着を買ってもいいかと訊いた。

「ホテルで売ってる水着は、すごく型が古くて……」

「いいよ。ぼくはここで待ってるよ」

さつきが、水着を選んでいるあいだ、良介は、木陰で絵を描いている南米系の顔立ちの女のところへ行き、おそろしく下手くそな風景画を見ていた。

水着を買って、店から出て来たさつきは、教会の階段の手前で、妙に恥かしそうな微笑を向け、

「私は、こっちの道から帰ります」

と言って、小さなレストランの横にある坂道を指さした。

良介は、なぜ、さつきが恥かしそうにしているのかわからなかったが、

「じゃあ、ぼくは、教会のほうから帰るよ」

と言った。
五、六段、階段をのぼったところで振り返ると、もう、さつきの姿はなかった。
良介は、バス停の前にある公衆電話ボックスから、ホテルに電話をかけて、迎えの車を頼んだ。五分ほどして、さっきの水色のフィアットがやって来たが、運転しているのは、ポーターのひとりで、オーナーの息子ではなかった。

「チャーミングな車だね」

良介が言うと、中年のポーターは、

「私は、この車を運転するのが恥かしくて……」

と言って笑った。

「息子が、この車に乗りたがって、一時間でいいから借りてくれって言うんですけど、ホテルの大事な商売用ですからね」

「息子さんは幾つ？」

「二十歳です。ナポリの、コンピューターの学校に行ってます」

「この水色のオープンカーに乗せてもらいたがる若い娘は多いだろうな」

「つまり、それを狙ってるんですな、うちの息子も」

良介は、ホテルに帰ると、フロントで自分の部屋番号を言った。部屋の鍵があれば、日出子は、泳ぎに行ったことになる。

鍵を受け取り、部屋に戻ると、良介は、四年前に、日出子と逢ったあと、妻の待つ家に帰ったときと同じ落ち着きのなさや、うしろめたさを感じて、椅子に坐って煙草を吸った。

それから、溜息をつき、緩慢な動作で水着に着換え、Tシャツを着て、ゴムのサンダルを履いた。

バーの横のエレベーターのところから、プライベート・ビーチとテニスコートが見えた。海面に、あおむけになって浮かんでいる女の、赤い花と青い花の柄の水着が、小さな点のようではあったが、ちゃんと識別できた。

良介は、海面に浮かんでいる日出子に手を振った。だが、日出子は気づかなかった。

エレベーターは、巨大な岩山に掘られた穴のなかをゆっくりと下った。エレベーターの扉があくと、渚に向かって洞窟がつづき、そこだけ、秋の終わりのような風が吹いていた。

洞窟とプライベート・ビーチとの境い目あたりに、大きな鳥籠が吊り下げられ、オームが二羽、濁った鳴き声をあげた。

ビーチ係が、三人、売店のなかにいて、良介を見ると、慣れた手つきで、マットを敷いた寝椅子の上に、バスタオルを置いた。

良介は、日出子のTシャツが置いてある寝椅子の隣に、自分の場所が作られたのを見て、ビーチ係の機転に驚き、

「どうして、ぼくが、彼女の隣に来るってわかったの？」

と訊いた。ビーチ係のひとりは、自分の頭に人差し指を突きつけ、

「日本人の客は、あなたたちだけですから」

と言った。

プライベート・ビーチで、泳いだり日光浴をしている客は十人ほどだった。日出子が、海面で手を振っていたので、良介も応じ返し、寝椅子にあお向けになった。

「泳がないの？」

と日出子が叫んだ。

「泳げないんだ」

良介も、大声で言った。

「まるっきりのカナヅチなの？」

「平泳ぎで三十メートルが限界なんだ」

「私が、傍についててあげるわ」

「いやだね。海は怖いんだ。子供のとき、溺れかけて、それ以来、腰より深いところには、絶対行かないことにしたんだ」

「海のなかにいるほうが、あったかくて、気持いいわよ」

「いくら気持よくても、怖いのは、いやだな」

「カナヅチおじさん、いらっしゃいよ」

日出子は、笑いながら、断崖と海面とをつないでいる石の階段のところまで、クロールで泳いでくると、海からあがり、売店の横にあるシャワーを浴びてから、良介の隣の寝椅子に横たわった。

良介は、タオルで、日出子の体を拭いてやりながら、

「さすがは、海辺で育っただけあるね。こんなに泳ぎが上手だとは知らなかったよ」

と言った。

太陽の光は強かったが、風は、やはり、秋が近いことを示していた。

「公衆電話で、留守番電話に吹き込んであるメッセージは聴けた？」

「クレジットカードが使えないんだ。小銭がなかったから、かけなかった」

と良介は嘘をついた。

ポジターノにいるあいだ、はたして日出子は、市川という男の留守番電話を聴きに行くだろうか。パリにいるという嘘を通すために、ポジターノから、いかなるメッセージを吹き込むのだろう。

良介は、二度と聴くまいと決めていた留守番電話の中味を、また聴いてみたくなり、それと同時に、自分でも異常だと感じるほどの嫉妬心に包まれた。市川という男に、江波良介の存在を教えてやりたい衝動も湧きあがった。

そのことによって、自分と日出子とは終わるだろうが、日出子と市川との関係も終わらせてやる。この、ふたまたをかけて平然とポジターノの海で日光浴を楽しんでいる淫乱め。お前は、嘘がばれて、さっさとひとりで日本へ帰ればいいさ。俺は、さっきと、心のやすらぐ時間をすごすさ……。

日光浴をしている者たちの何人かは、あきらかに推理小説とわかる本を読んでいた。良介は、自分の旅行鞄に、一冊の本を入れてきたことを思い出した。二年ほど前に買ったまま、ゆっくりと読む機会のなかったフランス人の作家が書いた小説だった。

本でも読んでいなければ、嫉妬や怒りが、ふいに爆発してしまいそうな気がしたのである。

良介は、自分も本を取ってくると言って、身を起こした。

「こんなところで日光浴をして、のんびり本を読むってのは、最高だろうな」

「そうね。カナヅチおじさんは、本でも読んでるしかないわね」

幾分、不満そうに、日出子は言った。

良介が、本を持って帰ってくると、日出子は、またひとりで泳いでいた。かなり沖合まで行き、そこでブイにつかまっているらしかった。

エンジン付きの小船に乗った青年が、ビーチの近くで、小船をゆっくりと旋回させていた。日光浴をしていた若い男女が、その青年に話しかけた。商談が成立して、小船は、岸壁に近づき、その若い男女を乗せると、海上を南のほうへと遠ざかっていった。

ビーチ係に、ミネラルウォーターを註文し、

「あの船は、どこまで連れてってくれるんだい？」

と良介は訊いた。

「いまの二人は、アマルフィーまで行ったみたいですね。頼めば、どこへでも行ってくれますよ。料金は、距離じゃなく時間制なんです」

とビーチ係は言った。

「じゃあ、俺も、いつか、あの船に乗って、どこかへ行ってみたいね」

と良介は、ビーチ係に言ってから、自嘲的な笑みを、みずから作り、

「でも、それは、時間じゃなく、距離で支払いだよ」

と言った。

ビーチ係は、しばらく、何か考えてから、まるで間髪を入れずに反応したかのように、

「距離で払うんですか？　距離を、どうやって、お金に換算するんですか？」

と笑いながら、去って行き、ミネラルウォーターを持って、帰って来ると、

「距離……。私は、いま、距離について、ずいぶん考えてきたんです」

と言った。

「へえ、何を考えたの。結論は、どう出たの？」

と良介は、どうにもこうにも解決のつかない問題に踏み込んだ遊び人みたいな顔

を、再び作って訊いた。

「距離……。つまり、いろんな距離について考えてみたんですよ」

と逞しい体のビーチ係は、いかにも本気で、客の相手をしているようにして言った。

「たぶん、ミスター・エナミ。マダム・ヒデコとの距離をおっしゃってるとしたら……」

そこで、ビーチ係は、言葉を区切り、一呼吸おいてから言った。

「失礼しました。おもしろい問題を提起されたので、私は、私のことに引き寄せただけなんです」

「いや、ぼくも、抽象的なことで、恋について考えてただけなんだ」

「お互い、何のゲームをしたんでしょうね」

「泳ぎのうまい女っていう、カードのゲームを、あしたまでに考えないか？」

「いいですね。私も、今晩、仕事を終えたら、考えてみましょう」

「ぼくも、考えるよ」

「ほんとに、考えます？」

「ああ、あした、ここで、〈泳ぎのうまい女〉っていうカードゲームを、お互い披露して、どっちのゲームが、おもしろいかを比べようよ」

良介は、遠くの海で、ブイにつかまって、もうそれが、顔なのか、全身なのか、わからなくなってしまっている日出子を、ぼんやりと見つめた。ビーチ係も、良介の視線を追って、日出子を見やった。

「好きなんでしょう？」

とビーチ係は訊いた。

「わからなくなってんだ」

「なんだ、そんなゲームだったんですか？　それじゃあ、子供の遊びだ」

ビーチ係は、そう言って、良介の肩を叩いた。

良介は、ビーチ係が皮肉を言っているのでもなければ、小馬鹿にしているのでもないことがわかっていた。それで、

「そうだね。まったく、子供の遊びだよ」

と笑顔で言った。

いずれにしても、〈泳ぎのうまい女〉というカードのゲームを考案する約束をして、良介は、サングラスをかけると、寝椅子にうつ伏せて、小説を読んだ。

日出子が、そろそろ、部屋へ戻ろうと促したのは、三時過ぎで、シャワーで体を温

め、断崖の一番上に建つ小さな家をめざして、ホテルを出たのは、四時半に近かった。

「歩くと、結構、時間がかかりそうだな」

ホテルの門のところから、断崖の家を見つめて、良介は言った。日出子は、朝顔とも夕顔ともつかない花々に見入って、

「これ、一日中、咲いてる……。でも、どう見ても、朝顔か夕顔よね」

「夜中も咲いてるから、昼顔とも言えないな」

「いったい、何て花なのかしら」

良介は、しばらく考えて、

「顔だな」

と言った。

「顔?」

「そう、朝顔でも夕顔でもないから、ただの顔。これから、そう呼ぼう」

日出子は笑い、Tシャツの上に丸首のセーターを着ると、日本から持って来たおみやげを大事そうに持って、海に沿って曲がりくねっている長い坂道を歩きだした。

「名前は、パオロっていうの」

「元気でいるといいね」

「パオロ・ガブリーニ。急に手紙がこなくなったから、私、もし、彼が亡くなっててても、絶対に泣かないでおこうって思ったんだけど、やっぱり、泣いちゃいそう」

「俺は、そのパオロは、生きてるような気がするよ」

日出子の肩を抱いて歩きながら、良介は言った。

「リョウのお陰ね」

「何が？」

「またポジターノに来ることができて、パオロの家を、こうやって訪ねて行けるのは」

日出子は、自分の腕を良介の腰に巻きつけた。

「パオロを、バチカンのシスティーナ礼拝堂につれて行ってあげられたら、私は、夢みたいな約束を、本当に果たすことができるんだもの」

「俺は、パオロって男の子は、ちゃんと生きてて、十九歳の青年になってるって気がしてきたよ。一足ごとに、その確信は強くなっていくって感じだね」

良介は、息を弾ませながら、日出子にそう言うと、仕事を終えて港へ帰ろうとしている小型の漁船を見やった。

背後に、自分たちの泊まっているホテルのテラスやダイニング・ルームが見え、そのもっと向こうに、ポジターノの町の全景がひろがっていた。

ふいに、日出子は歩を停め、

「私、あの家に行くの、きょうはやめる」

と言った。

「どうして？」

「なんだか、怖くなってきたの。パオロが死んじゃってて、私が逢いに来たことで、彼の両親が哀しんだりしたら……」

「パオロは生きてるよ。そんなこと、あしたに延ばしても、あさってに延ばしても、意味がない。きっと、生きてるよ。賭けようか？」

「どうして、リョウには、そんな確信があるの？」

「勘てものに、理由なんてないよ。俺は、パオロが絶対に生きてて、十九歳になってるっていう勘がするんだ」

「リョウの勘は、いつも当たる？」

なんだか、泣きだしそうな表情で、日出子は、良介の腰に巻きつけている自分の左腕の力を強めた。

これまで、自分の勘は当たってきただろうか？　そう考えた瞬間、良介は、日出子と市川という男との関係についての憶測は、たんなる憶測であって、勘ではないのだと気づいた。

憶測と勘とが、どう違うのかを、まとまらない頭で考えながら、

「勘は、いいほうだよ」

と良介は言った。

「賭けようよ」

「いやよ。こんなことで賭けたりするのは」

「パオロが生きてたら、俺の、日出子に対するあらゆる質問に、断じて正直に答えてくれよ」

日出子は、怪訝な面持で、わずかに目を細めて、良介を見つめた。

「俺が負けたら……」

そう言ってから、良介は自分の腕に力を込め、日出子の肩を抱いて、無理矢理、歩きだした。

「俺が負けたら、来年の夏、またポジターノに来よう。約束するよ」

日出子は、曲がりくねった、長くゆるやかな坂道をのぼって行きながら、

「私に対するあらゆる質問て、何なの？」

と訊いた。

「パオロに逢えるか逢えないか、まだわからないんだ。いまの日出子のご質問には、賭けの勝負がついてから答えるよ」

ずいぶん歩いた気がしたが、パオロの家への道のりは、やっと半分が過ぎた程度だった。いぶかしそうに、どことなく不安そうにしながらも、日出子の心は、断崖の家に再び注がれたらしく、それきり、何も話しかけてこなかった。

やっと、その家の真下に辿り着いて、良介と日出子は、オリーブとレモンの巨木とに挟まれた急勾配な土と石の道を見上げた。

「この道だったと思うんだけど……」

とつぶやいて、日出子は、ガブリーニ家への、ほとんど山道と呼んでもいい、ジグザグの道の入口で、断崖を見やった。

そこからは、樹木にさえぎられて、家は見えなかったが、道には、人間の靴の跡があった。

良介は、日出子の背を押した。それでも、ふんぎりのつかない日出子の手を引っ張ると、良介は、急勾配の道をのぼり始めた。

オリーブの巨木の下に、古い籐製の椅子がひとつ置かれてあり、その上に、のこぎりや針金やペンチが載せられていた。

さらにのぼると、道は左に折れ、レモンの巨木で海は見えなくなった。落ちて腐りかけたレモンの果実が、山道に散らばっている。

良介と日出子は、ガブリーニ家の、玄関の下にある鶏小屋のところに辿り着くまでに、四回、歩を停めて荒い息を整えなければならなかった。

鶏小屋の横に、物置小屋があり、その上にガブリーニ家の住居はあった。小さな木のテラスに、洗濯物が干してあった。枕カバーと思われるものが二つ、男物の靴下が四足、ハンカチが三枚だった。

「誰もいないのかな」

良介は、鶏小屋の横の急な石段のところから、家の窓を見つめて言った。窓は、あけたままになっていた。

「ボンジョルノ」

と日出子は、窓に向かって言った。良介が、さらに大きな声で、同じ言葉を口にしかけたとき、物置小屋の戸があいて、良介とおない歳くらいの、ともに血色のいい夫婦が、出て来た。

「パオロのお父さんとお母さんよ」

と日出子は言い、二人に挨拶をした。

妻は、干したタマネギを持ち、夫のほうは、大きな生ハムのかたまりを持っていた。夫婦は、しばらく、良介と日出子を見てから、ほとんど同時に、大きく両腕をかかげた。夫婦の手から、持っていたものが空中に投げあげられたように見えた。

日出子が、自分が何者であるかを説明する前に、パオロの両親は、日出子のことを思いだしたのである。

まるで、全身がすべて笑顔であるかのような二人にキスされ、抱擁されてから、日出子は、

「パオロは、お元気ですか？」

と日本語で言った。パオロという自分たちの息子の名を耳にして、夫のほうが、腕時計を指差した。夫妻の英語は、日出子のそれよりも下手だったが、パオロが、七時二十二分に着くバスで、アマルフィーの町から帰ってくることを、良介も日出子も理解できた。

「十九歳になったのね。パオロは元気なのね」

たかぶりが、日出子の声をうわずらせ、英語で喋らねばならないことさえも忘れさ

せているみたいだった。

けれども、おそらく、言葉の調子や、日出子の表情で察したのであろう、夫妻は、身ぶり手ぶりと、かたことの英語で、こう説明した。

パオロは、二年前から、アマルフィーにある民芸品を作る小さな工場で働いている。パオロのできる仕事は、トラックで運ばれてきた材料を、倉庫に収納することと、革に引かれた線に沿って、職人用のナイフで、それを切っていくことだ。

線は、親方や先輩の職人が引く。パオロは、ひとつひとつ、丁寧に、ゆっくりと、その線の上にナイフを走らせる。

パオロは、朝の六時に、家からバス停までの道を、ひとりで出発し、アマルフィーで降りて、工場へ向かう。そして、夕方、またバスで家へ帰ってくる。彼は、やっと、数字を二十までかぞえることができるようになった。ひとりでの行き帰りは、家と工場の往復しかできない。けれども、革を切る作業とバス通勤だけは、完璧にやってのけることができる。

雇ってもらったとき、給料は、十二万リラだったが、ことしの春、二十万リラになった。あと五年もしたら、決して充分ではないが、パオロは自分で自分の生活費を稼げるようになるだろう。パオロが、ここまで成長できたのは奇跡だと、医者は言っている――。

ガブリーニ夫妻は、陽気で賑やかな身ぶりで、良介と日出子に、自分たちの家に入ってくれるよう勧め、玄関へとつづく石の階段をのぼりだした。

良介は、涙ぐんでいる日出子を見やり、あちこちに繕いの跡のあるセーターを着たパオロの父親の、陽に灼けて赤銅色になっている首筋と、丸々とした母親の頬に目をやった。

パオロの父親は、楽しくてたまらないといったふうに、鼻歌をうたい、母親は声をあげて笑いながら、夫の鼻歌に合わせてステップを踏んだ。

良介は、そんな夫婦の、いささか呆気にとられるほどの陽気さを見ているうちに、言葉をうしなって、粛然とした思いに包まれていった。

彼等は、パオロという障害児を育てるために、とにかく、いかなるときにも、楽天的に、陽気に、笑顔を絶やさぬことを、自分たちに課してきたのだと思ったのである。良介は、きっと、そうに違いないと思った。

パオロを育てるにあたって、若かった夫婦には、前途は暗く、何もかもが絶望的で、頭をかかえて沈鬱にならざるを得ないときばかりであったことだろう。

けれども、両親の沈鬱さは、パオロの肉体と精神の成長に何の役にもたたないどころか、ほんのわずかな可能性をも絶ち切ってしまう。

夫婦は、そのことに気づいて、自分たちがパオロという息子にしてやれることは、いかなる状況にあっても、笑顔で、明るく、陽気に接することだと決め、そのように努め、やがてその努力が、彼等に本来的な楽天性をもたらし、何もかもを突き抜けたような、真に幸福でありつづける人のような、陽気な笑顔の持ち主にしたのだ。きっと、そうに違いない……。

この両親の明るさの前にあっては、パオロ自身のよるべない屈折も、世間の無慈悲も、吹っ飛んでいったことであろう。だからこそ、パオロは、十九歳になって、やっと数字を二十までしかかぞえられなくとも、仕事を与えてくれる人に恵まれ、革製品を作る工程の、引かれた線に沿って丁寧に革を切る作業ができる人間に成長したのだ……。

良介は、ガブリーニ家の、古い木の玄関の前に立ち、ポジターノの海を見つめた。なんだか、自分がひどく小さく思われた。〈明るい〉という単純なふるまいが、いかに偉大な力をはらんでいるかを教えられた気がして、良介は、粛然と海を見ていた。

使い古されてはいたが、きれいに洗濯されて、アイロンのあたったテーブルクロスを、パオロの母親は、ぶあつい木のテーブルに敷いた。

パオロが帰ってくるという時間まで、まだ二時間近くあった。良介は、あるいは、自分は、ガブリーニ家にはいないほうがいいのではないかという気がしたが、パオロの父親にしきりに促がされて、意外に大きな窓ぎわの席に坐った。そこから、自分たちの泊まっているホテルが見えたが、どれが窓で、どれがテラスで、どれが花々なのか判別がつかなかった。

日出子は、ガブリーニ夫妻に、自分が約束を守るためにやって来たのだと説明した。〈システィーナ〉という言葉だけで、ガブリーニ夫妻は、十三年前の、日出子と息子との約束を即座に思い出した。

――わざわざ、遠い日本から、息子との約束を守るために来てくれて感謝の言葉もない。パオロは、生まれてから一度だけ、ローマへ行ったことがある。九歳のとき、ローマの有名な専門医に診てもらうためだった。

パオロは、あのような体なので、普通の人間よりも体力がなく、抵抗力も弱い。さらに、精神的なたかぶりは、彼の神経に大きな負担を与える。お気持はありがたいが、システィーナ礼拝堂へは行かさないほうがいいと思う――。

良介と日出子が、ほとんどイタリア語だけで、合間に少し英語を交える夫妻の言いたいことを理解するのには時間がかかった。

けれども、日出子は、残念そうにしながらも、

「私も、そのほうがいいと思います。パオロのことは、彼のご両親が一番よく知っていらっしゃるんですもの」

と笑顔で言った。

「パオロは、日出子という日本人の女性を覚えているでしょうか」

という良介の問いに、

「たぶん、覚えていないだろう」

と父親は答えた。

「とにかく、家に見知らぬ客があると、それだけで、気分が高揚してしまって……」

母親がそう言った。

「じゃあ、私たちは、この家にいないほうがいいわね」

と日出子は良介に言った。

「いいの、私、バス停の近くで、十九歳になったパオロが、ひとりでバスに乗って帰ってくるのを見るだけでいいわ」

そう言って、日出子は、持参したおみやげをテーブルに置いた。

良介は、自分の立場としては失礼なことだと思いながら、パオロが働いて帰って来

る姿を見たかった。

単なる興味とか、野次馬根性などが、決してあってはならない。けれども、パオロが、一日の仕事を終えて、バスに乗って帰って来る姿を見たい。それは、きっと、人間の可能性というものの素朴な姿、幸福というものの小さい具現化、あたりまえの能力を与えられたことに、かつて一度も感謝の心を持ったことのない人間への、しっぺがえし。

いや、そんな些細なことではない。きっと、それは、とてつもない奇跡であるのだが、だれも、それを奇跡とは感じないところの奇跡であるのだ。俺は、それを見つめて、やりなおそう。

良介は、そう決めたのだった。

「パオロが、帰ってくる前に、ワインと、おいしい生ハムを、いかがですか？」

とパオロの父親が、再び、楽しそうに鼻歌をうたいながら立ちあがった。

「私たちは、帰ってくれって、言ってるんじゃないんです」

母親が、いささか申し訳なさそうに言って、それでも、いかにも元気にあふれた動作で、台所へ行った。

「俺は、遠慮したほうがいいと思うよ」

と良介は、日出子に言った。

「私も、パオロが帰ってくるまでに、ここから、消えたほうがいいのね」

「いや、日出子はいたっていいと思うよ」

「パオロを刺激しちゃいけないわ」

「じゃあ、このへんで、失礼しようか」

「駄目！　パオロのお母さんが、生ハムを切りだしたわ」

「お父さんが、うまそうなワインを出してきたよ」

「飲みすぎちゃあ駄目よ。飲みすぎて、いい気分になったら、リョウは、席を立たなくなるから」

「へえ、そんな癖、俺にあるの？」

「いつだって、そうだったじゃないの。リョウが、私を、やっと抱いた夜は、そうだったのよ」

日出子の目が、いじわるに、同時に蠱惑的になった。

良介は、なんだか、日出子と、新しい跳躍台に公平に並んだと思った。それは、良介に、パオロの懸命に働いている姿を眼前に映しだしたのである。

人間の可能性というものの小さい具現化。些細な努力の勝利……。

良介と日出子は、パオロの父親が最も好きだというトスカーナ産のワインをご馳走になってから、ガブリーニ家を辞した。

夫妻は、二人を海沿いの道まで送ってくれて、ふいにあらたまった口調で、礼を述べた。

「自分たちは、生涯、あなたのことを忘れない」

少ない英語の単語を並べて、夫妻は、日出子にそう言った。

ガブリーニ夫妻が、オリーブとレモンの巨木のなかに消えていってしまうと、

「バス停の前で、一時間以上も、パオロの帰りを待ってるわけにもいかないけど、これから、もう一度、ホテルに帰って、出直すのも大変ね」

と日出子は思案顔で言った。

「ひさしぶりに泳いで、あんな急な山道をのぼって、疲れちゃった」

「どこかに、カフェ・テラスでもないかな。ちょっと捜してみようよ」

良介は、ポジターノのほうではなく、アマルフィーの方向へと歩きだした。

「あのワイン、おいしかったわ」

と日出子は言った。

「高いワインなんじゃないかな。よほどのときじゃないと飲まないワインなんだって

気がするよ」

良介は、ワインのラベルに印刷されてあった文字を書き写してきたので、今夜、レストランで同じものを注文してみようと思った。

「賭けは、リョウが勝ったわね」

道を曲がり切ったとき、日出子が言った。そして、見晴し台みたいになっている場所にあるみやげ物店を指さした。その横に、小さなカフェテリアがあった。

「私に、どんなご質問がおありなのかしら。私、なんでも、全部、正直にお答え申し上げますわ」

剽軽な、機嫌の良さそうな表情で言ってから、日出子は楽しそうに、道にころがっている石を蹴った。

「どんな体位が好き？」

と良介は訊いた。

「知ってるくせに……。ねェ、ほんとは何を訊きたいの？」

「べつに、たいしたことじゃないよ。他に賭けるものがなかったから、冗談で言ってみたんだ」

市川という男のことを訊くのは、やはり、日本に帰ってからにしよう。せっかく、パオロのことで幸福な気分になっているのだからと、良介は思った。

パオロの乗ったバスが着いたのは、予定よりも十分ほど遅かった。海沿いの道のバス停に降りたのは、パオロだけで、カフェテリアを出て、何気ないふうを装って、海を見ているふりをしながら、日出子は、

「ねェ、パオロよ。あれがパオロよ」

と良介の腕をつかんで言った。

パオロは、栗色の髪を短く刈り、緑色のセーターを着て、ジーンズを穿き、手に布製の鞄を持っていた。

なんとなく頼りない足取りで、家への急な斜面をのぼりだしたが、まるで、パオロの帰りを待っていたみたいに、烈しくしっぽを振って犬が走ってくると、パオロは、よく肥えた体を折って、岩の上に腰かけ、布製の鞄からパンを出した。

とても、十九歳には見えなかった。もし、もうぶ毛とはいえない唇の上のかげりがなかったら、あるいは十二、三歳に見えたかもしれない。

パオロは、犬にパンをやりながら、良介と日出子を見やった。良介も日出子も、あわてて目をそらせ、いかにも外国から来た観光客が夕暮の海を眺めているふりをした。

「まだ、こっちを見てる？」

と日出子が訊いた。

「わからないな。もうちょっと、海を見てようよ」

そう言って、二分ばかり、眼下の渚に目をやってから、良介は、そっと振り返った。パオロはもういなくて、山道のところで、上を見あげてしっぽを振りつづけている犬の姿だけがあった。

日出子は、十三年前に、パオロに教えたという日本語をつぶやいた。

「こんにちは。どうかお元気で」

良介と日出子は、にわかに増えた小さな漁船を眺めながら、無言でホテルへの道を戻って行った。

ホテルの部屋に入り、良介と日出子はテラスに出て、パオロの家を見つめた。そうしているうちに、パオロの家に明かりが灯った。最初は、二人が通された居間に。次に、パオロの部屋に。

日出子は、断崖の家の灯を見つめながら、

「来年も、また来たいわ。こんな大贅沢旅行じゃなくて、二人で、リュックサックを背負って、ナポリからポジターノまでバスを乗り継いで、小さな民宿に泊まって

「……」

とつぶやいた。

「来年は、もうこんなに時間を取れないよ」

と良介は言った。

「きっと、俺は、働いてるよ」

実際、良介は、現実問題として、いつまでも遊んでいられる身分ではなかったのだが、パオロが、アマルフィーからバスで帰って来た姿を見たとき、自分もまた働かねばならないと思ったのだった。

その、働きたいという思いが、何か得体の知れない希望と充実感となって膨れあがった瞬間、良介は、自分が出発点に戻って働くためには、この日出子と終わらなければならないと思ったのである。この俺以外の男と、秘密でつき合っている女とは、終わらなければならない、と。

海が暮れていき、それにつれて、断崖の蛇の目の光が強くなった。

「市川って人は、日出子の何なんだい？」

と良介は、パオロの家の二つの灯りを見つめたまま訊いた。日出子の全身は、塑像のように動かなかった。

良介は、市川の電話番号と、その留守番電話に吹き込まれたメッセージを聴くための暗証番号を言った。

「偶然に、わかったんだよ。ローマの最初の夜に」

彼は、自分が撮った八ミリビデオの件を話して聞かせ、

「俺のやったことは犯罪行為だ。でも、あのときは、どうにもこうにも、自分を抑えられなくてね」

日出子は、口をひらこうとはしなかった。

「どうして、日出子は、市川って人に、パリにいるなんて嘘をついてるんだ？　どうして、日出子は、俺と市川さんていう二人の男とつき合わなきゃいけないんだ？　日出子には、そんな必要は、どこにもないんだぜ。少なくとも、俺の論理では、そうなる。四年前のことへのしっぺがえしにしては、残酷で、手がこんでるよ」

日出子は、二、三歩、あとずさりし、

「どうして、いままで黙ってたの？　ずいぶん、我慢強いのね。リョウが、そんなに我慢強い人だなんて、なんだか、ぞっとするわ。私が反対の立場だったら、すぐその場で訊くわ」

日出子は、部屋から出て行った。

「帰りたきゃあ、帰りやがれ。あとを追いかけるくらいだったら、最初から、こんなことを訊きゃあしないさ」

良介は、大きな音をたてて閉められたドアを見つめて、そうつぶやいた。そして、テラスに立ちつくしたまま、三十分近く、パオロの家の灯を見ていた。

やがて、時間が過ぎていくと、良介の心に、烈しい後悔の念が生じてきた。なぜ、この旅が終わるまで、黙っていられなかったのであろう。自分のための大贅沢旅行ではなかったはずではないか。日出子のための旅だったのだ。そのために、分不相応な金を使った。市川という男に嘘をつき、この俺にも嘘をつき、寝たきりの母親を伯母や従姉に預け、日出子も苦心して、この旅に出たのだ。

俺は、俺自身が固く誓ったことすら守れない。女に騙されるくらいが何だ。いい歳をして、たったの二週間くらい、女に騙されてやる度量もないのか……。

良介は、部屋から出てロビーへ行った。どこにも、日出子の姿はなかった。フロント係に訊いたが、気がつかなかったとのことだった。

「でも、エレベーターで上にあがっていったのは、二組だけです。あなたのおつれさんじゃあなかったと思います」

エレベーターの横にある階段を指差して、良介は、

「これで、上へあがれる？」

と訊いた。

「これは、別のフロアへの階段です。ホテルの玄関に行けるのは、このエレベーターだけです」

そう言って、フロント係は、ロビーの奥の、プライベート・ビーチへの入口を指差した。

「もうエレベーターは動きませんが、階段で浜辺に降りられますよ」

バーのカウンターのところに行き、バーテンに訊くと、どうやら日出子は、石の長い長い階段で、海へ降りて行ったらしかった。

行こうとしたとき、若いバーテンが、良介を呼び停め、

「足元に気をつけて。ああ、それから、トカゲたちを踏まないように」

といたずらっぽく言った。

「私の友だちが、ちょうど真ん中あたりで遊んでますから」

「きみの友だち？」

「トカゲです。フェルナンドとアントニオ。大きいほうがフェルナンドで、小さくて、しっぽのないほうがアントニオ」

良介は、海に向かって湾曲に切れ込んでいる断崖に沿って、ジグザグにつづく石の階段を、目を凝らして降りて行った。ところどころに、豆電球が灯っていたが、それは、ほとんど役に立たず、彼は何度も足をくじきそうになった。

長い石の階段は、浜辺に降りていくにしたがって、幅が狭くなったが、海面を照らす月の光のせいか、視界は明るくなった。

テニスコートの横に水銀灯が灯り、それはブーゲンビリアの巨木の下を通った途端、日出子の姿を波打ちぎわのところに浮かびあがらせた。

良介の足音に気づいて、日出子は振り返り、何か叫んだが、波の音で消された。日出子は、エレベーターの降り口のほうへ走った。

「リョウは、可哀相な人よ」

と日出子は叫んだ。その声は反響して、波の音よりも大きかった。

「俺の、何が可哀相なんだ」

良介は、日出子に謝ろうとしていたのだが、可哀相な人だと言われて、怒りがこみあげた。

「リョウは、最低よ」

「他人の留守番電話の中味を盗み聴きしたのは、最低の行為さ。俺が最低なのは、そんなことをやっちまったってことだけさ」

「可哀相で、最低な人」

「どっちが、最低なんだ」

自分の声は、波の音で消されるのに、日出子の声だけは、まるでマイクを通しているみたいに大きく響くのはなぜだろう。

気味悪くなって、良介は、声のするほうへと近づいて行った。オームの、濁った鳴き声が、頭上で聞こえた。日出子は、エレベーターと渚とのあいだにある洞窟に立っていたのだった。

「市川って男は、日出子の何なんだ。俺が、可哀相だろうと最低だろうと、俺には、市川って男のことを知る権利があるよ」

「どうせ、リョウは、私の言うことを信じないわ。信じないって、わかってるから、可哀相な人だって言ったのよ」

「何を言ってるんだ。何の答にもなってない。屁理屈にもなってない」

「市川さんは、私の友だちよ」

「ああそうですかって納得しろっていうのか？　そうしないと、俺は、可哀相なやつなのか？　可哀相で結構だ。おめでたいやつになるよりも、まだましだよ」

「市川さんと私とは、友だちよ。仲のいい友だち」

「友だちに、どうして、パリにいるって嘘をつくんだ。ただの友だちと、どうして、留守番電話を使って、暗証番号を教え合って、連絡を取り合わなきゃいけないんだ。市川が友だちなら、俺は、いったい何だい」

良介は、エレベーターのほうへあとずさりしていく日出子を追い詰めていった。

エレベーターの近くにも、裸電球が灯っていた。その黄色い光は、日出子の顔のあちこちに濃い隈《くま》を作って、怒っているのか、怯えているのか、泣いているのか、笑っているのか、区別のつかない奇妙な仮面を形づくった。

「友だちにだって、嘘をついたほうがいいときもあるわ」

日出子は、エレベーターの扉に背を押しつけて言った。

「友だちとセックスをするってこともあるさ。市川が友だちなら、俺は、日出子の何だい」

良介は、自分の顔も隈だらけで、日出子には、歪んだ醜悪なものに見えているだろうと思った。

「言えよ。俺は、日出子の何なんだ」

日出子が、まったく答えようとしないので、良介は、それ以外の言葉は知らないかのように、同じ言葉を何度も繰り返した。

「そんなこと、わからないの？」

と日出子は、やっと口をひらいた。

「わからないね。言わずもがなのことでも、言葉にしなきゃあいけないときがあるんだ」

「リョウは、私の恋人よ」

と日出子は、小声で言った。

「市川って、歳は幾つなんだ？」

「私より、ひとつ上……」

「いつから、友だちになったんだ？」

「私が大学を卒業した年」

「日本へ帰ったら、俺を、市川って男に逢わせられるか？」

「逢わせられないわ」

「どうして？　友だちに、自分の恋人を紹介できないなんて、おかしいじゃないか」

「だって、市川さんは、私のことを好きなんだもの」

「日出子も好きなんだろう？」

「好きよ。友だちとして、大好きよ」

良介は、体中のこわばりを努力してほどこうとした。そうしながら、自然に、何度も溜息をついた。

「どうして、市川の留守番電話で、お互い、連絡を取り合ってるんだ。自分の留守番電話の暗証番号を教えるなんて、自分のすべてをさらけだしてるのとおんなじだぜ。日出子は、そこにメッセージを入れて、市川からのメッセージも聴く。これは、もう、ほとんどセックスだよ。体の関係よりも、もっと濃密かもしれない」

日出子は、寒くてたまらないと言って、自分で自分の肩や腕を撫でさすった。確かに、そこは、昼間でも冷気の漂う場所であった。

良介も寒くて、そこにはもう立っていられないほどだった。オームが、また濁った声で鳴き、籠のなかで暴れた。

「浜辺に行こう」

良介は、そう言って、日出子に背を向け、波打ちぎわの近くまで歩くと、岩に腰を降ろした。

日出子も、あとから、ゆっくりついて来たが、少し離れた場所に坐ると、

「私、熱があるみたい……」

と言った。

良介は、日出子の傍に行き、彼女の首筋に自分の手の甲をあてがった。日出子は、小刻みに震えていた。

「ちょっと、熱っぽいよ。部屋に戻ろう。お腹も空いてるだろう」

「暑気あたりね。久しぶりに泳いだし、太陽に当たりすぎたし……」

「ルーム・サービスを頼んで、部屋で食事をしよう」

「エレベーターは、もう動かしてくれないわね」

「おぶってやるよ。だから、本当のことを言ってくれ」

「子供みたいな条件ね」

良介は、自分のセーターを脱いで、それを日出子に渡した。

「こうなったら、日出子は口が腐っても、市川とは友だちで、男と女の関係になったことは一度もないって言い張るしかないだろうな」

「でも、ほんとにそうなんだもの」

「じゃあ、そうだってことを、俺に納得させてくれよ」

「リョウと一緒にお風呂に入って、一緒に寝てるわ。それで充分じゃないの？」

「それは、そっちの理屈さ」

良介は立ちあがり、断崖の階段を見あげて、

「これをのぼるのか……。ぞっとするよ」

と言い、日出子の手を引いて、階段の昇り口まで行った。そして、日出子をおぶった。

途中、七回も、良介は休憩して、荒い息を整えた。あと三十段くらいになったとき、

「私、いたずらが度を過ぎたの」

と言って、良介の背から降り、自分で階段をのぼり始めた。

良介と別れ、仕事を失ない、七尾の実家に戻ろうと決めたとき、数年振りに、市川から電話がかかってきた。二度、食事をした。市川は、自分の思いを伝え、日出子に結婚を申し込んだ。

「私、あのとき、すさんでたのね。能登に、十回、通って来てくれたら、結婚してあげるって言ったの」

良介は、輪島の旅館の仲居が、少女時代の日出子に関する噂話を、いかにも下司っぽく語った際の表情を思い浮かべた。

「彼、ほんとに、月に一度、東京から七尾まで訪ねてきたわ」

階段をのぼりきり、日出子は、意味不明の笑みを浮かべた。ロビーには、ほとんど人はいなかった。宿泊客の多くは、ダイニング・ルームで食事をしている。

バーテンが、

「フェルナンドとアントニオに逢いました？」

といたずらっぽく声をかけてきた。

「暗くて、気がつかなかったよ」

「まさか、踏んだりしなかったでしょうね、私の友だちを」

「たぶんね」

部屋に帰り、良介は、日本から持って来た体温計で、日出子の熱をはかった。三十七度四分だった。

「とにかく、何か食べよう。あったかいトマトスープに、スパゲッティー・ペペロンチーノはどうかな」

日出子は、うなずいて、ベッドに横たわった。ルーム・サービスの係に電話をかけ、スープとスパゲッティーを註文してから、良介はテラスに出た。パオロの家の二つの明かりは、まだ灯っていた。

きっと、パオロの部屋の明かりが先に消えることだろう。良介はそう思いながら、一艘の漁船が沖へ出て行くのを見つめた。

「でも、私は、市川さんと結婚しようなんて気は、まるでなかったの」

と日出子は言った。

「彼が、十回目に七尾に来たとき、私は、あともう十回よって、彼に言ったわ。なんてうぬぼれの強い生意気な女かしら」

市川は、そのようにした。しかし、それまで電車で七尾まで訪ねてきていた市川は、あるとき、三日ほど休暇をとって、友だちに借りた車で、夜中に東京を出たのだった。北陸自動車道の糸魚川インターの近くで、市川の運転する車は、交差点を右折しようとしていたマイクロバスと衝突した。

日出子は、市川が事故で大怪我をしたことなど知らなかったので、とうとう自分のことをあきらめて、七尾へ通ってくるのをやめたのだと思った。

市川は、事故で頭を強く打ち、意識不明の状態が一週間つづいた。二年間の懸命なリハビリの成果で、やっと普通に喋れるようになったが、三時間前のことは忘れてしまう。留守番電話のメッセージで連絡を取り合うことは、彼のリハビリのためなのだ……。

「市川さんは、私と結婚の約束をしたと思ってるの。三時間前のことは忘れるのに、それだけは忘れないの。彼が、外から自分の家に電話をかけて、それから暗証番号を押して、メッセージを聴いたり吹き込んだりするのは、彼のお母さんや妹さんが考えた訓練の一環なの。一日に、何回も聴いてみたらいいわ。彼にメッセージを吹き込んでるのは、私だけじゃないんだもの」

おそらく、市川の頭脳が、完璧にもとに戻ることはないだろうと日出子は言った。市川は、自分で風呂に入ったり、トイレに行くことはできる。最近、近所の新聞配達店の主人の好意で、朝と夕、新聞配達を始めたのだ。

日出子が、あらましを話し終えたころ、ルーム・サービス係が、スープとスパゲッティーを運んできて、テーブルを、テラスと室内のどっちにセットしたらいいかと訊いた。

「いい月が出てるし、海の音もいい。あしたから二日ほど天気が悪いそうです。海も荒れるでしょう」

とウェイターは言い、テーブルをテラスにセットすることを勧めた。

「彼女が、風邪を引いたみたいなんだ」

と良介は言った。ウェイターは残念そうに肩をすくめた。

「テラスで食べるわ。セーターを二枚着て、あったかくするから」

そう言って、日出子はテラスに出た。ビーチ係から聞いたらしく、ウェイターは、テラスにテーブルを出し、テーブルクロスを敷き、キャンドルに火をつけてから、

「太陽は夏みたいですけど、海水の温度は変化しやすくなってるんです。マダムは、海につかりすぎたんですよ。人魚みたいに、ちょっとだけ海からあがってきて、すぐに海に戻って行って……。泳ぎが上手だそうですね」

と言った。

人魚なんて、なんだか懐しい言葉だなと思いながら、良介は、風を防ぐためだけの薄いアノラックを日出子に着せてやった。そして、ウェイターに、ビーチとエレベーターのあいだの洞窟は、どうして、いつもあんなに寒いのかと訊いた。

「あそこには、二十四時間、日が当たらないんです。永遠に、太陽の光が届かないんですよ」

ウェイターが去り、良介と日出子がテーブルに坐ると、パオロの部屋の明かりが消えた。昨夜と同じく、十時きっかりだった。

第五章　嵐の海

「それ、みんな、嘘じゃないのか？　ぼく、彼女に、何回、そう訊こうと思ったかしれないよ」

　良介は、さつきが、くだけた形で、浜辺に横たわっていることに気をつかいながら言った。

　この、さつきの、いやに、女らしさをむきだしにした姿は何だろう……。

　ひょっとしたら、ポンペイという、〈まぎれもない過去〉のなかをさまよってくると、人間というものは、現在なんかどうでもよくなって、いまの自分をつくろわなくなって、未来を予言する人のようなふりを装おってしまうのだろうか……。

良介は、まるで、あらゆるものに悟りをひらいた哲人が行き着くところに達したような気分でくつろいでいる若い女の体を舐めるように見やった。

「嘘だと思うんですか？」

さつきが、叱責するように言ったので、良介は笑った。

「何が、おかしいんですか？」

きょう、買ったという、魚がたくさん描かれたTシャツを着て、さつきは、ふいに、居ずまいをただした。

「私、えらそうになんかしてません」

「えらそうにしてると思ったから、えらそうにしてませんなんて言うわけだ」

「からむんですね」

その、さつきの言葉を、良介は、無礼だと感じて、プライベート・ビーチで遊んでいる犬や子供や、あからさまな男と女を見つめた。

女というものは、なんだか、ふいに、踏み込んできやがる。良介は、すべてがどうでもよくなって、そう思った。

すると、

「私、江波さんに、一歩も踏み込もうなんて思ってません」

　とさつきは言った。

「えっ？　ぼく、そんなこと、思ってないよ」

「きのう、ポンペイへ行って、あの写真を撮ってきました」

「そう……」

「でも、あんな写真を送りつけたら、私、彼よりも、もっと、つまらない人間になってしまいます」

「どうして？」

「江波さんは、あの、人間の残骸の石膏を見てないから」

　ヨーロッパの北側にあった広範囲な低気圧が次第に南下して、すでにミラノでは雨が降っているらしいとさつきは言ったが、波の高い、風の強い浜辺でピザを食べながら、良介は、日出子と市川という男の関係について、さつきに話して聞かせたのだった。

　けれども、それは、あくまで友人の恋人の問題として話をしたのであって、良介は、決して、自分と日出子の関係を気づかれないように慎重に言葉を選びつづけた。

「恋ってのは、応用がきかない。かつての恋が、いまの恋に役立ったためしはない。

まったく、そうだなって思うね」

「恋愛によって、人間は成長しないってことですか？」

とさつきは、いっそうのびやかに浜辺に寝そべって訊いた。

「いや、そうじゃないんだ。恋愛って、たしかに、人間教育の重要な鍵を握ってるよ。人間は、恋愛から、じつに多くのものを学ぶ。多くのものを学んで、それを、いろんな形で、いつのまにか、自分の豊かさに取り入れる人と、ただ傷つくだけで、傷だけを刻む人とがいるんだと思うね」

「もう死ぬくらいに傷つく恋愛から学ぶものって、何なんでしょう」

恋の限りを尽くした女が、昔の幾つかの恋を思い浮かべているみたいで、良介は、なんだか、さつきを恐しく感じた。

「そんな恋はしたことがないから、わからないね」

と良介は言った。黒い雲が、空に忍び寄ってきていた。

「こんどの私のことは、やっぱり、すごく傷つく恋の終わり方だったたって思うんです」

さつきは、上半身を起こした。

「でも、私、何にもまだ得ていません」

「そう思ってるだけだよ。それが何かは誰にもわからないだけで、さつきは確実に何かを得たんだと思うよ。だって、ポジターノに来て、さつきは、百戦練磨の女みたいに見えるようになったよ」

思いもかけないことを言われたといった表情で、さつきは良介を見つめた。

「からかわないで下さい」

「でも、さっきから、ぼくには、そんなふうに見えてるんだ」

「気持がほどけて、何もかもがゆるんでるんです。ポジターノに来て、五日目だっていうのに」

良介は、さつきのホテルで、シャンペンを飲みたいと思った。

「ここで飲むシャンペンは、じつにうまいな。ここちよく酔って、ここちよくアルコールが抜ける。気候のせいなのかな」

と良介は言って、シャンペンを飲むために、さつきのホテルへ行こうと誘った。

「とうとう、降りだしちゃった」

さつきは、掌をひろげて突き出した。細かな雨だったが、雲の色が、やがてそれを大雨に変えそうで、しかも、そうなるのに、たいして時間はかからないといった気配だった。

海岸通りに出て、坂道をのぼると、たったいま客を降ろしたばかりのタクシーがあった。

町のレストランやみやげ物屋は、シエスタの時間なので、ほとんどが閉まっていた。タクシーに乗った途端、海の向こうで雷が鳴った。

「いい雨だよ。体に湿りを取り戻さないとね」

と良介は言った。日出子には、トラベラーズチェックを銀行で現金に換えてくるという口実を作って出かけて来たのだった。

日出子の熱は、一晩で下がった。暑気あたりと泳ぎ過ぎからの熱だったのだ。

さつきのホテルへ行くのは初めてだったが、小さいけれど居ごこちのいいロビーが、町全体を見おろせるからと、さつきは何度も電話で誘ってくれていたのである。

車一台がやっと通れる曲がりくねった坂道をのぼり、長い急な階段のところに着いた。周りの家は、大半が民家で、どこからか赤ん坊の泣き声が聞こえた。

ホテルの客のためのバイクがあって、ポーターも兼ねている運転手が、オリーブの木の下で新聞を読んでいた。

うしろのシートに、良介とさつきはまたがった。階段の横の土の道は、バイクのために、わざわざ作ったのではなく、そこにホテルが建つ前からあったのだと、さつきは言った。

「降りるときはいいんですけど、のぼったら、汗びっしょりになるんです。歳を取ってるお客のために階段を作ったんだけど、あまりにも急な階段で、無駄なものを作ったって、ご主人は一日に三、四回、反省するんですって。階段を作って、もう二十六年もたつのに」

「自分が、いまいましくなるんだろうな」

バイクの運転手は、しっかりつかまっていろと言ってから、坂道をのぼり始めた。ホテルの玄関に着くわずか二分ほどのあいだに、細かな雨は、突然、大雨になった。バイクの音も消されるほどの、豪雨であった。

ロビーに駆け込んだときは、二人とも大量の水をかぶったようになっていた。

掃除係の肥った女性が、良介のためにバスタオルを二枚持ってきてくれた。

「シャツだけでも着換えないと、風邪を引きますわ」

と言って、さつきは自分の部屋への階段をのぼり、Tシャツを持って戻って来た。

「これ、男物なんです」

「置き去りにして帰っちまった男の物じゃないだろうね」

と良介は笑いながら訊いた。

「違います。そんな物を、江波さんに着せたりはしません。私のパジャマ代わりなんです」

特大のTシャツは、たしかに、さつきのパジャマになりそうで、良介にも大きかった。さつきが再び自分の部屋へ行って着換えているあいだに、良介は、バスタオルで髪を拭き、ホテルの主人にシャンペンを頼んだ。

「いいキャビアがありますよ」

「じゃあ、キャビアも」

「さつきの友だちが、やっと到着しましたね」

ホテルの主人は、事務机の引き出しから、名刺を出して、良介に渡し、

「きょう、ドイツ人の客が帰ったから、客は、さつきひとりになりました。さつきが帰ったら、ホテルを閉めます」

と言った。

「来年の四月まで、漁船の船長になるんです」

「毎年？」

「そうです。毎年です。私のじいさんも親父も、ずっとそうしてきました。私だけが、少し違うことをやりましたがね」

「どんな？」

「客のためにと思って、高い金を使って、無駄な階段を作っちまったんです。降りるためだけの階段を……。じいさんや親父や女房の反対を押し切ってね」

良介は笑い、町全体が見おろせるロビーの、真ん中のソファに腰を降ろした。家々の朱色の壁だけが、すさまじい雨のなかで浮かんでいた。

ずぶ濡れになった男が、大きな籠を両手に持ち、楽しそうに歌をうたいながら、ロビーに入って来た。パオロの父親であった。籠のなかには、幾種類かの野菜が入っていた。

良介は、立ちあがり、パオロの父親に自分の顔を見られないようにして、太い雨粒の当たるガラス窓のところに行き、海に視線を注ぎつづけた。

着換えを終えたさつきがロビーに戻って来て、良介の横で海を見つめながら、

「あの人、ガブリーニさんていうんです」

と言った。

すでに、気づかれているかもしれないと思ったが、良介は、いかにも豪雨に心を襲われているふりをして、ホテルの玄関口で掃除係の女性と話をしているパオロの父親に背を向けつづけた。

やがて、パオロの父親は、雨合羽を着てから、大きな籠を持って出て行くと、ホテルの裏のほうへ走った。

「このホテルの野菜は、みんなガブリーニさんの家でとれたものなんです」

とさつきは言い、野菜を届けると、ガブリーニは、ホテルの主人とサッカーの試合のビデオテープを観るのが日課なのだと教えた。

「すごく寒いな。ズボンも相当濡れたからね。このままじゃあ、風邪を引いちまう。ぼくは帰るよ」

「あら、シャンペンは、どうなさるんです？」

「まだ栓を抜いてないんだから、ことわるよ」

「ここが寒かったら、私の部屋でお飲みになったら……」

「そんなつもりで、ここへ来たんじゃないんだ」

良介は、パオロの父親がロビーに戻って来るまでに退散してしまいたくて、そう言った。さつきも、自分の言葉を誤解されたと思ったらしく、困ったように言った。

「私、旅行用のアイロンを持ってますから、それでズボンを乾かしてみます。江波さんのシャツも、乾かしますから、そのあいだ、シャンペンを飲んでて下さい」

「じゃあ、お言葉に甘えようかな。女性の部屋に侵入するなんて、気がひけるけどね」

パオロの父親の声が、玄関に近づいてきたので、良介は、急ぎ足で階段をのぼった。

さつきの部屋は、ロビーの真上の、意外に広い、眺めのいい場所にあった。テラスには、ハイビスカスの大きな鉢植えが二つ置かれている。

「きのう、この部屋に変えてくれたんです。この部屋は、二番目に高い部屋だけど、もう泊まり客もいないことだしって、ご主人が勧めてくれて。値段は、そのままにしてあげるって」

「そう、それはよかったね」

「どうぞ、ズボンを脱いで下さい。バスルームに、大きなバスタオルがありますから」

そう言ったくせに、さつきは、自分がバスルームに入り、バスタオルを良介に渡して、ドアを閉めた。自分の洗濯物が干してあることに気づいたらしかった。

良介がズボンを脱ぎ、腰にバスタオルを巻きつけると、ホテルの主人がシャンペンとキャビアを運んできた。

窓を閉めて、旅行用の小型のアイロンでシャツやズボンを乾かしていると、窓ガラスは曇り、部屋には、なまあたたかい湿気がたちこめた。

良介は、さつきにもシャンペンを勧めたが、

「これをやってしまってから、いただきます」

と言って、さつきは、ズボンを乾かしつづけた。

「女性って、二人の男性に同じものを求めないと思うんです」

「何の話？」

「さっきの、江波さんのお友だちの問題です」

「ああ、留守番電話で連絡を取り合うことがリハビリだって話かい？　ぼくは、なんだか、できすぎた話だなァって気がするけどね」

「その話が嘘か本当かじゃなくて、その女の人の気持についてなんです」

さつきは、そう言って、バスルームの換気扇のスウィッチを入れた。

「アイロンでは、やっぱり、乾かないわ……」

さつきは、ひとりごとを言い、自分で椅子を運んできて、良介の横に坐った。良介は、シャンペンをついでやった。

「乾かなくてもいいよ。帰るときには、タクシーを呼んでもらうから」

と良介は言い、ひょっとしたら、自分も、日出子の話の真偽を疑っているのではな

く、日出子の本心がわからないだけなのだと思った。市川への贖罪の思いだけが、日出子を献身的な介護協力者にさせているのだろうか。日出子は無償の罪ほろぼしのつもりで、じつは、自分でも気づいていない何かを、市川から得ているのではないだろうか。そうでなくてどうして、四年近くも、市川と縁を切らずにいられるだろうか。市川は、自分で事故を起こしたのだ。東京から七尾までかよって行ったのは、市川の意志なのだ。

事故当時は、日出子は大きな責任を感じたとしても、いつの日にかは、仕方がなかったことだと割り切ってしまうのが、人間というものではないだろうか。

それなのに、事故から四年近くもたち、この俺とイタリア旅行に出てまでも、なお、リハビリの電話をかけている……。

良介は、いっさいがわかったような気がした。シャンペンのここちよい酔いが、自分を、つかのま、寛容な楽天家にしたのでなければよいがと思った。

事故の後遺症で、三時間前のことを忘れてしまう男に、日出子が、パリにいると嘘をつかなければならない理由は、いくら捜してもみつからないのだった。

「季節外れに咲いた桜の花みたいなもんだな」

と良介は、自分に言った。

「それでも、桜は桜だ。桜の花を楽しんだらいいんだ」

彼は、自分と日出子との現在の関係を、そう考えようと決めた。自分には、日出子との再婚の意志はない。それは、市川という男のことがわかる前に、すでに、はっきりしていたのだ。

「ぼくは、妻を愛してたし、妻に対して、何の不服もなかったよ。そりゃあまあ、いろいろと気に入らないところはあったし、小さなケンカは、しょっちゅうだったけど、ぼくには過ぎた女房だったたし、子供たちには、申し分のない母親だったよ」

と良介は、シャンペンを飲みながら、さつきに言った。

「でも、そんな女房が死んじまって、女房の面影が消えないとか、女房に義理立てしてとかじゃなくて、いまのところ、ぼくは、もう結婚生活なんて、こりごりだと思ってるんだ。女房が死んだことは、辛くて、寂しいけど、もう、結婚は、こりごりだな」

さつきは、何も応じ返さず、キャビアにレモンを絞っていた。

「うんと先のことはわからないけど、ぼくは、もう、結婚生活はこりごりだな。恋人に求めるのは、肉体が七割、心が三割ってところかな。それなのに、その三割のところで右往左往してる」

「倦怠期って言葉がありますでしょう？」

　とさつきが言った。

「うん、あるね」

「あれは、相手に対する倦怠なんでしょうか。それとも、結婚生活に対する倦怠なんでしょうか」

「うん、それは、なかなか、的を射た質問だな」

　そのことについて、良介は、何か気のきいた言葉で答えようとしたのに、口から出たのは、

「なんだかんだって言っても、女房が一番いいよ」

　という言葉だった。良介は、その自分の言葉に笑った。

「口うるさくて、いつのまにか支配してきやがるけど、女房が死んじまって、寂しいよ。あいつ、いいやつだったよ」

　こんどは、さつきが笑った。

「ぼくは、何を言ってんだろう。シャンペンをグラスにたった一杯飲んだだけなのに」

「奥さんが亡くなって、俺は寂しい寂しいって、そればっかりなんです。私に言わな

いで、恋人に言ったらいいのに……」

「それだけは、口がさけても言えないね。マナー違反だよ」

良介の言葉に、さつきは何か言い返そうとしたが、腰から下をバスタオルで巻いたまま、椅子に坐って、シャンペングラスを持っている良介を見つめて、また笑い声をあげた。

「何がおかしいんだい？」

「江波さんのその格好もおかしいけど、江波さんて人間そのものが、なんだか、おかしくって……。変な人だなァって、いま、つくづく思ったんです」

「変な人か……。女房にも言われたし、恋人にも言われたね。でも、男の友だちは、ぼくのことを変なやつだなんて言わない。どうしてかな。女性に対してだけ、変なのかな」

良介は、ガラス窓のくもりを掌で丁寧にぬぐい、幾分弱くなった雨をぼんやりと眺め、シャンペンをグラスについだ。これを飲んだら、自分のホテルへ帰ろうと思ったが、パオロの父親がいるあいだは、出て行くわけにはいかなかった。

「ぼくは、あの人に顔を見られたくないんだ」

と良介は正直に言った。さつきに隠す理由は何もないと思ったからだった。

「あの人って？」

「ガブリーニさんだよ」

彼は、ガブリーニさんの息子の話をしてから、

「きっと、夜になったらここからも、パオロの部屋の明かりが見えるよ」

と言って、遠くの断崖を指さした。

「ちょうど、この方向だ。ぼくは、あの夫婦を見て、明るく振る舞うってことは、とんでもなく大きな力を、自分の環境にまき散らすんだと思ったね。人は、明るくないと、幸福になれないと思ったね。どんな花の種も、暗い場所に落ちたら、芽も出ないうちに腐っちまう……」

「私、この二、三日、とても明るいんです」

とさつきは言った。

「きっと、江波さんが、明るくしてくれたんです。私、もうすっかり立ち直りました。江波さんのような人が、どうして、あのとき、声をかけてくれたのかなって思うんです」

「ぼくが変なんだっただけじゃなくて、たぶん、さつきの持ってる運てやつかもしれないね」

「変なんだけど、江波さんは、いい人ですもの」

「女性に、いい人って賞められたら、男は、さっさと退散しろっていうからね」

さつきは、ガブリーニが帰ったかどうか見てくると言って、部屋から出て行った。

生温かく湿っているズボンを穿き、テラスのガラス戸をわずかにあけて、良介は、雨の音を聞きながら、立ったままシャンペンを飲んだ。

会社勤めをしていたころの、自分の刻苦勉励や鬱屈や、悲哀や充足を思い浮かべ、妻や友人に冗談めかして言っていた言葉が、いささか歪んだ形で実現したことに気づいた。

――べつに、いまの仕事がいやだってわけじゃないんだけど、特殊な才能なくしては生きていけないって仕事に従事してるんじゃないんだから、俺たち普通のサラリーマンは、定年までに、職種を二つ三つ変えたほうがいいような気がするね。叶うならば、変えるときに、一、二年、遊んで暮らせたらいいな。サラリーマンを二十年近くもやってきて、いつごろからか、そう思うようになったよ。まあ、非現実的な、ささやかだけど、夢のまた夢ってやつかな――。

良介は、ふと、内海はどうしているだろうと思った。内海は、なぜ、空港までの電車のなかで、近松の心中物の話などしたのだろうと、心配になってきた。

腕時計を見ると、四時だった。日本は夜の十二時ということになる。教師をしている内海の妻君は、もう寝る時分で、内海は、ウィスキーの水割りを飲んで、ぼんやりとテレビの画面に目をやっているだろう。

良介は、五回、呼び出し音が鳴っても出なかったら切ろうと思い、さつきの部屋の電話機の前に行った。

すぐに、内海の声が聞こえた。

「いま、話せるか？」

と良介は訊いた。

「内容によっては、あんまり大きな声じゃあ話せないな。女房は、もうじき、風呂からあがってくるよ」

「その後、どうなってる？」

「もう停められないな。あいつは、どんどん準備を固めていってる。ありがたいことに、俺の出番はないよ」

内海は、ふてくされたように言って、小さく笑った。

「イタリアで、美人と遊びながらも、俺のことを思い出してくれて、サンキュー・ベリーマッチ。ああ、イタリアではグラッチェか」

「遊びにも、悩みは生じるもんだぜ。物事、何の憂いもなくってわけにはいかないよ」

「まさしく、そのとおりだな。俺は、とんでもない病気にかかっちまったよ」

「病気？　どんな病気だ？」

と良介は内海に訊いた。

「ゴルファーのかかる病気だよ」

内海は、少し呂律が廻っていなかった。

「イップス病っていうんだ」

「何だい？　イップス病？」

「ああ、パットをするときに、腕が金縛りみたいになって動かなくなるっていう、変な精神症状だけど、俺のは、パターじゃないんだ」

ゴルフをやったことのない良介には、内海の言っている意味がよくわからなかった。

「俺のは、七番アイアンなんだ」

と内海は言った。

「七番アイアンが、どうなるんだ？」

良介は、眉根を寄せ、椅子を引き寄せて坐りながら訊いた。

「つまりだな、七番アイアンでボールを打とうとして、クラブを振りあげる。そして、次に振りおろす。これが、上手下手を抜きにして、アホでもできる一連の動作だよ」

「うん、そのくらいはわかるよ」

「ところがだなァ、俺は、振りおろせなくなっちまったんだ。クラブを振りあげたまま、じっと金縛りになってる。振りおろせないんだ。あきらめて、ボールを打つのをやめたとたんに、金縛りは解けて、腕は気楽に動くんだ」

「よくわからんな。それを、イップス病っていうのか？」

「そう。お前がイタリアへ行ってから、三回、コースを廻ったんだ。三回とも、七番アイアンだけが、どうしても、振りおろせない。他のクラブは、平気で打てるのに、七番アイアンだけが、テイク・バックの頂点で止まっちまう。七番アイアンを振りあげて、ボールを睨みつけて、体中に鳥肌ができて、冷たい汗が出てくるのを、まざまざと自覚しつつ、クラブをどうしても振りおろせない」

「精神的なもんなんだろう？」

「そうさ。だけど、これにかかった知り合いは、もう七年もパターが打てなくて、とうとうゴルフをやめた。俺は、パターでなくてよかった。七番を、六番か八番に持ち変えりゃあいいんだから」

「子供のことが、心にあるからだよ」

と良介は言い、命にかかわる病気でなくてよかったと思った。

「不思議だねエ。突然、かかったんだ。七番アイアンを振りあげたまま、いつまでたっても、ボールを打たない俺を、二分間見つめてた人が、息苦しくなっちまって、午前中のハーフを廻って、帰って行ったよ。心臓が苦しくなったって言ってね」

良介は、ゴルフ場で、クラブを振りあげたまま、金縛りになっている内海を想像した。

「俺は、これから、とんでもない罰が当たる予兆じゃないかって気がしてるんだ。子供が生まれても罰が当たる。子供を堕ろしても罰が当たる。あーあ、くそお、矢でも鉄砲でも持ってきやがれ」

内海の声が、だんだん大きくなったので、良介は、

「おい、そんな大声で言ったら、奥さんに聞こえるぞ」

と言った。

「いまは七番アイアンだけだけど、これが、そのうち、五番アイアンもドライバー

も、サンド・ウェッジも、全部振りおろせなくなるんじゃないかって考えたら、なんだか、ぞっとしてくるよ」

「お前、ゴルフで食ってるわけじゃないんだから、気にしないほうがいいよ。俺も、大学受験のとき、ある日突然、数字の5が書けなくなったんだよ。どうしても、5だけが書けなくて、そうしてるうちにひらがなの〈ぬ〉って字も書けなくなって……。あのときは、恐怖だったね。試験で〈5〉と〈ぬ〉を書かなきゃいけなくなったらどうしよう、俺は、問題が解けても字が書けなくて、どこの大学も落ちるんじゃないかって、真剣に悩んだよ。絶望的になったよ。その何とか病も、つまりは、おんなじことだろう？」

　と良介は言った。

「お前、それをどうやって治したんだ？」

　内海は訊いた。

「試験の日が近づいてきたら、いつのまにか自然に治っちまったんだ。ふっと気がついたら、〈5〉も〈ぬ〉も平気で書いてた。人間は、なかなか強いもんなんだ」

「でも、弱いもんでもある」

　内海はそう言って、国際電話は高いからと、わざとらしくつけ足した。どうやら、妻君が風呂からあがってきて、電話の相手が良介だと気づき、少し声を聞きたいと言ったらしかった。

内海も、いま、妻君を俺と話させたくはないだろうし、俺も少々気がひける。良介は、そう思い、

「日本へ帰る前の日に、また電話するよ」

と言って、電話を切った。

ドアがノックされ、

「入ってもいいですか？」

とさつきが訊いた。良介が電話をかけていたので、遠慮して、部屋の外で待っていたのだった。

「ガブリーニさんは、もう帰りました。タクシーを呼んでもらったので、来たら、電話でしらせてくれます」

さつきは言って、シャンペンを飲んだ。

その、さつきのシャンペンの飲み方は、さつきが、やっと自分らしさを出したみたいだったので、良介は、電話の相手が誰だったのかを話そうと思った。さつきは、口にはしなくても、自分の部屋の電話で、良介が一緒に旅している女と話をされるのは

不快だったかもしれないと考えたのだった。

「いま、日本へかけてたんだ」

「私、立ち聞きなんかしてませんから」

とさつきは言った。

「電話をかけてらっしゃるとわかって、声が聞こえないところへ行きました」

「べつに、聞かれたって、どうってことのない電話だ。俺の学生時代からの友だちで、いま少々厄介な問題をかかえてるんだ」

「恋人に電話をかけても、私はかまわないけど、相手の人が、変に思うでしょう？　私の干渉することじゃありませんけど」

「そんな失礼なことはしないよ。さつきに対しても、彼女に対しても、失礼だからね」

良介がそう言うと、

「私には、失礼じゃありませんわ」

とさつきは、微笑を良介に向けた。

電話が鳴り、ホテルの主人が、タクシーが来たことを伝えた。

さつきは、ホテルの、降りるとき以外はほとんど使われない階段を、傘をさして、良介と並んで降り、タクシーが走りだすまで見送ってくれた。

さつきが、ポジターノにいるのは、あと三日だった。さつきの予約している飛行機のチケットは、良介たちよりも三日早く、日本へ行く便のものだった。

雨は降りつづき、排水溝からあふれた雨水は、急流みたいになって、ポジターノの町の細い道々を流れていた。

良介は、自分のホテルのロビーに戻り、日頃はプライベート・ビーチで日光浴をしている人たちが、カードやチェスをやったり、本を読んでいるのを眺め、日出子がいないのをたしかめると、部屋への階段を降りた。

日出子は、バスローブを着て、眠っていた。寝ぼけまなこでドアをあけ、

「すごく気持よく寝てたわ。もう少し眠りたい」

とけだるそうに言って、横たわった。その姿は、良介には、いやに煽情的に映った。良介は、湿った衣服を脱ぎ、自分もバスローブを着た。そして、シャンペンの酔いを楽しみながら、日出子の傍に横たわり、日出子の乳首を指でつまんで目を閉じた。

日出子の肌が湿ってきた。体の右側を下にして横たわったまま、うしろから触れてくる良介の好きなようにさせて、

「迎えに行こうかと思ったけど、ホテルの車がなかったの。町へ行った人を迎えに行ったんだけど、途中の道で水があふれて、動けなくなったんですって」

と半分眠っているみたいな口調で言った。

雨はまた烈しくなり、雷光が部屋のなかを白くさせた。

「傘なんか、何の役にも立たなくて、仕方がないから、レストランで雨やどりして、シャンペンを飲んでたんだ」

「ワインじゃなくて？」

「うん、シャンペンが飲みたくなってね」

「じゃあ、ちゃんとしたレストランに入ったのね」

「店を選ぶような余裕なんかなかったよ。たった一分ほどで、濡れネズミみたいになっちまった」

「リョウの体、雨の匂いがする」

良介は、横たわったまま、うしろから、日出子の腹を撫でた。すさまじい雨の音で、その日出子の言葉は、ほとんど聞こえなかった。何かの匂いがすると言ったことはわかったのだが、〈雨〉という言葉は耳に入らなかったのだった。

ひょっとして、女の匂いがすると言ったのではあるまいかと思い、さつきが、香水かオーデコロンをつけていたかどうかを考えているうちに、日出子は左手をうしろにまわし、良介のものをまさぐって握った。

「勿体ないわ。こんなに猛々しくなってるのに」

「でも、眠いんだろう？」

「大きな声を出してみたい。この雨だったら、廊下に聞こえないでしょう？」

ホテルの壁は厚かったが、古い建物なので、ドア越しに、人の話し声が聞こえて、その最中、日出子の口をふさがなければならないときが多かった。

「日出子は、いつから、こんなにセックスが好きになったんだい？」

良介は、うつらうつらしているような日出子のバスローブを脱がせながら訊いた。

「リョウと逢ってから」

「四年前は、こんなんじゃなかったよ」

「体が変わったのかしら」

「俺が変えたの？」

そうに決まっているではないかとささやき、日出子は、自分の体に導いた。その潤沢な部分は、窮屈になったり柔軟になったりして、良介のものを味わい始めた。味わっていることが、良介に伝わってきた。

決して淫蕩ではない日出子の、この愉楽の楽しみ方や味わい方は、いったい何だろう。

二人の男を、悪びれもせず、それぞれに味わえるものだろうか。もし、俺に、愛人が二人いるとしたら、俺は、どちらとも悪びれずに、ただ純粋に快楽にひたれるだろうか……。

良介は、日出子の最も好む動き方をして、とりあえず、日出子に大きな声をあげさせようとした。

日出子は、そんな良介の動きを両手でおさえ、ずっとこのままで楽しみたいとささやいた。

雷の音が近くなり、室内に閃めく光が強くなり、雨は轟音となって、すべてを包んだ。良介が動きをやめなかったので、日出子は叫んだが、その声は聞こえなかった。

一時間後、まどろんでいた良介は、日出子がシャワーを浴びるために起きあがる気配で目をあけたが、そのまま、六時近くまで眠った。

「私たち、毎日、こんなことばっかりして、どこへ行くのかしら……」

テラスのガラス戸のところに椅子を運んで、ずっと坐っていたらしい日出子が、バスローブを着たまま言った。

「どこへ行くって、どういう意味？」

「リョウは、私と結婚する気はないんでしょう？」

「どうして、そう思うんだ？」

「なんとなく、そんな気がするの」

「俺は、日出子の方こそ、結婚なんて考えてないと思うんだ」

「私は、いつか結婚したいわ。でも、結婚生活に向いてないかもしれない。好きな人が、いてほしいときにいない腹立ちよりも、いてほしくないときにいることのわずらわしさのほうが、大きいんじゃないかなって思うの」

「それは、わがまま以外の何物でもないな。きっと、三十半ばをすぎても、ひとりでいる女ってのは、みんな、そうなんだよ。どこかある一点で、人間として無機質な部分があるのかもしれないな」

「無機質……？」

「人情の機微ってやつから、ちょっと身をひいていたいってとこがある……。そう言い換えたほうがいいかな。俺は、他人の価値観に口出しはしないけど、人情の機微に心を使わない人間とは、おつきあいしたくないよ。そんな人を好きになるのは、徒労以外の何物でもないと思ってるんだ。サラリーマン生活二十数年の疲れは、そんな連中と、あんまりにもたくさん接しすぎたからかもしれない……」

「誰かを好きになったら、私は、あなたを好きなんですよって信号を、いつも送ってなきゃあいけないのよね。その手抜きをするのも、人情の機微にうといってことになるのかしら」

日出子は、そう言って、パオロの家のあたりを指差した。

「滝みたい……」

豪雨は、パオロの家のすぐ近くの岩と岩のあいだに、太く長い滝を作っていた。

「パオロの両親は、どんなに自分たちがパオロを愛してるかを、表情や行動で、四六時中、パオロに伝えつづけなきゃあいけなかったんだろうな。そうでなきゃあ、パオロが、あそこまで育つことはできなかった。俺は、そんな気がするよ。愛されてるんだっていう意識は、人間を成長させていくんだ。パオロと、彼の父親と母親を見て、俺は、そんなことも学んだよ」

「私、リョウに愛されてるって気がしないわ。リョウも、人情の機微にうといのかしら」

電灯をつけていない部屋のなかは、濃い灰色がたちこめ、それは、しばしば、雷光によって眩しい白に変わった。部屋のなかが暗いとき、日出子の額や鼻筋や頬は、つやかだった。

そのつややかさは、日出子を健康に見せ、満ち足りた黄昏に身をゆだねている人に見せた。

「愛は、ないかもしれないな」

と良介は正直に言った。

「世の中の、ありとあらゆる責任から、しばらく無関係でいたいからね」

「私も、リョウへの愛っていうのは、ないかもしれない。四年前のほうが、リョウを愛してたような気がするの。奥さまが生きてらっしゃったときのほうが、いまよりも、愛情ってことに悩んでたって気がする……」

二、三日は雨がつづくと誰かが言っていたが、こんな雨が三日もつづいたら、言葉にしてはならないことを、つい、言葉にしてしまいそうだ。言葉にしないほうがいいことが、たくさんある……。

良介は、そう思い、

「雨がこやみになったら、ソレントへ食事に行かないか」

と言った。

「いいレストランがあるらしいんだ。アマルフィーにもあるけど、何年か前と比べると、ひどく俗化しちまったそうだよ」

「今夜は、バスローブのまま、お部屋で食事したいわ」

そう言って、日出子は、片膝を立てて、ペディキュアを塗り始めた。

夜中に、いささか不安になるくらいの、間断のない雷鳴で、良介が目を醒ますと、日出子は、先に目を醒ましていて、

「気味が悪くて、なんだか怖いわ」

と言いながら、身をすり寄せてきた。

「いま、何時？」

と良介は訊いた。

「二時半」

「何時頃、目を醒ましたんだい？」

「三十分くらい前。海の上に、青光りする蜘蛛の巣が張って、それから、二、三秒してから、地球が割れるんじゃないかって思うほどの、すごい音がしたの。私、海辺で育ったけど、こんな雷は初めて……」

「カンツォーネの国だからね。雷さまも声量があるんだろう」

「ねエ、私、ほんとに癖になったみたい」

日出子は、そうささやいて、良介のものを握った。

「俺も、握ってもらわないと眠れなくなったら、どうする？」

また、すさまじい雷の音が聞こえ、日出子は体に力を込めた。

「いったい、空のどこに、これだけの水があるんだろうな。宇宙のどこかで、ダムが決壊したみたいだよ」

朝になれば、ホテルの敷地内で咲いている花は、ことごとく散っているのではあるまいかと思わせる雨の音に包まれて、良介は、ふいに、正直な気持になった。

それで、自分が、市川という男のことをこだわりつづけている理由を話した。

「誰だって、日出子の話を、はいそうですかって納得しないと思うよ」

「私の言葉以外に、どうやって納得するの？　私の体は、自分でも気味が悪いくらい、正直になってるわ。私は、嘘つきじゃないわ。私は、リョウに何か義理があって抱かれてるんじゃないわ」

日出子は、その言葉を、感情的でもなく、冷淡にでもなく言った。

「ねェ、おもちゃじゃないんだから、そんなに、こねくりまわさないでくれよ」

良介は、笑いながら、日出子の指の動きを停めようとして、彼女の手首をつかんだ。

すると、日出子は、良介の肩に額を押し付け、なんだか、たまらなく寂しいと言って、泣いた。その泣き方も、なぜか穏やかだった。

それなのに、日出子は、ベッドから起きあがり、全裸で、テラスへ出て、すさまじい雨のなかに立った。雷が光るとき以外は、日出子の全裸のうしろ姿は見えなかった。

雨に打たれている日出子の裸体が、雷光によって青白く浮かびでるたびに、良介は、傍観者のような視線で、自意識とか、葛藤とか、欲求とか、誘発とか、孤独とか、痴態とか、それらをすべて含む彫刻物が、一瞬一瞬、魔法のようにあらわれていると思った。

迎えに来てくれることを求めてはいないが、迎えに来ないでとも要求していない、青い裸体は、いつまでたっても揺るぎなく、すさまじい雨のなかにあった。

やがて、良介は、ベッドから出て、バスルームに行き、バスタブに湯を溜め始めた。そして、便座を椅子代わりにして腰かけ、煙草を吸いながら、湯が溜まるのが先か、日出子が濡れそぼって冷えきって、ひとりで部屋に戻ってくるのが先かを、何かの賭けをするかのように待った。

バスタブに湯が溜まったら、自分は、日出子を迎えに行こう……。それまでに、日出子が、真っ裸で豪雨に打たれつづけることにピリオドを打ったら、自分は、自分の日出子への感情に、決して〈愛情〉というものを介入させないまま、日出子と、つづくところまでつづけていこう……。

「風邪、ひくよ」

良介は、たぶん聞こえないだろうと思いながら言った。

「風邪なんか、ひかないわ」

そう言い返す日出子の声が聞こえた。

「四年前みたいだな」

「そんなことないわ」

「四年前は、いまみたいなことを、いろんな言葉や、いろんな沈黙でやってたよ」

「私、こんなすごい雨に、真っ裸で打たれるなんて、一生にいっぺんだと思う。ああ、気持がいいわ」

「寒いだろう？　声が震えてる」

バスタブに湯が溜まり、良介は、もう一本、煙草に火をつけて、テラスへ出た。うしろから、日出子をはがいじめみたいにして抱きしめ、石のような冷たさに哀しみを感じつつ、

「もういいだろう？　お風呂であったまってくれよ」

と耳元に口を寄せて言った。

「もういいだろう？　俺は、風呂に湯を溜めて、迎えに来たんだ。俺には、それ以上のことはできないよ。俺が裸になって、一緒に、ここに突っ立って、こんなとんでもない雨に打たれたって、それが、いったい何だってんだ。そうしてほしかったのか？」

日出子は体の力を抜き、良介に凭れかかってきた。

「ねエ、煙草の火、テラスへ来た途端に、雨で消えちゃったのよ。消えたどころか、煙草もずぶ濡れになって、フィルターのところから折れちゃった。リョウは、フィルターだけをくわえてる……。でも、とても似合ってるわ」

目をあけていられないほどの雨のなかで、日出子はそう言った。

「体が冷えきってるよ。お風呂に入ろうよ」

良介は、日出子に、うしろ向きに凭れかかられたまま、バスローブを脱いで、自分も素っ裸になった。

「私たち、どこへ行くの？　そんなことを考えちゃいけないの？　私、イタリアに来てから、なんだか寂しくて仕方がないの。海で泳ぎながら、日なたぼっこをしてるリヨウを見ると、私と旅行をしてる人じゃないみたいな気がするの……。たまたま、同じホテルに泊まってるだけの、他の人と旅をしてる日本人みたいに見えるの」

「とにかく、もう、雨に打たれるのはやめよう。ほんとに、日出子の体は、石みたいに冷たくなってるぜ」

「大理石のヴィーナスみたいじゃないのね」

その言葉には、どこか甘えかかってくるところがあったので、良介は、無理矢理、日出子を自分のほうに向かせ、

「幸福になるために生まれたのに、どうして、物事を、不幸に、ややこしく、複雑にしていくんだろう」

と言った。

「誰が？　私が？」

「いや、人間てやつら全部さ」

「私は、簡単よ」

「俺も、簡単だよ」

「私をどうしたいの？」

その、日出子の、いやにせっぱつまった問いに、どう応じ返そうかと、良介はさま

ざまな言葉を思い浮かべた。

けれども、それらの言葉は、雷の幾何学的な模様が、嵐の海の上に描かれるたびに消えていき、そのつどそのつど、形を変える海の、荒れ狂うさまに心を奪われていった。

日出子は、力尽きたみたいに、良介にくらいついたまま崩れていき、煉瓦を敷きつめたテラスの上に正座すると、

「四年前よりも、苦しいの」

と言った。

「リョウは、何か、私に隠してるわ」

「自分に隠し事があるから、そう思うんだ。でも、俺は、苦しまないよ。市川って男のことで、苦しむのはやめたんだ」

良介も、テラスに、両膝をついて言った。

「リョウが、私と市川さんとのことで苦しむ理由なんて、何にもないわ。いくら言ったらわかるの？」

日出子は、濡れた前髪をかきあげ、顔中に間断なく伝い流れる雨水を両手でぬぐいながら、その顔を、いやいやをするみたいに振った。

良介が、どんなに目を凝らしても、雷が光るとき以外は、日出子の目は見えなかった。

海は、せりあがり、うねり、落下し、まるで、自らが雷を発生するために身もだえを繰り返しているかのようだった。

「私を幸福にして。愛してくれなんて言わないから、私を幸福にして」

あらゆる音が、日出子の言葉を消したが、私を幸福にしてという言葉だけは聞こえた。

良介は、海を見ることに耐えられなくなり、日出子の両手首をつかんで立ちあがり、力ずくで部屋へ戻ると、テラスのガラス戸を閉めてから、日出子を浴室につれて行った。

「震えてるじゃないか。湯につかって、温まらないと風邪をひくぞ。言うことをきかないと、頭からバスタブに放り込むぞ」

その良介の言葉で、日出子は、バスタブに入り、正座して、うなだれた。そして、毎朝、パオロがバスに乗ってアマルフィーの仕事場まで通勤して行く姿を見つめつづけてきた、この何日かに考えたことを喋り始めたのだった。

「私、日本に帰ったら、市川さんに電話をかけることをやめようって思ったの。パオ口を見るたびに、そう思う……。もう、私の償いは終わったわ。パオロを見るたびに、市川さんは市川さんで生きていくしかないって思うの。なんだかんだって不平や文句を言う前に、人間は働くべきよ。パオロも、自分のできるかぎりの力で働いてる……。市川さんは、もう、私に甘えないで、自分のできることをすべきよ。私、もう怖がらないわ」

良介も一緒に湯につかり、熱いシャワーを浴びながら、

「もう怖がらないって、どういう意味なんだ？　日出子は、何を怖がってきたんだ？」

と訊いた。

「市川さんのお姉さんと、彼女のご主人に、ずっといじめられてきたの。あんたみたいな性悪女にからかわれて、弟は再起不能になったって……。後悔してるってことを、行動で示せって……」

あの人たちは、恐しい人たちなのだ。日出子は、そう言って、泣いた。

「具体的に脅されてるのかい？　たとえば、幾ら金を払えとか……」

良介はシャワーを停め、日出子の肩をおさえつけて、いっこうに体温を取り戻さない肩をぬくめさせた。

「お金のことは、ひとことも口にしない……。ただ、私の良心を責めつづけるだけ……」

「それも、やり方ひとつでは、立派な恐喝だよ。精神的に責めつづけるってのは、金を要求されるよりも、こたえるからね」

これ以上のことは、今夜はもう喋りたくないと言って、日出子は、肩をおさえつけている良介の手をつかんだ。

「私、この半年間、何度も、リョウにSOSを送ったわ」

「SOS？ いつ？」

「心のなかで、助けてって呼んでたの。リョウの奥さまが亡くなったって聞いてからずっと……」

「どうして、電話をかけてこなかったんだ？」

「だって、私たちは、終わったんだもの。私、潔くしたかったの。潔の悪い女になりたくなかったの」

「じゃあ、もう市川に電話なんかかけるなよ。リハビリか何か知らないけど、市川とのことも、潔さが必要だ。俺が、彼の姉さん夫婦に逢ってやるよ。事故を起こしたのは、市川なんだ。過去は消えるさ。消えていかない過去なんてないんだ。人間は、遺跡じゃないんだぜ」

良介は、バスタブから出て、赤ワインをグラスにそそぐと、湯につかったままの日出子にそれを飲むよう促した。

「パリに行くって嘘をついたのは、電話をかけてこられるのがいやだったの」

日出子は、赤ワインを飲んでから、そう言った。

「あの人たちは、いまごろ、パリ中のホテルに電話をかけて、私を捜してるわ」

「そんなの、変質者だよ。俺が逢ってやるよ」

「過去は消えるの？」

と日出子は訊いた。

「悪い過去は消えるんだ。そうでなきゃあ、人は生きていけない」

「どうして、そう思うの？」

「パオロや、パオロの両親を見て、そう思ったんだ。悪い過去は消えていく……。こんな嵐の朝、パオロが、どうやって、アマルフィーの仕事場まで行くのか、俺たち、あとを尾けていこうよ」

パオロのことを手紙に書いて、息子に送ろうと良介は思った。

なぜか、心がたかぶって、妙な夢を見たり、何度も目を醒ましたりして朝を迎えたが、嵐はおさまらなかった。

先にベッドから起き出した日出子は、ブラインド越しに、海とパオロの家を見てから、良介の肩を揺すり、

「あっちこっちが、滝みたいになってる。バスは動くのかしら」

と言った。

バスがいつもどおり運行されているならば、パオロが乗るバスは、あと四十分後にやってくる。

「傘なんか、まるで役に立たないだろうな」

良介は、急いで起きあがり、歯を磨いて、髭を剃った。日出子が準備しているあいだに、良介はフロントに電話をかけ、アマルフィーまでバスで行きたいのだが、雨合羽を二着貸してほしいと頼んだ。

「バスは動いてるかい？」

と良介は、フロント係に訊いた。

「さっき、動きだしました。いつもより、四十分遅れてますがね」

アマルフィーへ行くバスは動いているが、アマルフィーから帰って来るバスは不通

になっているとフロント係は言った。

「折れた木が道をふさいでるそうです。アマルフィーで泳ぐんですか？」

フロント係は冗談を言ってから、雨合羽を用意しておくが、男物しかないのでと言いかけ、近くにいる誰かと話をした。

「働き者のボスが、自分のを使えと言ってます」

それは、ほとんど一日中、ホテルのどこかを掃除しているオーナーの妻君のことであった。

「昼頃に、雨は弱くなるそうです。ナポリでは、もう降ったりやんだりですよ」

日出子の用意ができたので、良介はフロントに行って雨合羽を借りた。

「こんな雨は、二年ぶりです。きのうは、家に帰れなくなって……」

とフロント係が言うと、伝票を整理していたオーナーの妻君が、

「雨が降らなくても、帰らないときがあるくせに」

と笑った。

良介と日出子が、パオロの家の近くのバス停に着いたとき、黄色い蛍光色の雨合羽を着たパオロは、いつもの手提げ鞄をビニールに包んで小脇にかかえ、バス停に立っていた。雨は、きのうとは違って、山のほうから海へと横なぐりに降っている。

バス停の周辺は、いったいどこからこんなにたくさんの石や枝が流れて来たのかと驚くほどで、断崖にへばりつく蔦は強風ではがれ、長い髪みたいになって空中でうねっている。

パオロは、雨合羽のフードを深くかぶり、自分の顔のあたりでなびく蔦を、幾分、珍しそうに見つめながら、バスが来るのを待ちつづけた。

良介も日出子も、フードで顔を見えないようにして、パオロから四、五メートル離れた場所に立っていた。

「彼の両親は、こんな雨と風の日でも、バス停まで送ってやらないのね」

日出子が、良介の耳元で言った。

「かといっても、心を鬼にしてるわけじゃないと思うよ」

「バスが来なかったら、パオロはどうするのかしら。だって、彼は、時計の見かたも知らないし、バスがいつもより遅れてる理由を、充分には理解できてないと思うわ」

日出子が心配したとおり、バスは三十分たってもやって来なかった。それでも、パオロは、自分の立っている場所から動かず、不安そうな表情も浮かべないまま、ひたすらバスを待ちつづけた。

「ねエ、このまま、夜になっても、彼はバスが来るまで動かないのかしら」

日出子が、気が気でない様子で、足踏みをしながら言ったとき、曲がり道の向こうでクラクションの音がして、バスがやって来た。乗客の何人かが降り、道路に散乱している大きな石や木の枝を道の脇に寄せた。

良介も日出子も、その作業を手伝ってからバスに乗った。パオロは先に乗り込み、運転席の横の手すりにつかまって立っていた。空席があるのに、パオロは坐ろうとはしないのだった。

乗客の多くは、パオロと顔なじみらしく、パオロに何か話しかけた。パオロは、そのたびに、微笑んだり、何か意志を伝えようとして考え込んだりしたが、言葉を発することはなかった。

バスの運転手は、発車する際、断崖の上のパオロの家のあたりを見上げて、クラクションを三回鳴らした。

「パオロが、ちゃんとバスに乗ったよっていう合図なのね」

と日出子は言い、嬉しそうに、良介の腕に自分のそれを絡めた。

大きな石や折れた木は、アマルフィーまでの道に、七、八ヵ所、散乱していて、途中から片側通行になっていた。

アマルフィーに近づくにつれて、乗客の数は増えた。そのほとんどは、中学生と高校生で、いかにもうんざりした表情でアマルフィーに着くまで不平を言ったり、顔を見つめ合って肩をすくめたりした。

良介には、イタリア語はわからなかったが、こんな嵐の日は、学校を休みにすべきだと言い合っているのに違いないと思った。

「パオロは、どうして席に坐らないのかしら」

と日出子が言った。

「あそこが、自分の定位置なんだろう。他の人たちも、それを知ってるんだよ」

「だって、パオロは、バス停で四十分以上も立ってて、バスに乗ってからも、もう四十分立ったままよ。体が丈夫じゃないんだから、誰かが坐るように勧めてあげたらいいのに」

「あれが、パオロのやり方なんだよ。いつもと違うやり方をしたら、きっと失敗するんじゃないかな。たとえば、降りる停留所を間違えたり、アマルフィーに着いてから、違う道へ歩きだしたり……」

ふいに、小生意気そうな女子中学生たちが騒ぎだした。誰かの鞄に入っていた一匹のハムスターが出て来て、パオロの肩に載ったのだった。

ハムスターの飼い主らしい女子中学生が、慌ててパオロの肩にいるハムスターをつかまえようとした。パオロは、ハムスターに驚き、身をよじりながら、バスの床に坐り込んだ。ハムスターは、人間によく慣れていて、すぐに飼い主の掌に移り、鞄のなかに入れられた。

女子中学生の何人かは、パオロが、口を半開きにして両手で頭をかかえたままうずくまっている姿を笑った。

運転手は、バスを停め、すさまじい剣幕で女子中学生たちを叱り、パオロの肥った体をうしろから支えて立ちあがらせ、手すりにつかまらせて、何か言った。それからバスを発車させ、何度もパオロに話しかけた。

パオロは、ハムスターを怖がって、ときおり女子中学生たちに怯えた視線を向けたが、そのたびに、バスの運転手は、パオロに笑顔で話しかけて、気持を落ち着かせようとした。

「意地悪な子……。私、まだ心臓がドキドキしてる」

と日出子は、ハムスターの飼い主を睨みつけて言った。

「わざとやったんじゃないよ」

「でも、怖がってるパオロを笑ったわ。私、仇をうってやる」

女子中学生の一団のところに行きかけた日出子を、良介は慌てて制した。

「ハムスターのことだけで、彼にとっての順序に狂いが生じかけたのに、またここで、変な日本人が騒ぎを起こしたら、パオロは混乱しちまって、自分の行き場を見失ってしまうよ。好意や義憤も、相手の立場や許容量のことを考えないと、裏目に出るんだ」

良介は、日出子の耳元で、さとすように言った。

怒りの目を、女子中学生たちに注いだまま、日出子は体の力を抜き、

「女って、生まれたときから意地悪なんだから」

と言って、前歯で唇を嚙んだ。良介は、笑い、

「へえ、そうなの？　女の日出子が言うんだから、間違いないんだろうな」

「私も、意地悪なからかいで、相手よりも何十倍も傷ついたわ」

「どんなに傷ついても、三時間前のことを忘れてしまうような体になったわけじゃないさ」

少し言い過ぎたかなと後悔し、その言葉を補おうとして、良介は何か気のきいた言葉を考えた。けれども、良介が口を開く前に、

「悪い過去は、すべて消える……。私、リョウのその言葉を信じるわ」

と言った。

「リョウが、そんなすてきな言葉を使える人だなんて思わなかった……。誰かの受け売り？」

「受け売りかもしれないな」

良介は、その言葉が、死ぬ十日前に、妻の口から出たものであることを黙っていた。

——ねェ、あなた、私のなかで、悪い過去が全部消えていってる——

妻は、自分の、水の溜まって膨れあがっている腹を指で突いて、そう言ったのだった。

——どうして、そう思うんだ？——

——どうしてって、私にはわかるの。ここに溜まって、消えていくの——

トンネルをくぐって、誰もいない、風と波と雨だけの浜辺の横に出ると、バスは、アマルフィーの海岸前のロータリに停まった。

みやげ物屋もレストランも、すべて店を閉めていて、運転手のいないタクシーが何台も並んでいた。

パオロは、バスから降りると、教会へとつづく石畳の道を、迷わず歩きだした。学生たちは、パオロを追い越して走って行った。

どことなくよるべないが、嵐なんかに動じない、目的に向かっての規則正しさが、パオロの鈍重な身のこなしに、ある種の威厳に似たものを与えていた。

石畳の道は、教会の前で二手に別れていた。おそらく、アマルフィーの町の目抜き通りと思われる広い道と、そこから左のほうへ斜めに延びている細い道があり、パオロは、細い道へと歩を運んだ。

風で吹きとばされた看板が、石畳の道にころがっていて、ゴミ箱の幾つかも倒れている。

パオロは、果物屋と菓子屋のあいだの薄暗い路地に入り、小さなアパートや民家の密集するところを抜けた。

風の音とともに、カナヅチで釘を打つ音や電気ノコギリの音が聞こえた。地下へと降りる狭い階段を、パオロは手すりをつかんで注意深く降りて行き、重そうな木の扉をあけた。

そこが、パオロの仕事場だった。電気ノコギリの音は大きくなり、パオロがなかに入って扉が閉じられると、それは小さくなった。

良介と日出子は、パオロが、仕事場に消えてからも、しばらく路地に立ちつくして、木の扉を見ていた。

「ああ、よかった。ちゃんと、自分の仕事場に着いたわね」

日出子はそう言ってから、雨にも負けず、風にも負けずと口ずさみ、はしゃいだ声で、

「お腹がへったわ」

と言った。

「どこの店も閉まってるよ」

良介はそう言いながら、路地の突き当たりに目をやった。小さな店があって、そこだけ明かりが灯っていた。

「あの店、あいてるよ」

小さなバールだったが、三種類のパスタとカプチーノ、それにエスプレッソがあり、ゴム製の前掛けをした三人の男が、立ったままエスプレッソを飲んでいた。男たちの前掛けには木の屑や絵具が付いていたので、パオロと同じ仕事場で働く職人たちであろうと良介は思った。

良介は、三種類のパスタを、それぞれ少しずつ皿に盛ってもらっている日出子を見つめながら、熱いカプチーノをすすった。そして、亡き妻のことを思った。妻が好きだった與謝野寛の歌を胸の内でつぶやいた。――うら若き君が盛りを見けるわれ　わ

が若き日の果てを見し君——

良介が求婚したとき、二十三歳だった妻は、承諾の意を伝える手紙に、その歌だけ書いて寄こしたのだった。

「俺にも、リハビリが必要だよ」

と良介は日出子に言った。前後の脈絡もなく言ったのに、

「あとどのくらいの期間が必要なの？」

と日出子は訊いた。

良介は、即座に答えることができなかった。自分のたったのひとことを、日出子が理解したことに驚き、しかも、その日出子の表情に、春風のような柔らかさが満ちていたからであった。

「雨にも負けず、風にも負けず……。だって、悪い過去は、みんな消えていくんだもの」

そう言って、日出子は、フォークを良介に手渡し、皿に盛られたパスタを食べるよう促した。良介は、そんな日出子を見つめた。日出子も、良介を見つめ返した。

やがて、日出子は言った。

「四年前、私に足りなかったものが何かを、私、やっと、わかってきたの」

「四年前？」

「私には、感謝する心ってのがなかったの。私は、いつも、リョウに、ひどいめにあわされてるって思ってたわ。どうして、こんな理不尽な立場にいなきゃあいけないのかって、そのことに腹を立てて……」

「日出子は、四年前、理不尽な立場に置かれてたよ。ひょっとしたら、いまもそうかもしれない」

日出子は、ここは日本ではないのだからと言い、良介の唇に自分のそれを軽く重ね、

「大切なお金で、こんな大贅沢旅行をさせてくれて、ありがとう」

と言った。

「でも、こんなふうなお金の使い方は、一生に一度で充分ね。なんだか、悪いことをしてるみたいな気になってきちゃうの」

良介は笑い、

「じゃあ、帰りの飛行機は、エコノミーに変えようか」

と言った。

タクシーで帰ろうという良介に、仕事を終えたパオロはバスで帰るのだからと言

い、日出子は、バス停から動こうとはしなかった。

雨は弱まったが、風は海のほうから吹いたり、山のほうから吹いたりして、町のどこかで巨大な笛の音に似た響きを作った。

バスがやって来たが、乗客は、良介と日出子の二人だけだった。運転手は、エンジンをかけたまま、どこかへ行ってしまい、二十分近く戻ってこなかった。

浜辺の小さなホテルの窓に、髭をたくわえた男の上半身があった。男は、手に持っていた缶ビールを道に投げつけて姿を消した。すると、次に女が顔を出し、皿を道めがけて叩きつけた。

「やってるわね」

日出子は笑顔で言った。

その二人の泊まり客が、夫婦なのかどうかはわからなかったが、いさかいのやり方には、どこかとぼけたところがあった。

「この嵐のせいだな。俺も、そろそろ、この雨と風にいらいらしてきたよ」

良介はそう言って、人通りのない道のあちこちに目をやり、バスの運転手を捜した。運転手は、海沿いの道の向こうから姿をあらわし、不機嫌な顔つきで運転席に坐ると、バスを発車させた。

アパートらしい建物の三階で、幼児を抱いた女が、バスの運転手に何か大声で叫んだ。運転手も何か言い返し、良介と日出子のほうを振り返って、うんざりした表情で何か言った。

「こっちは、間違いなく夫婦ゲンカだな」

と良介が言うと、

「お客さんをほったらかしにして、夫婦ゲンカをするために、わざわざ家まで帰ってたのかしら」

日出子は、あきれ顔で言った。

「なにもかも、この雨と風のせいだよ。雷がおさまったのが、せめてもの救いだな」

「晴れたら、私、一日中、泳いでやる」

良介は、日本へ帰ったら、一日も早く、市川の姉夫婦と逢おうと思い、そのことを日出子に言った。

「私が一番いやなのは、あの人たちが、私の実家におしかけてくることなの。父は、建築会社なんかやってるけど、根っからの善人だから……」

「俺にまかしとけばいいよ。大きな会社には、たいてい、もめごとの処理専門の人間がいるんだ。俺の勤めてた会社にも、二人いて、そのうちの一人とは仲がいいんだ。

日本に帰ったら相談するよ。口の堅い、信用できる男だよ」

アマルフィーからの帰路のほうが、時間はかからなかった。けれども、ホテルのブレックファースト・ルームは満員で、若い客たちは、退屈そうに嵐の海を見ていた。

良介は、部屋に帰り、一服すると、息子に手紙を書き、日出子は、自分と良介の下着を洗濯した。

パオロについて、パオロの両親について、どう書こうかと考えあぐね、良介は、途中で何度もボールペンを置いた。結局、見たことを見たとおりに書くのが一番いいのだと思い、最初にパオロの家を訪ねた日のことと、嵐の朝、パオロのあとをつけて、バスでアマルフィーへ行ったことを克明にしたためた。そして、自分が何を感じたかは、いっさいつけ加えなかった。

遅い昼食をとっているとき、ウェイターたちが、ふいに海に面した大きなガラス戸のところに集まり、何かささやきながら、海の一点を見つめた。

良介も日出子も、フォークを手にしたまま、ウェイターたちの視線を追った。沖合に、小さな木切れのようなものが浮かんでいたが、やがてそれが無人のカヌーであることがわかった。カヌーの船首のところに白いペンキで鳥の絵が描かれているのが判明するまで、随分時間がかかった。

ウェイターたちの口から、

「リカルド」

とか、

「トニオ」

とかの言葉が出、そのうちの何人かがフロントへ走って行った。

良介は、そのカヌーに見覚えがあった。ポジターノに着いた日の夕刻、部屋のテラスから見たカヌーであった。

カヌーは、潮の流れに乗って、ポジターノの町のほうへと漂流していた。

良介は、カヌーに乗っていた青年の顔を覚えていなかったが、浜辺で、嬉しそうに迎えに出て、しっぽを振っていた毛の長い犬の容姿は覚えていた。

「あれは、隣のホテルのカヌーだろう？」

フロントから戻って来たウェイターに、良介は訊いた。

「シーズン中だけ、あそこのホテルで働いてる学生のカヌーです」

「カヌーだけ、風に吹かれて、海に出て行ったのかもしれない」

その良介の言葉に、ウェイターは、首を横に振った。

「トニオが、カヌーに乗って出て行くのを見た人がいるんです。停めようとしたけど、もう声は届かなかったそうです」

「いつごろ？」

「八時ごろ……。いま、電話で確認しました」

「こんな嵐のなかを、どうしてだろう」

「わかりませんねェ。でも、浮き袋を持ってるそうです」

「じゃあ、助かるかな」

「三〇パーセントの確率でしょう」

ウェイターは、そう言って、カヌーを見つめつづけている仲間たちのところへ戻って行った。

「こんな海じゃあ助からないわ」

日出子はつぶやき、自分も高校生のとき、小舟で漂流したことがあるのだと言った。

小学生のとき、仲の良かった友だちが漁師の子で、港の岸につながれていた小舟の上で遊んでいて、どうしたはずみか、綱がほどけ、自分だけ小舟と一緒に沖へ流されてしまった。

おとなたちは、ほとんど仕事に出ていて、残っているのは、老人と子供ばかりで、友だちが助けを求めても、なす術がなかった。

そのうち、誰かが気づいてくれるだろうと思っていたが、意外な潮の流れの速さに乗って、小舟は七尾湾の内灘を沖へ沖へと向かった。

「体が金縛りみたいになって、声も出ないの。風が強くて、波もきつかったわ。私、ひたすら、小舟のなかで泣いてた。たった十五分ほどのあいだに、岸が見えなくなったの」

日出子は、フォークを皿に置き、大きくうねりつづけるポジターノの海を見てから言った。

「海って、とても恐しいのよ。岸から見てると小さな波でも、それが沖の風と混ざると、想像もつかないうねり方をするの」

「どうやって、助かったんだい？」

良介も、海を見つめながら訊いた。

「隣町の漁船がみつけてくれたの。でも、人間て、自分で何とかしようと思うのね。漂流してる恐怖から逃げようとして、泳いで岸まで辿り着こうって考えるの。私が、七尾湾を漂流してたのは、たったの四十分で、こんなすごい嵐じゃなかった。でも、何十回も、舟はひっくり返りそうになったわ。そのたびに、海にとびこもうとしたわ。五百メートル泳げるんだから、頑張ったら、その倍くらい泳げるかもしれないって、本気で思うの」

「丈夫な救命具を着てても、駄目かい？」

「こんな海だったら、ほとんど絶望ね」

「どうして、トニオって学生は、こんな嵐に、カヌーで沖へ行ったんだろう」

不幸が身近に起こっている鉛色の風景は、客たちを早々に部屋へ帰らせた。

良介も日出子も、部屋に帰り、服を着たまま、ベッドにあお向けに寝転んだ。

「奥さまと初めて逢ったときと、私と初めて逢ったときと、どっちが心ときめいた？」

と日出子が訊いた。

「女房のほうが、心ときめいたね」

初めて逢ったときの、自分の年齢や環境の違いが、そこには厳然と存在しているからだと良介は言った。

日出子は、市川とのことは自分で解決すると言って目を閉じた。それから、

「旅行を終えたら、私たちも終わりましょうね」

とつぶやいた。


（下巻へ続く）

|著者| 宮本 輝　1947年兵庫県神戸市生まれ。追手門学院大学文学部卒。'77年『泥の河』で太宰治賞、'78年『螢川』で芥川賞、'87年『優駿』で吉川英治文学賞をそれぞれ受賞。'95年の阪神淡路大震災で自宅が倒壊。2004年『約束の冬』で芸術選奨文部科学大臣賞、'09年『骸骨ビルの庭』で司馬遼太郎賞をそれぞれ受賞。著書に『道頓堀川』『錦繡』『青が散る』『避暑地の猫』『ドナウの旅人』『焚火の終わり』『ひとたびはポプラに臥す』『草原の椅子』『睡蓮の長いまどろみ』『星宿海への道』『にぎやかな天地』『三千枚の金貨』『三十光年の星たち』『宮本輝全短篇』（全2巻）など。ライフワークとして「流転の海」シリーズがある。近刊に『真夜中の手紙』『水のかたち』『満月の道』『田園発港行き自転車』『長流の畔』。

新装版《しんそうばん》　朝《あさ》の歓《よろこ》び（上）
宮本《みやもと》 輝《てる》

2014年10月15日第1刷発行
2024年4月11日第7刷発行

発行者——森田浩章
発行所——株式会社　講談社
東京都文京区音羽2-12-21　〒112-8001
電話　出版（03）5395-3510
販売（03）5395-5817
業務（03）5395-3615

Printed in Japan

講談社文庫
定価はカバーに
表示してあります

KODANSHA

デザイン—菊地信義
本文データ制作—講談社デジタル製作
印刷———株式会社KPSプロダクツ
製本———株式会社KPSプロダクツ

ISBN978-4-06-277932-6

講談社文庫刊行の辞

二十一世紀の到来を目睫に望みながら、われわれはいま、人類史上かつて例を見ない巨大な転換期をむかえようとしている。

世界も、日本も、激動の予兆に対する期待とおののきを内に蔵して、未知の時代に歩み入ろうとしている。このときにあたり、創業の人野間清治の「ナショナル・エデュケイター」への志を現代に甦らせようと意図して、われわれはここに古今の文芸作品はいうまでもなく、ひろく人文・社会・自然の諸科学から東西の名著を網羅する、新しい綜合文庫の発刊を決意した。

激動の転換期はまた断絶の時代である。われわれは戦後二十五年間の出版文化のありかたへの深い反省をこめて、この断絶の時代にあえて人間的な持続を求めようとする。いたずらに浮薄な商業主義のあだ花を追い求めることなく、長期にわたって良書に生命をあたえようとつとめるところにしか、今後の出版文化の真の繁栄はあり得ないと信じるからである。

同時にわれわれはこの綜合文庫の刊行を通じて、人文・社会・自然の諸科学が、結局人間の学にほかならないことを立証しようと願っている。かつて知識とは、「汝自身を知る」ことにつきていた。現代社会の瑣末な情報の氾濫のなかから、力強い知識の源泉を掘り起し、技術文明のただなかに、生きた人間の姿を復活させること。それこそわれわれの切なる希求である。

われわれは権威に盲従せず、俗流に媚びることなく、渾然一体となって日本の「草の根」をかたちづくる若く新しい世代の人々に、心をこめてこの新しい綜合文庫をおくり届けたい。それは知識の泉であるとともに感受性のふるさとであり、もっとも有機的に組織され、社会に開かれた万人のための大学をめざしている。大方の支援と協力を衷心より切望してやまない。

一九七一年七月

野間省一